棲家求めて

～保科正之・若かりし日々～

高見沢 功

歴史春秋社

撮影／金本淳一氏

土津神社《はにつじんじゃ》は会津藩祖・保科正之《ほしなまさゆき》公を始め、歴代会津藩主を祀った神社です。二代藩主・正経《まさつね》により延宝《えんぽう》三年 (1675) に完成しました。境内には正之公が静かに眠る墓所・奥之院《おくのいん》や正之公の生い立ちなどを刻んだ日本最大の石碑があります。

夏詣

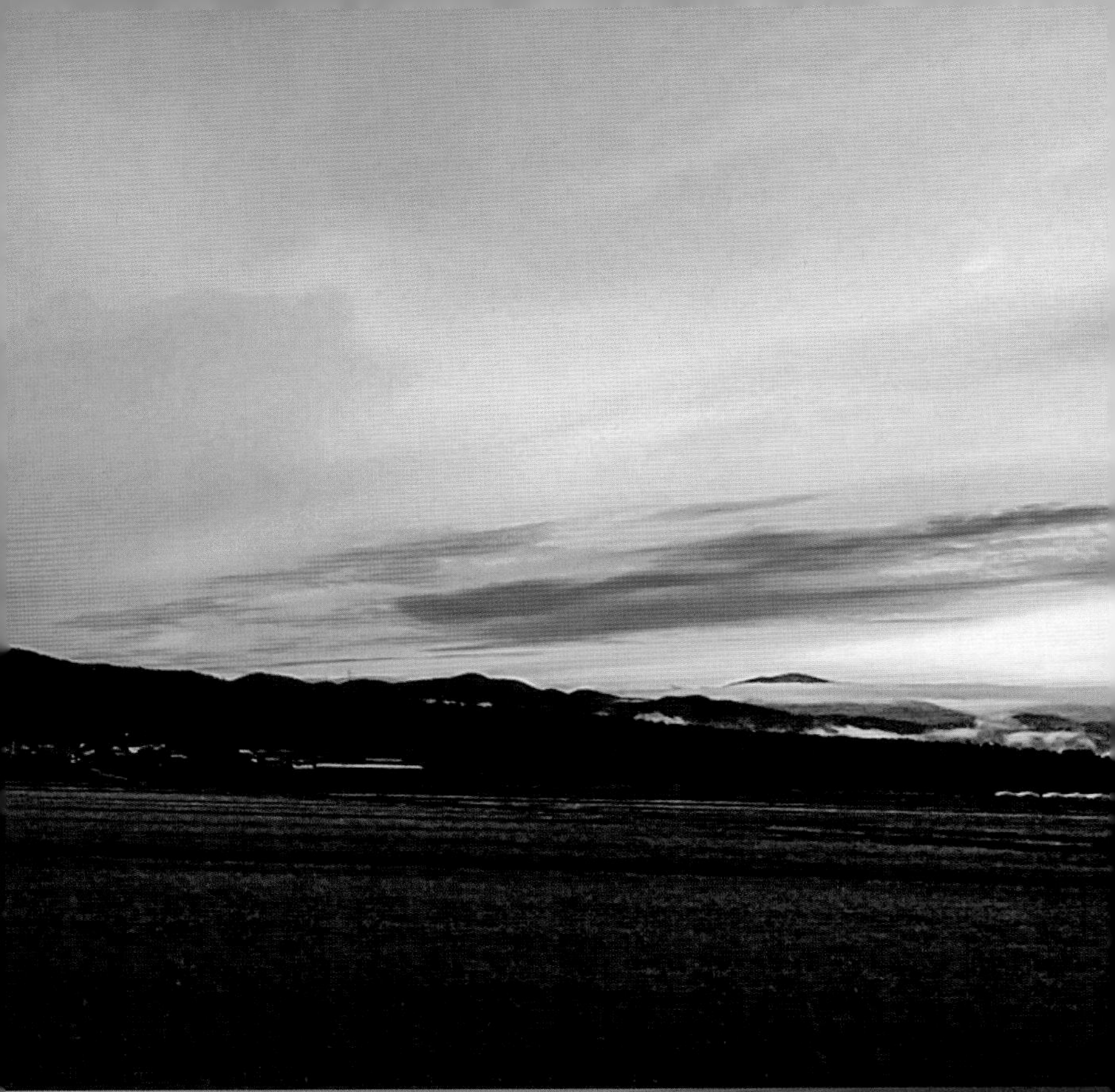

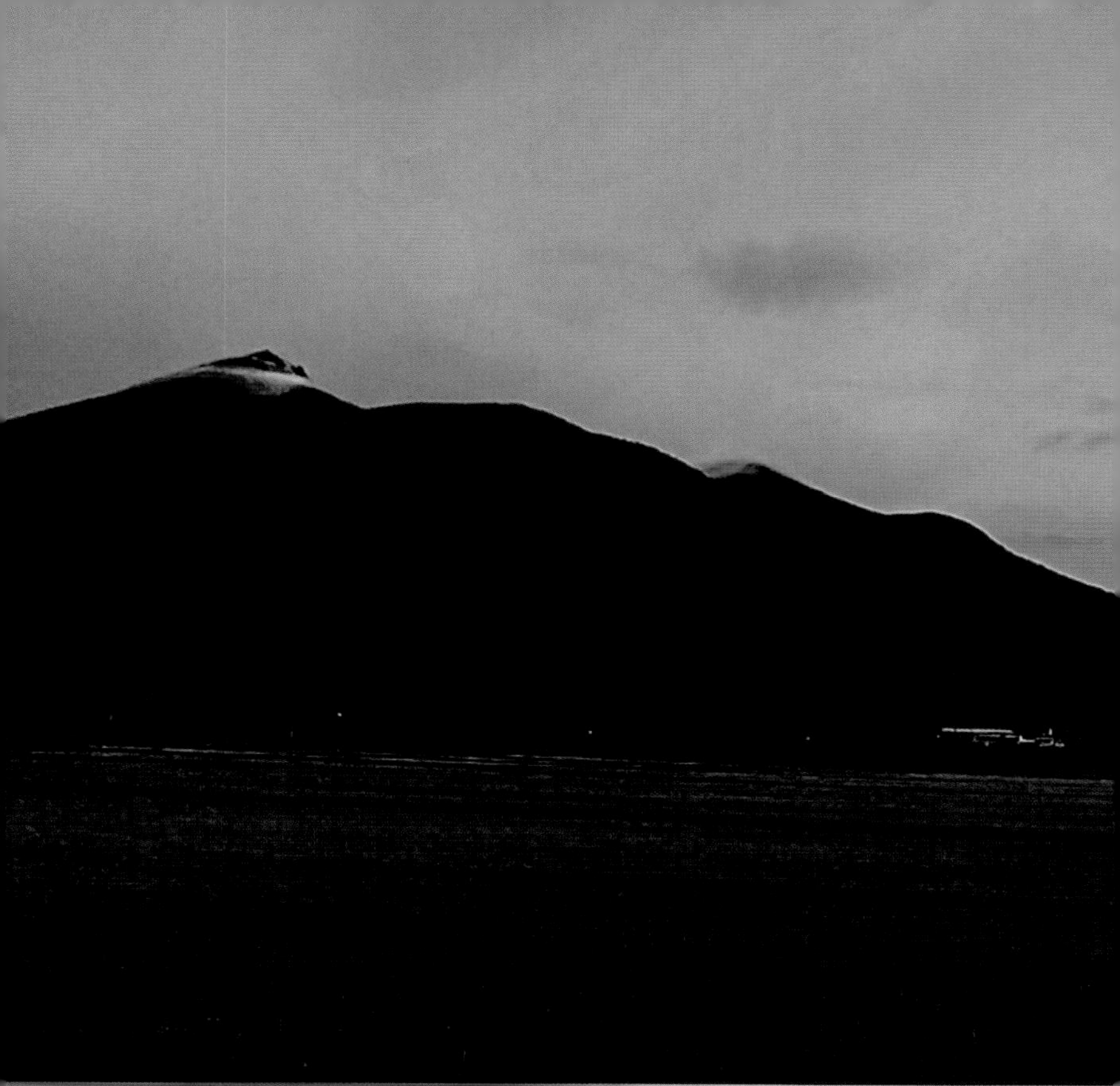

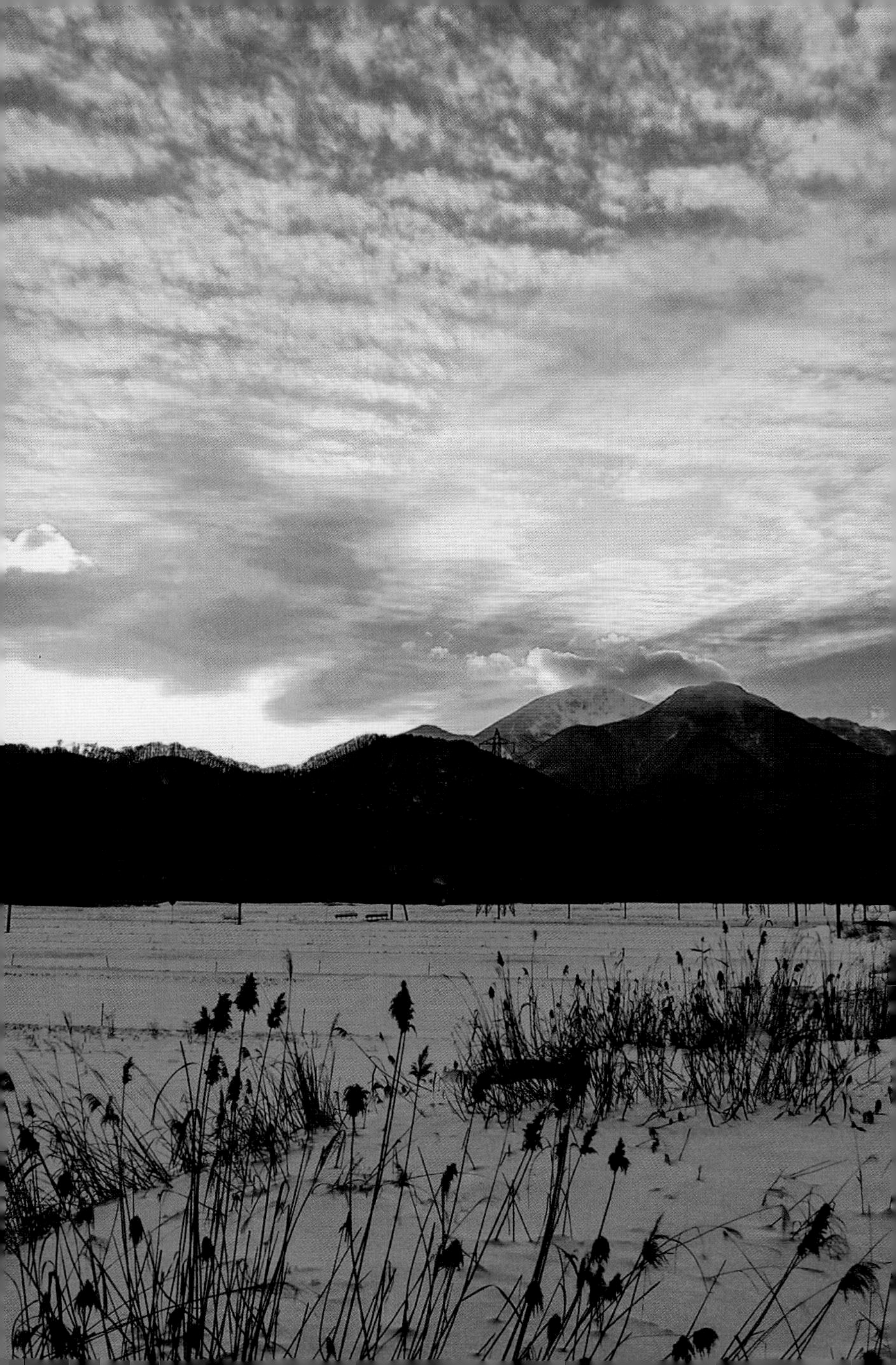

目次

この作品はフィクションです。

棲家求めて　～保科正之・若かりし日々～

一　誕　生

風が薫《かお》っていた――

新緑を抜けてきた風が爽やかに江戸城内《えどじょうない》を吹き渡る。緑風《りょくふう》が障子を揺らす大奥《おおおく》の一部屋《ひとへや》で、赤子《あかご》が元気に泣いている。長局向き《ながつぼねむ》（奥女中の住居）にある志津《しづ》の部屋。

慶長十六年（一六一一）皐月（五月）七日――

お腹にいた時によく蹴っていたので男子《おのこ》だとは思っていたが、破水《はすい》してからは生まれてくるまで時間がかかった。夜八つ《よるや》（午前二時）に産気づいて、生まれたのは真昼九つ《まひるここの》（正午）である。正直、疲れた。心身ともにぐったりして、何もする気が起きない。

それでも志津は満ち足りた気分だった。男子であったことで最低限の務《つと》めは果たせたような気がする。

生まれたばかりの赤子はきれいな眼をしていた。白眼は青みがかっていて、黒眼はつやつやと光っている。汚れを知らない無垢な瞳……

そして、ことのほか赤子の誕生を喜んでくれたのは、志津が侍女《じじょ》として仕える大姥局《おおうばのつぼね》だった。

「おーおー、小さな手を握り締めて大声で泣くところは若君《わかぎみ》にそっくりじゃ。ほれ」

相好《そうこう》を崩した大姥局は、赤子を揺すりながら伏している志津に見せた。

額に髪を張り付かせたまま、志津が大姥局に応える。

「お局様《つぼねさま》、若君はもう六年も前に征夷大将軍《せいいたいしょうぐん》にお成《な》りあそばして、この度帝《たびみかど》の即位《そくい》の礼《れい》にお招きされたのですよ。三十二歳の立派な殿御《とのご》でございます」

「それでも若君は若君じゃ。のう幸松《こうまつ》や。其方《そなた》の母は相変わらず堅《かた》いのう」

大姥局は赤子を左右に揺らし、優しく背中を叩きながら、満足そうな笑みを浮かべた。その姿は武蔵国《むさしのくに》（東京・埼玉・神奈川の一部）に化粧領《けしょうりょう》として二千石を与えられ、江戸城の大奥で権勢を振るう上臈《じょうろう》（大奥の上位者）の姿ではなく、かわいい孫を見つめる一介《いっかい》の老婆と何ら変わるところがない。

大姥局は侍女である志津を実の娘のように可愛がっていた。志津の素直な性格や穏やかさ、欲のなさが、妬《ねた》み、出世欲、金銭欲、物欲にまみれた大奥ではことさら際立《きわだ》っている。

「幸松や。其方も母のように我《が》を通すことなく、誰にでも優しく振《ふ》る舞《ま》える子に育ってくれればよいがのう……」

大姥局は泣き続ける赤子の顔を覗き込みながら、眼を細めた。

「お局様。幸松は男子《おのこ》でございますよ。先ずは凛々《りり》しく勇ましく――」

突然、赤子が泣き止んだ。

「……志津！この子はいずれ他人《ひと》のために生きられる人間になるぞよ！」

大姥局は驚いた様子で、泣き止んだ赤子の顔をまじまじと見た。

「え?!何をおっしゃいますやら……どうしてそのようなことが分かるのですか?」

「目が語っておるのじゃ。澄んだ目をしている。赤子なのに遠くを見つめているのじゃ」

大姥局がジッと赤子の目を見ると、赤子も大姥局の目を見た。まるで大姥局の話を理解しているかのようだった。

「そうか、そうか。妾《わらわ》のいうことが分かっているのか。それでこそ若君のお子じゃ」

赤子が、もぞもぞと両手を動かした。志津に抱いてもらいたがっているようだった。大姥局が赤子を志津に差し出す。

「乳が飲みたいのじゃろう。好きなだけ飲むがよい」

志津は布団の上に座すと、赤子を受け取った。温かい身体。確かな重み。乳の匂い……左の乳首を咥《くわ》えさせる。赤子は力強く乳を吸った。一心不乱に乳を吸う。母としての悦《よろこ》び……やがて赤子は乳首から離れると、満足したように欠伸《あくび》をした。志津は右手を団扇《うちわ》のように動かして、優しく赤子の背中を叩く。

ゲフッ……おくびをした赤子がスーッと眠りに落ちた。

「何と素直な赤子じゃ、のう志津……」

「まことに……」

志津は無事に生まれてきた赤子に感謝した。大姥局が若君と呼ぶ赤子の父親は、江戸幕府第二代征夷大将軍《せいいたいしょうぐん》として京に赴《おもむ》くため、一月前《ひとつきまえ》に江戸を発《た》っている。

父親である秀忠《ひでただ》が戻るまで、いや戻ってからも、この赤子を無事に育てなければならない。時間がかかった以外は安産であったが、庶子《しょし》（正妻でない女性から生まれた子）である赤子の身の上は複雑だった。

秀忠の正室《せいしつ》・お江《ごう》の方《かた》は異様なほど嫉妬深《しっとぶか》く、秀忠が側室《そくしつ》を持つことを認めなかった。その江の目を盗み、秀忠が三度だけ通ってきた長局向きで、志津は懐妊《かいにん》した。身ごもったことを自覚してからというもの、志津は大奥の大姥局の部屋で息を潜《ひそ》めながら暮らした。

しかし、腹が膨《ふく》らみ始めてからは、肥《こ》えた、肥えた——と自《みずか》ら周囲に話し、さらには他家への進物や書状を届けるために、外へ出る役目を進んで引き受けた。ことに独り身の若い上士《じょうし》や大店《おおだな》の若旦那の元へ出かけた折には、用事が済んでも大奥に遅く帰った。

そして、いつの間にか志津を指して淫らな奥女中という噂が立つようになった——それらは全て志津が仕える大姥局の指図《さしず》通りだった……


身ごもって五カ月を過ぎると、志津は戌《いぬ》の日に岩田帯《いわたおび》をきつく巻いた。腹の膨らみが誰が見ても判るほど大きくなってからは、大姥局の部屋から出ることをできるだけ避けた。

大奥で子を宿したことが秀忠の正室・江《ごう》に知れたら、疑い深い江は必ずや秀忠のご落胤《らくいん》であるかどうかを、突き止めようとするだろう。そして、もし秀忠の子であることが分かったならば、ただでは済まされない。子も母も命の危険にさらされることになる。

しかし……その一方で、秀忠の子でないということになれば、志津は大奥に留まることはできない。将軍ではなく、どこぞの男の胤《たね》を宿した志津を、奥女中として大奥に置いておくわけにはいかないのだ。

奥向きの万事を差配《さはい》する御年寄《おとしより》によって、江戸城外のそれなりの身分の者に、形だけでも嫁がせられるだろう。母子《ははこ》共々体《てい》のいい追放という処分を受けることになる……

秀忠の子は生まれたばかりの赤子でありながら、江に迫害されることが危惧《きぐ》され、その将来には暗雲が漂っていた……

秀忠の正室として、大奥で絶大なる権勢をふるう江は、伯父・織田信長《おだのぶなが》に似て気性が激しかった。三姉妹の中でもことさら――

江の父・浅井長政《あざいながまさ》は義兄《ぎけい》である織田信長を裏切り、元亀《げんき》元年（一五七〇）卯月《うづき》（四月）金ケ崎《かねがさき》（福井県敦賀市《つるがし》）で織田軍と戦ったのを皮切りに、同年水無月《みなづき》（六月）野村合戦《のむらかっせん》（滋賀県長浜市《ながはまし》）、長月《ながつき》（九月）滋賀《しが》の陣《じん》（滋賀県大津市《おおつし》）とこの年だけでも三度にわたって刃《やいば》を交えた。

だが、天正《てんしょう》元年（一五七三）葉月《はづき》（八月）、小谷城《おだにじょう》の戦いで浅井方に離反者が出ると、戦《いくさ》の形勢は一気に織田軍に傾き、敗れた長政は居城・小谷城の本丸で死ぬ覚悟を決めた。

……一国一城の主《あるじ》である以上、戦に敗れた己《おのれ》の道は死以外に非《あら》ず。だが、三人の娘には何ら落ち度はない。そもそも三人ともまだ幼過ぎるではないか。長女・茶々《ちゃちゃ》、五歳。次女・初《はつ》、四歳。三女・江、一歳……江に至っては五日前に生まれたばかりだ……ここで死んでは何のために生まれてきたのか解らぬ……まさか死ぬために生まれてきたわけではあるまい……ええ？江……

死を決意した長政は、信長の妹である妻・市《いち》と茶々、初、そして生まれたばかりの江を助けようと、夜九つ《よるここの》（午前零時）二十三夜月《にじゅうさんやづき》の明かりを頼りに、忠士《ちゅうし》四名、侍女一人、さらに二人の乳母をつけて、小谷城から脱け出させた。命からがら織田軍の包囲網を潜り抜けた市たちは、半里（二キロ）離れた虎御前山砦《とらごぜやまとりで》の信長の陣に辿り着いた。四名の忠士は、市たちの前方にいくつもの明かりが灯っているのを見届けると、死を覚悟で落城寸前の小谷城へと取って返した。

月に照らし出された小高い丘の上に、陣幕《じんまく》が五張り立てられている。ひときわ大きな陣幕は十本の幕串《まくぐし》で堅固に支えられ、風を孕《はら》んでも大きくは揺るがなかった。卯《う》の花色《はないろ》の厚手木綿三方《さんぽう》全てに、黒橡色《くろつるばみいろ》の紋所《もんどころ》が染め抜かれている。五三《ごさん》の桐《きり》。陣幕の開け口は両脇で篝火《かがりび》が焚かれ、祭りの夜のように明るかった。

市と侍女に手を引かれた茶々、二人の乳母に抱かれた初と江は、両脇を警固の者たちが構える槍の隙間を縫って、紋所がある陣幕の中に入った。

床几《しょうぎ》に腰掛けた武将が、眼光炯々《がんこうけいけい》入ってきた市を睨《にら》みつけた。吊り上がった眉。歪んだ口元。広い肩幅。身体に張り付いたような鎧《よろい》。蓬髪《ほうはつ》が、籠手《こて》にこびりついた土が、泥だらけの脛当《すねあ》てが、過酷《かこく》な戦場《いくさば》の状況を物語っている。

だが、市は臆《おく》することなく武将の前へ進み出ると、いきなり土下座した。

「兄上！なにとぞ、なにとぞ、夫・長政をお許しくださいませ！」

武将の眼前で市は開口一番、長政の助命を訴え出た。

土の上に座したまま両手を付き、着物が汚れるのもいとわず、頭を下げた。青白い美貌《びぼう》に篝火の揺らめく紅緋《べにひ》を映しながら、髪を振り乱し、土に額を擦《こす》りつけんばかりにして夫の命乞いをする。鬼気迫る市の姿に、武将の身体から立ち昇っていた青い焔《ほむら》が消えた。非情な信長が珍しく心を動かされた瞬間だった。

「許さぬと言えば何とする……」

「言わずと知れたこと……主人と同じ道を歩むまでにございます。妾《わらわ》も娘たちも……」

「きつい性分《しょうぶん》よのう……」

「どなたかに似たのでございましょう……」

「市……相分《あい》かった。ならば、次の契《ちぎ》りを結ぶことしかと叶《かな》えられれば許すことにしよう」

信長は後ろで控えていた小姓《こしょう》に、筆を起こさせた。

一、家臣ともども降伏の段《だん》、直《ただ》ちに受くべきこと
一、小谷城を明け渡すべきこと
一、二心《ふたこころ》抱かず忠義を尽くすべきこと
一、以上誓いあらば咎《とが》無きものとしてこの後《のち》も生《い》きたる可《べ》し

「無慈悲な信長殿にしては、何とも大らかな御処置《ごしょち》よのう」

小谷城の天守で、書状を読んだ長政は傍らにいる赤尾清綱《あかおきよつな》に書状を渡した。

清綱が食い入るように書状を見る。

「誠に……冷酷とばかり思っていた信長様に、このようなお情けがおありとは……」

清綱も信長の意外な一面を見た気がした。だが、長政同様、信長に降伏する気持ちはさらさらない。

赤尾清綱――長政が深く信頼する浅井三将の一人で、小谷城の中に自身の曲輪《くるわ》（城内の囲い

屋敷）をもっている。

「では長政様、そろそろ拙者《せっしゃ》の屋敷へ参るとしましょうか」

「済まぬ。厄介をかける……」

「なんのなんの。簡単ではありますが、一通り清めて（掃除をして）おきましたゆえ」

「そうか。それはかたじけないのう」

「畳も新しいのがちょうど八枚だけございまして……替えておきました」

「されどどうせ汚すのだから、新しくしなくともよかったものを」

「いえ……殿の大事でございますれば……最後の奉公でございます」

「……うむ」

長政と清綱は連れ立って天守を出た。籠城《ろうじょう》している家臣は二人を認めると、遠くからでも低頭し、その背中が小さくなるまで面《おもて》を上げなかった。

江が生まれた七日後の天正《てんしょう》元年（一五七三）長月《ながつき》（九月）一日、長政は清綱の屋敷内・御《お》成《な》りの間（藩主・重役が通される部屋）で従容《しょうよう》として腹を切った。

ビシュッ！ゴトッ!!

長政が介錯《かいしゃく》されるのを、次の間《つぎ　ま》から瞬《まばた》きもせずに見ていた清綱は、壮年介錯人《そうねんかいしゃくにん》の手で長政の首が布引焼《ぬのびきやき》の壺《つぼ》に収められたのを見届けると、静かに頭を下げた。

一呼吸《ひとこきゅう》すると顔を上げ、自らの後ろに控える若い介錯人に会釈《えしゃく》する。

介錯人が緊張しながら辞儀を返すと、はらりと太刀を抜いた。右頬の脇で八相《はっそう》に構える。

清綱は背筋を伸ばして顎を引くと、白い着物を着て血の海に倒れ込んでいる首のない身体に向かってつぶやいた。

「……すぐに参りまする。再び仕《つか》えさせていただきたく……お頼み申し上げます……」

首を垂れる。抜いた脇差《わきざし》を晒《さら》しで巻くと、姿勢を正して深く呼吸をした後《のち》、ひと思いに腹に突き刺した……

ビシュッ！ゴトッ!!

主従ともに——見事に果てた。

江は生まれて七日で父を失った。

二　大姥局

冷雨《れいう》が続いていた。昨夜から長く静かに降っている。梅雨空《つゆぞら》のうっとうしい季節……

両手で縦長《たてなが》の風呂敷包みを抱《かか》えたいとは、大姥局の部屋の前で風呂敷包みを置くと、優美に単衣《ひとえ》の裾《すそ》を捌《さば》きながら入側《いりがわ》（一間幅《いっけんはば》の縁側《えんがわ》）に正座した。

「大姥局様《おおうばのつぼねさま》……御台所様《みだいどころさま》（将軍の正室）の侍女、いとでございます……」

障子越《しょうじご》しに声を掛けると、耳を澄まして返事を待つ。

「……あ、あい。し、しばし待ってくれるかえ……」

大姥局の上擦《うわず》った声がした――慌てた気配。

いとは紫陽花《あじさい》がひしめく庭を眺めた。雨に濡れた紫陽花は、花も葉も色が深まっている。濃い緑の葉を従えて、大きな丸い花がきままな色で群れている。薄桜色《うすざくらいろ》、青藤色《あおふじいろ》、京紫《きょうむらさき》、韓紅《からくれない》――雨を歓《よろこ》ぶ命もあるのだ……

「待たせました……」

障子が開けられて薄日が部屋に差した。和紙を透過した淡い光を受けながら、大姥局が背筋を伸ばして座している。

いとは両手を付いて深々と辞儀すると、頭を下げたまま口を開いた。

「大姥局様には長雨続きの昨日今日《きのうきょう》、お健《すこ》やかにお過ごしのことと存じます……」

「畏《かしこ》み申します。ささ、入られよ」

いとは傍らの風呂敷包みを部屋に入れると、自身もにじり出た。座したまま障子を閉める。向き直ると三つ指をついた。

「ついては志津殿《しづどの》がお子を生《な》されたと聞き及びましたゆえ、御台所様から祝いの品をことづかって参りました……」

「そ、それはそれは。大儀《たいぎ》でした」

「御台所様もお祝いかたがた、お子の顔を見に近々おじゃましたいと……」

「お気持ちはありがたいのですが、志津は赤子を連れてしばらく里へ帰っておるゆえ――」

オギャア……

嬰児《みどりご》の泣き声！大姥局の顔色が変わった！いとがジッと押し入れを見る。押し入れの襖絵《ふすまえ》は松に鸞鳥《らんちょう》――鸞鳥とは鳳凰《ほうおう》の雛《ひな》で、主君が折り目正しいときにしか現れなかったとされる鳥。

いとの目が細く険《けわ》しくなった。押し入れを見つめたまま冷ややかに言う。

「では、御台所様にはそのように申し伝えましょう……」

そう言いながらも、いとは押し入れから目を離さなかった。押し入れの中の様子を窺《うかが》ってい る。双眸《そうぼう》に妖《あや》しい光を湛《たた》えながら――

「……」

大姥局は腹を決めた。毅然《きぜん》としていとの横顔を見つめる。身じろぎもせずにいとの次の言葉を待った。

「……」

いとは眉を吊り上げたまま、押し入れから視線を外《はず》さず一言《ひとこと》も発しない。冷徹《れいてつ》なまなざし。静まった部屋に押し入れの中の緊張が伝わってくる。キュキュ……押し入れの中からかすかに、衣擦《きぬず》れの音が漏れてきた。

大姥局といとと――二人が目を合わせないまま、しばしの時が過ぎた。

……ゴロゴロゴロゴロ……

遠くで聞こえた雷鳴《らいめい》が近付いてくる。しとしと降っていた雨が、ポツポツ、ポツポツと強くなった。

……ドカーン！

稲妻《いなづま》が落ちた。キャ！思わずいとが小さな悲鳴を上げた。

……ピカッ！バリバリ！

閃光《せんこう》が走った。眩《まぶ》しいほどの明るさで、雷が障子も入側も庭も青白く照らす。築山《つきやま》も。池も。菖蒲《しょうぶ》も。紫陽花も。

……ザーザーザーザー……

ザーザー降りの雨。入側に叩きつけられる雨音がする。

いとが怯《おび》えたように大姥局に向き直った。

「それではこれで失礼仕《つかまつ》ります……」

両手を付いて挨拶《あいさつ》したいとは、傍らの風呂敷包みを大姥局の膝元に差し出した。急いで立ち上がると、逃げるように部屋を出た。

「……志津……」

大姥局は押し入れに向かって声を掛けた。押し入れが音もなく開いて、赤子を抱いた志津がにじり出てきた。赤子は晒《さら》しの産着《うぶぎ》にくるまれている。

生まれたばかりの赤子は、きれいな眼をしていた。白磁のような白眼で、黒眼は大きく黒く光っている。柔和な顔付きだった。

「幸松《こうまつ》は物事《ものごと》を弁《わきま》えている。大したものじゃ」

「……息が止まりそうでした」

志津は抱いた赤子を優しく揺すった。赤子はつぶらな瞳で志津を見ている。

「江様からの祝いの品だそうじゃ」

大姥局が紫の風呂敷包みを引き寄せると、結びを解《と》いた。現れたのは高さ一尺五寸（四五センチ）の桐の箱――

「江様にもこのようにお優しい一面があったとは……」

目を細めながら、桐箱の溝に差し込まれた引《ひ》き蓋《ぶた》を抜き上げる。中に金色《こんじき》の袱紗《ふくさ》に覆われた鉢植えが見えた。鉢を持って桐箱から引き出す。袱紗を取った――

ヒッ！

キャーッ！

大姥局が息を呑むのと志津の悲鳴が同時だった。

鉢に植えられていたのは、一尺（三〇センチ）の楤《たら》の枝――その真ん中の一際《ひときわ》長い棘《とげ》に刺し貫《つらぬ》かれているのは――まだ毛が生え揃《そろ》っていない鼠《ねずみ》の赤子！

裸に近い鼠の赤子は、逆さまに背中から串刺《くしざ》しにされていた。尖《とが》った棘の先が鼠の腹から三分（九ミリ）ほど突き出ている。まだ乾ききっていない桃色の腹が生々しい。

百舌《もず》の早贄《はやにえ》。百舌の獲物の多くは虫や蟷螂《かまきり》、蛙《かえる》や蜥蜴《とかげ》と聞いていたが。よりによって鼠の赤子とは――

「……おのれ！江《ごう》の方《かた》め！」

大姥局が顔をゆがめながら呻《うめ》くように云った。

志津は赤子を抱いたまま、ただ〳〵震えていた。赤子に細かい振動が伝わって、赤子の身体もぶるぶると震えている……冷たい雨が降り続く……

三　柳生宗矩

雲が流れて寝待《ねま》ちの月を隠し始めた。望月《もちづき》（満月）から四日経って、月の出も二刻（四時間）近く遅くなっている。

「……月は大方《おおかた》隠れました。もう大丈夫でしょう……」

大人《たいじん》の風格がある武士が密《ひそ》やかに志津《しづ》に声を掛けた。背丈《せたけ》五尺八寸（一七四センチ）の偉《い》丈夫《じょうぶ》。引き締まった体躯《たいく》と鋭い眼光。禅僧《ぜんそう》のような落ち着きが、剣術の技量の高さを物語っている。志津よりもずっと年上だが、慇懃《いんぎん》でへりくだった物言いだった。

壮年《そうねん》の武士は若い志津の足元を弓張提灯《ゆみはりちょうちん》で照らす。竹を弓のように曲げ、その上下に引っ掛けて張り開いた弓張提灯は、元々揺らぎがない。それでもなお、用心のために火袋《ひぶくろ》の中は、細く短い五匁《ごもんめ》（一九グラム）棒蝋燭《ぼうろうそく》が控えめに灯されていた。蝋燭は一刻（二時間）灯り続けるかどうかだが、神田《かんだ》銀《しろがね》までは十分持つだろう。

「……では、参りましょう」

はい——武士に促《うなが》された志津は、小声で応《こた》えた。頷きながらも赤子を抱いたまま振り返って大姥局《おおうばのつぼね》を見る。

大姥局も黙って志津の顔を見る。目が合った。志津が堪《こら》えきれなくなって、口元を袖で押さえる。

「……も、もう一度生まれ変わっても、またお局様《つぼねさま》に……お仕《つか》えしとうございます……」

「……待っているぞよ……ささ、出掛けられよ。もう十分暗くなった……」

志津と大姥局はひそひそと別れの挨拶を交わした。いずれ二人が逢うことはないだろう。羽織袴《はおりはかま》の立派な武士が提灯で照らす足元に気を付けながら、志津は赤子を抱いて小さく歩を進めた。背中に大姥局の心配そうな視線が感じられた——

月が隠れた夜八《よるやっ》つ（午前一時半）、三十一万坪の広大な江戸城は静まり返っていた。本丸《ほんまる》の北西に聳《そび》える天守閣《てんしゅかく》は周囲を睥睨《へいげい》し、本丸、本丸中奥《なかおく》、本丸大奥《おおおく》、二ノ丸、二ノ丸大奥が蛤《はまぐり》堀《ぼり》、蓮池堀《はすいけぼり》、三日月堀《みかづきぼり》、平川堀《ひらかわぼり》や天神堀《てんじんぼり》などの内堀に取り囲まれて、壮大な御殿を形成している。さらにその外側に桔梗堀《ききょうぼり》や大手堀《おおてぼり》などが廻《めぐ》らしてあった。

要所〳〵の城門《じょうもん》では篝火《かがりび》が焚《た》かれ、槍を手にした足軽《あしがる》が二名、門の左右に分かれて警固《けいご》している。篝火が照らす櫓門《やぐらもん》の壁は、白い漆喰《しっくい》に炎の揺らめきを映し出していた。

本丸大奥を抜け出た二つの影が、梅林坂《ばいりんざか》を闇に紛《まぎ》れて音もなく下っている。坂の両側に植えられている実を採るための落葉高木は、冬の花の時期も終わって、短い枝が露《あら》わになっていた。歩む影の一つは大きく、一つは小さい。小さい影は胸に何かを抱いている。大きい影は大小を差し、手にした提灯で小さな影の足元を照らしながら悠々と歩いた。目立たぬながらも、背筋を伸ばした歩行姿勢に、卑屈さは感じられない。

梅林櫓《ばいりんやぐら》の脇の上梅林門《かみばいりんもん》で、太田嘉助《おおたかすけ》は苦悶《くもん》していた。夜明けの門番交代まで二刻（四時間）もある。腹も減ったし、厠《かわや》へも行きたい。空腹は我慢できるが、小便は我慢できそうもない。三間《さんげん》（五、四メートル）先の篝火に薪《まき》を足している弓手《ゆんで》（左方）門番に声を掛けた。

「……長兵衛《ちょうべえ》、厠に行きたい。済まぬが一時《いちじ》ここを離れる」

「……承知した。直ぐに戻るのだぞ」

「かたじけなし」

嘉助は槍を手にしたまま上梅林門を潜《くぐ》ると、梅林櫓のか弱い行灯《あんどん》の明かりを目安《めやす》にして厠を目指した。

え？ 何だ？ 思わず足を止めた嘉助の眼に梅林櫓の手前、暗闇の中に仄《ほの》かな明かりが見えた。薄ぼんやりとした明かりだが、明らかに腰高《こしだか》の提灯の灯《ともしび》だ。思わずつばを飲み込む。本能的に槍のかぶら巻きを握っていた右手を石突《いしづき》まで下げ、左手でかぶら巻きを握った。緊張しながら左前に構え、両肘を絞《しぼ》る。摺足《すりあし》で音を立てずに提灯に近付く。

「誰《だれ》――」

誰何《すいか》する以前に槍の口金《くちがね》を握られた。上下左右、前後、槍の穂《ほ》が石垣にでもはまり込んだかのように、一寸（三センチ）たりとも動かせない。びくともしない槍の向こうに大柄な影があった。ぐいと引き寄せられた槍に引き擦《ひず》られて、たたらを踏んだ嘉助の目の前に提灯が差し出された。

地楡《われもこう》に雀《すずめ》――柳生家《やぎゅうけ》の紋所《もんどころ》！

火袋《ひぶくろ》に染め抜かれた家紋は見たことがあった。将軍家《しょうぐんけ》兵法指南役《へいほうしなんやく》・柳生宗矩《やぎゅうむねのり》……柳生新陰流《やぎゅうしんかげりゅう》の印可状《いんかじょう》を持ち、武芸者の中でも最高の剣士として知られていた。

「柳生宗矩……所用《しょよう》にて通らせてもらう。他言無用《たごんむよう》……」

ハハーッ！自由になった槍の石突を地に付け、穂を天に向けると、嘉助は深々と礼をした。低頭する嘉助の目の前を、宗矩に続いて白足袋《しろたび》に草鞋《わらじ》という女人《にょにん》の足が過ぎた。緒《お》をしっかりと足首に巻きつけて固定している。アウ、アウ……赤子の声がした。下を向いたままの嘉助の目が見開かれた。

——訳ありだ。宗矩さまが他言無用といったのは、こういうことだったのか。ならば、なおさら口外できぬ。柳生新陰流の継承事《けいしょうごと》なぞ我《われ》には何の関《かか》わりもないことだ。何も見なかったことにしよう……


下梅林門《しもばいりんもん》でも似たようなことが起きた。

門番の足軽・春山太兵衛《はるやまたへえ》は、篝火に薪を継ぎ足した際、背後に何気なく目をやりギョッとした。上梅林門から暗闇の中を赤い蛍のような明かりが、揺れながら近付いてくる。

「し、重則《しげのり》、ちょ、ちょっと来てくれ……」

太兵衛は門の反対側で座り込んだまま眠りこけている重則に、慌てて声を掛けた。

「アーッ……ン……何だ？どうした？」

重則は大欠伸《おおあくび》をすると、立ち上がって門の漆喰壁《しっくいかべ》に立て掛けておいた槍を手にした。面倒くさそうに太兵衛が顎をしゃくった方を見る。弱々しい明かりが見えた。二人揃って門の内側の明かりの正体を見定めようと、槍を持ったまま目を凝《こ》らす。明かりは規則正しく揺れながら進んでくる。速さにも動きにも乱れはない。

大柄な武士が後ろの小兵の足元を、提灯で照らしながら歩いていた。能を舞うように落ち着いた歩みで、一分《いちぶ》の隙もなかった。

太兵衛は恐る恐る門の内側に向かって、槍を構えた。左前に構えた槍の元手《もとで》・石突側を右足の付け根に付けた途端、スーッと顔の前に提灯が伸びてきた。視界を遮《さえぎ》った提灯には紋所がある。地楡に雀――

「将軍家兵法指南役・柳生宗矩……訳あって外出いたす。このこと一切《いっさい》他言無用……」

柳生！落ち着いた低い声域《せいいき》。大きく揺らぐことのない提灯。

刀でも十分に打突できる近間《ちかま》の間合《まあ》い！瞬時に間《ま》を詰められて、太兵衛は腕の違いを思い知らされた。距離を取っての槍の殺傷力は、見事に削がれている。

「か、か、畏《かしこ》まってございます……」

もう一人の門番・重則は、はなから武士を改めようとする気などなかった。ましてや柳生と分かってからは……万が一柳生に太刀を抜かれ、斬《き》り合《あ》いにでもなったら大ごとだ。怪我《けが》などさせられたら目も当てられぬ。死は免《まぬが》れても深手《ふかで》を負うことは必定《ひつじょう》。安い給金《きゅうきん》でそこまで尽くす義理はない。夜中に城外へ行きたければ、とっとと出て行ってくれ……後ろに従う赤子を抱いた女人は、奥女中だろう。柳生が孕《はら》ませた奥女中をどこぞの誰かに払い下げにでも行くのか。いいご身分だ。儂もあやかりたい……

三の丸の大番所《おおばんしょ》（警備詰所）では、いささか勝手が違った。

四基の篝火の前に、槍を手にした番人が九名いた。

「将軍家兵法指南役・柳生宗矩……所用にて外出いたす……」

名乗りを上げた宗矩に対し、真ん中の中士《ちゅうし》の左右に居並ぶ下士《かし》たちが、石垣と石垣の間いっぱいに広がって道を塞《ふさ》いだ。横陣《おうじん》の陣形！戦《いくさ》の経験がある者たち！

八名の下士たちは既《すで》に直鎗《すやり》を左前に構えている。中士のみが十文字槍《じゅうもんじやり》を垂直に立てていた。

十文字槍は三方向に刃が向いており、扱いが難しい。手練《てだ》れなのだろう。

中士が丁寧に辞儀すると、口を開いた。

「三《さん》の丸大番所組頭《まるおおばんしょくみがしら》・丸山智之進《まるやまとものしん》にございます。恐れながら……柳生様がこの刻《こく》に城外に出られる訳をお聞かせ願いまいか」

「……十文字槍を手にしているということは、宝蔵院流《ほうぞういんりゅう》とみたが……」

宗矩は問いには応えず、丸山の眼を見た。暗い中でも丸山は眼をそらさない。

「左様にございます」

若いのに落ち着いていた。左足を前にした自然体は、瞬時に防御の姿勢に移ることができるだろう。初太刀《はったち》を払って躱《かわ》せば、直ぐに穂を振り下ろしてくる。面倒なことになる。

「……宝蔵院流の祖・中御門胤栄《なかごもんいんえい》様には、大永《だいえい》七年（一五二七）生まれの父・宗厳《むねよし》が大和国《やまとのくに》柳生庄《やぎゅうのしょう》（奈良市柳生町）で一際《ひときわ》世話になり申した」

宗矩は中御門と柳生の係《かか》わりを述べた。不要な争いは避けたかった。背後には赤子を抱いた志津がいる。若い丸山は柳生と中御門の係わりを知らぬであろう。知ったところですんなりと通してくれるものかどうか……だが――

「失礼仕《しつれいつかまつ》りました！　確かに祖・胤栄も大和国、興福寺《こうふくじ》の出《で》……生《う》まれ年《どし》も大永年間なれば、宗厳様との交わりがあって然《しか》るべし……」

丸山が左前の構えを解《と》いた。礼儀正しく、呑み込みが早い。素直な性分《しょうぶん》なのだろう。

「槍と剣と……胤栄様と父は、得物《えもの》は違えど切磋琢磨《せっさたくま》した仲だとか……」

「そうとは知らず、ご無礼《ぶれい》の段、重ね重ねお詫び申し上げまする」

「よいのだ。某《それがし》も正直に言うべきであった……ここにいるのは本丸奥女中の志津、赤子は某《それがし》の子じゃ……」

志津が丸山の前に進み出ると、丁寧にお辞儀をした。丸山も辞儀を返す。

「このこと、内密《ないみつ》に願いたい……」

「心得《こころえ》ました……」

宗矩の求めに、丸山は即座に応じた。公《おおやけ》にしたくないのだろう。宗矩の気持ちはよく分かる。女人を孕ませても、何とも思わない大身《たいしん》（位が高く禄が多い）が多いのだが……


――コロコロコロコロ……コロコロコロコロ――

――ケケケケケケケ……ケケッケケッケケッ――

――ケロケロケロケロ……クワックワックワッ――

――ゲゲゲゲゲゲゲ……グワーグワーグワー――

長さ十六間半《じゅうろっけんはん》（三〇メートル）、幅四間二尺《よんけんにしゃく》（七、八メートル）のゆったりと湾曲《わんきょく》した木橋《きばし》が江戸城外へと延びていた。橋の三間《さんげん》（五、四メートル）下の濠《ほり》では月の光を浴びて、無数の蛙《かわず》が鳴《な》き音《ね》を競っている。蛙の声を遮《さえぎ》ることもなく、武士が橋を渡っていた。一間《いっけん》（一、八メートル）離れて赤子を抱いた女人が続く。

寝待の月を隠していた黒雲は、いずこともなく消えた。

平川橋《ひらかわばし》を渡り終えた宗矩が、手にした提灯の赤い炎を吹き消す。青白い月光が冴《さ》えた。

「……これで私はもう、お城勤めではなくなったのですね……」

宗矩に続いて橋を渡り終えた志津が、しんみりと言った。平川橋の先は一橋屋敷《ひとつばしやしき》へと続く城外の道になる。

「……いかにも」

「これからは宗矩様の側室として生きていくのでしょうか」

志津が不安そうに尋ねた。

「お子がもう少し大きくなるまでは……柳生の側女《そばめ》と子にしておいた方が無難ゆえ……」

「しかし、門番の方や番人の方には口止めなさっていましたが」

「人はしゃべるなと言われれば、余計にしゃべりたくなるものです」

「……」

確かにそうだと志津は思った。優れた兵法者《へいほうしゃ》は人の心まで見透かすのだろうか。

志津が宗矩の子を抱いて城外へ去ったとなれば、幸松《こうまつ》の命は保てるだろう。しかし、幸松が江戸幕府第二代征夷大将軍《せいいたいしょうぐん》・徳川秀忠《とくがわひでただ》のご落胤《らくいん》と知れたら、様々な者たちから命を狙われる――江戸城という巨大な城の主《あるじ》になる権利を有することは、その座を狙う者たちの的《まと》になることでもあった。

その的を狙う筆頭が……江《ごう》だった。江には三度目の夫・秀忠との間に千姫《せんひめ》、珠姫《たまひめ》、勝姫《かつひめ》、初《はつ》姫《ひめ》、竹千代《たけちよ》、国千代《くにちよ》の二男四女がいた。さらに志津の出産と競うように、江自身が七人目の出産を控えていた。

武蔵国《むさしのくに》（東京・神奈川・埼玉）の大工の娘なんぞに引けを取ってはならぬ――卑《いや》しい奥女中が正室を差し置いて、将軍家の世継ぎを生むことなどあってはならぬのだ――

大きくなった腹を抱えて水を飲みに廊下に出た江に、暁《あかつき》七つ（午前三時）の月がさやかな光を投げかけた。

眉を吊り上げた江の美貌が、妖しく輝いた……

四　竹村次俊

――ジージージー……ジリジリジリ……ジージージー――

――ミーンミーンミーン……ミーンミーンミーン……ミーンミーンミーン――

油照りの暑い日、競うような蟬の鳴き声が一層暑さを掻き立てた。

埃が立つ道を、二挺の女乗物《おんなのりもの》が進んでいる。前を行く乗物は梨子地《なしじ》に葵紋《あおいもん》が染められ、紋所《もんどころ》の周りを唐草文様《からくさもんよう》の蒔絵《まきえ》が囲んでいた。三葉葵《みつばあおい》が金色《こんじき》に輝く手が込んだ装飾は、明らかに将軍家の高貴な女性の乗物だった。乗物は武蔵国板橋《むさしのくにいたばし》（東京都板橋区）の在《ざい》（田舎）では一際目《ひときわ》立ち、異様《いよう》に見えた。

入道雲がむくむくと盛り上がって暑苦しい日和《ひより》だったが、引き戸は閉じられたままだった。両脇を警固する四名の武士たちも深編笠《ふかあみがさ》を被っている。

後ろに続く乗物は黒漆塗《くろうるしぬ》りで、前を行く乗物よりは下位だったが、やはり金で染められた葵紋が将軍家縁《しょうぐんけゆかり》であることを示している。後ろの乗物は、武士二名によって護《まも》られていた。どちらの乗物も四枚肩《しまいがた》（四人）で担がれ、最後尾に控えの担ぎ手がそれぞれ四名、後ろの乗物から二間《にけん》（三、六メートル）離れて、六尺の駕籠舁杖《かごかきづえ》を突きながら歩いている。

一行は夏祭りの牛車《ぎっしゃ》のように、ゆっくりと街道を進んだ。田んぼ脇の細い川に沿ってみすぼらしい百姓家が並び、二町（二〇〇メートル）先に火《ひ》の見櫓《みやぐら》が見えた。火の見櫓を過ぎると道幅が二間半（四、五メートル）と広くなり、町家《まちや》が建ち並んでいる。大店《おおだな》の呉服屋など商家《しょうか》があり、旅籠《はたご》があり、米屋や酒屋、刀鍛冶《かたなかじ》や髪結《かみゆ》いの店、一膳飯屋《いちぜんめしや》や居酒屋《いざかや》があった。町並みの外《はず》れに整った表長屋《おもてながや》があり、五十間《ごじゅっけん》（九〇メートル）先まで延びている。

二挺の乗物は表長屋の角を弓手《ゆんで》（左）に折れて、裏長屋《うらながや》に向かった。

裏手の路地に建てられた間口《まぐち》九尺（二、七メートル）、奥行《おくゆき》二間（三、六メートル）、広さ一《ひと》坪半《つぼはん》（五平方メートル）、板壁を燐の家と共有する裏長屋の家々では、雑多な貧民が暮らしていた。逃散《ちょうさん》してきた小百姓《こびゃくしょう》（貧農）、天秤棒《てんびんぼう》を担いで魚や野菜を売り歩く棒手振《ぼてぶり》、鳶《とび》、其日《そのひ》稼《かせぎ》（日雇い）、大工、左官、石工《いしく》、桶職人《おけしょくにん》などだった。安い手間賃《てまちん》で重労働を余儀《よぎ》なくされる、世間で虐《しいた》げられた者たちが、肩を寄せ合うようにして生きている。

その裏長屋一番手前の畳屋《たたみや》の前で、場違いな女乗物が二挺、停止した。

「……畳屋、ちと尋ねたいことがある……」

高級乗物の右前を歩いていた武士が、軒先で畳表《たたみおもて》を裏返している畳職人に声を掛けた。

「へえ、何でございやしょう……」

張替《はりか》えの手を止めた畳職人は、首に巻いた手拭いで汗を拭きながら、不安気に豪華な二挺の乗物を横目で見た。乗物はどちらもこの暑さの中で、引き戸を開けていない。深編笠を被った警固の武士六名、迎え鉢巻の駕籠舁き十六名。仰々《ぎょうぎょう》しい女乗物には一体誰が乗っているのか。

「……ここに竹村次俊《たけむらつぐとし》という大工は居《お》るか……」

「へえ、いることはいますが……このところずっと左官と石工共々《いしくともども》、お代官様の普請《ふしん》に出かけておりまして」

「代官所の普請か？」

「いえ……お代官様自らのお屋敷でございまして……」

「そうか……」

武士の沈んだ返事を聞いて、畳職人はしまったと思った。役人が私用で職人を使うことはよくあるが、その手間賃《てまちん》は通常の半分ほどだ。かといって、断ることもできない。

深編笠を被った武士の表情は判らなかったが、黒紋付には月白《げっぱく》（白色）の葵紋が染め抜かれている。護衛する高級乗物の格式からしても、代官など足元にも及ばない地位に違いない。この武士が代官を罰するなどしたら、代官は誰が告げたかすぐに調べるだろう。余計なことを言わなければよかった……


「竹村の家はどこだ？」

「へえ、三十間（五四メートル）先の提灯張《ちょうちんは》りの隣でございますが……」

「近頃、竹村の家に娘が赤子を連れて出戻ったという話は聞いていないか？」

「いえ……竹村には確かにお城に上がった志津《しづ》という娘がいましたが、出戻ったという話は聞いておりません」

「竹村以外に誰か住んでいるのか？」

「へえ、大年増《おおどしま》（四十歳以上）の女房が針仕事を受けながら一緒に暮らしておりますが……志津が何か？」

畳職人はいぶかしむように武士の深編笠を見た。

「評判のいい娘ゆえ、我が家中で奉公させたいと思ってな……」

「それはそれは……うってつけでございます。志津は幼い頃から出しゃばることのない正直者でして。大人になっても気立てのいい働き者で、素直な性分で……」

畳職人の口が軽くなった。同じ長屋の娘の名声が、よほど嬉しいのだろう。

「手間を取らせた……」

武士が乗物の右前に戻ったのを見た畳職人は、高級乗物に続いて後ろの中級乗物が通り過ぎるまで頭を下げ続けた。二挺の乗物は輿入れでもするかのように、ゆったりと上品に裏長屋の奥へと進んでいった。路地で見ていた女房たちは慌てて幼子の手を握ると、引き摺るようにして家に入り、ぼろぼろの障子戸《しょうじど》を閉めて息を殺した。障子の破れた穴から、いくつもの眼が光っていた……

揺れる提灯の前で二挺の乗物が停まった。高級乗物の脇を歩いていた黒紋付の武士が深編笠を脱ぐと、足音も立てずに提灯張りの隣の裏長屋・九尺（二、七メートル）間口の引き戸前に立った。中の気配を探るとおもむろに声を掛ける。

「……御免《ごめん》」

腹から出た訪《おとな》いの声。背筋が伸び、両足を前後、肩幅に開いた姿勢は、隙がなかった。

「……へえ、ただいま……どなたでございましょう？」

スーッと滑らせるように引き戸を開けて、大年増の女房が顔を出した。客人《まれびと》（客）の上士らしい整った装いに気後《きおく》れし、怯《おび》えながら目付きの鋭い武士の顔を見上げる。

武士は警戒を解くように、丁寧《ていねい》に名乗った。

「……大奥御台所《おおおくみだいどころ》広敷用人《ひろしきようにん》・服部正重《はっとりまさしげ》と申す。こちらは竹村次俊殿のお宅でござるな？」

「へ、へえ、左様《さよう》ですが……あ、あいにく亭主は留守でして――」

「こちらから大奥に上がった志津殿に、お子が生まれたと聞いた」

「！」

「間違いござらぬな？」

余りに真っ向からの問いに、女房の頭には偽《いつわ》りも思い浮かばなかった。

「ど、ど、どなたから、そ、それを……」

女房はしどろもどろになって聞いた。亭主からは、志津に子が生まれたことは厳《げん》に秘《ひ》するよう命じられている。

「案ずることはない。大奥から祝いの品を届けに来たまでじゃ。しばし待たれよ」

震える女房に背を向けると、服部は女房が長屋に入って引き戸を閉めるのを聞いた。女房の動きに構わず高級乗物の脇に行くと、膝を付いて引き戸越しに呼びかけた。

「亭主は留守ですが、針仕事を請け負う女房がおりました」

「赤子の気配はどうじゃ？」

高級乗物の中から貴人らしい声がした。

「ございました」

「どのような気配じゃ？」

「奥に見えた縫物《ぬいもの》が、全て晒《さらし》の襁褓《むつき》（おしめ）でございました」

「……いとを……いとを呼んでたもれ……」

「ハハッ。直《ただ》ちに」

服部に目配せされた若い武士が中級乗物の脇に行き跪《ひざまず》くと、引き戸越しに声を掛けた。

「御台所様がお呼びです」

「……畏まりました」

引き戸が開けられて、乗物の脇に留袖用《とめそでよう》の金色《こんじき》の草履《ぞうり》が並べられた。いとが姿を見せると、中腰のまま草履を履いた。上体を崩さずに、高級乗物に据腰《すえごし》で近付く。

「御台所様……いとでございます……」

腰を低くして声を掛けた。

「……これを大工の女房に届けて参れ……私からの祝いの品だと伝えよ……」

高級乗物の引き戸が半分開けられて、高さ一尺五寸（四五センチ）の古代紫《こだいむらさき》の風呂敷包みが差し出された。いとは角張《かくば》った風呂敷包みをうやうやしく両手で持った。立ち上がると、服部を従えて長屋に近付く。

「女房殿……開けて下され……女房殿。竹村の女房殿」

いとの呼びかけにも、長屋の引き戸が開けられる様子はなかった。

「女房殿、竹村の女房殿――」

なおも声を掛けるいとの隣で、服部が首を振った。

服部は女房が引き戸の向うで息を殺し、聞き耳を立てているのに気付いていた。引き戸には恐らく突っかい棒がしてあるだろう。

「女房殿、服部でござる。御台所様からの祝いの品、ここへおいて参ります」

服部に目配せされて、いとは風呂敷包みを引き戸の前に置いた。そのまま後ずさると、急いで高級乗物に近寄った。腰を低くして引き戸越しに話した。

「戸を開けぬゆえ、戸の前に置いてきました……」

「……」

「よろしかったでしょうか？」

「……よい」

いとへの江《ごう》の返事を聞いた服部は、いとが乗物に乗り込んだのを見届けると、ゆっくりと乗物を先導して歩き出した。

蝉の声はますますかまびすしくなっている。


――カナカナカナカナ……カナカナカナカナ……カナカナカナカナ――


昼間の蝉と入れ替わるように、夕方の蝉が鳴き始めた。

山の端《は》に沈もうとする茜色《あかねいろ》の夕陽が、人の影を長く見せた。左官と石工と別れた次俊は、己の影を踏みながら家路についた。右肩に担いだ道具箱が重たく感じられる。幅一尺（三〇センチ）、奥行二尺二寸（六六センチ）、高さ六寸（一八センチ）、重さ四貫（一六キロ）の道具箱はいつもと変わらぬのに……

ヤレヤレ……お代官様のお屋敷の普請を早く終わらせたいものだ。二間《ふたま》建て増すのに、もう半月《はんつき》もかかりっきりだ。あと十日の内には仕上げて、別の仕事をしなければ……如何《いかん》せん、お代官様のお屋敷の普請は手間賃が安過ぎる……これでは孫に何か買ってやることもできぬ……

裏長屋のとば口（入り口）に来ると、夕餉《ゆうげ》を煮炊《にた》きした際の薪《まき》の燃えた匂いが残っていた。あちこちに七輪《しちりん》が置きっぱなしになっている。まだ熱が残っているのだろう。

鰯《いわし》を焼いた匂い、鯵《あじ》を焼いた匂い、鯖《さば》を焼いた匂い、米を炊いた匂い、南瓜《かぼちゃ》を煮た匂い、味噌、醤油、鰹節……

裏長屋のあちこちから、童《わらべ》らの声が聞こえた。弾む声に乗って夕餉《ゆうげ》の匂いも漂ってくる。貧しくとも一日で一番楽しい一時《ひととき》だ。貧乏長屋にも束の間、幸せが訪れる刻《こく》だ。

家の前に来た次俊は、引き戸が閉じられているのをいぶかった。裏長屋では戸を開け放っている家が多い。戸を開けておくと、通り抜ける風が暑さを逃がし、幾分か過ごしやすくなるのだ。なのに……

「今、帰った」

次俊は道具箱を降ろすと、戸を開けようとした。

ガタ、ガタガタ、ガタ――戸は引っ掛かって開かなかった。立て付けは悪くないはずだ。商売柄、戸が開きにくくなると、直ぐに敷居を削って滑らかに戸が動くようにしてある。

ガタ――動かない。戸に突っかい棒がしてあった。

ドンドンドン、ドンドンドンドン、ドン――

「志乃《しの》!!俺だ!次俊だ!」

カラカラン。朴《ほお》の木でできた突っかい棒が転がる音がした。戸を開けて中に入った次俊が、道具箱を土間に置いた途端、志乃がしがみついてきた。いい年をして涙ぐんでいる。

「どうした?何があった?」

怯えた様子で外の様子を確かめた志乃は、戸を閉めると、再び突っかい棒をした。

「……昼間、大奥からのお使いだという方々がお見えになって……」

志乃は話しながら、上《あ》がり框《かまち》に水桶を置いた。次俊は水桶で手拭いを絞ると、首や顔を拭いた。最後に足を拭うと一間《ひとま》しかない畳の居間に上がった。

「これか……」

径《けい》二尺(六〇センチ)の丸い卓袱台《ちゃぶだい》の上に、高さ一尺(三〇センチ)はあろうかという立派な博多人形《はかたにんぎょう》が置かれていた。

人形は男の童《おのこわらべ》で、ふくよかな両足を投げ出して座っている。厚く張りのある博多織《はかたおり》の生成《きな》りの産着《うぶぎ》を着て、にっこり笑っている。無垢《むく》な顔付《かおつ》き。つぶらな瞳《ひとみ》。前に突き出した両手は、母親に抱いてもらいたがっているようだ。ぽっちゃりした頬が赤い。見る者が思わず微笑んでしまうような見事な出来栄《できば》えだった。

「大奥のお役人の服部様、御台所様のお使いのお女中がこれを……志津が子を生《な》した祝いだと言って……」

「幸松《こうまつ》が生まれたことを何故知っている？」

「お答えになりませんでした……」

「……」

次俊は博多人形に手を伸ばした。

「やめてッ！」

志乃がきつい口調で止めた。が、間に合わなかった。次俊の両手で持ち上げられた人形から、首がもげ落ちた。ガチャン！首は針桐《はりぎり》の卓袱台に落ちて砕け散った——

次俊の手には首のない人形が残された。

「妾《わらわ》が持った時からすでに首が、取れていて……」

志乃が俯《うつむ》きながら云った。

「さ、最初から……首が……お、落ちるように……米粒で繋いだのですが……」

志乃が声を震わせた。

「おのれおのれ――御台所めッ！」

首のない人形を置いた次俊は土間へ降りると、草鞋《わらじ》を履いた。畳まれた提灯を手にし、火打《ひうち》石《いし》と貴重な七匁《ななもんめ》（二六グラム）蝋燭《ろうそく》を手拭いにくるんで懐《ふところ》に仕舞った。

「出かけてくるッ」

「どちらへ？」

「知らない方が其方《そち》の身のためじゃ。俺が帰ってくるまで、突っかい棒をして決して戸を開けるでないぞッ」

憤怒《ふんぬ》の形相《ぎょうそう》で次俊は家を出た。周囲に注意を払い、怒りながらも警戒を怠らなかった。

夏中《なつなか》（夏の盛り）の夕陽もようやく沈み、長い昼が終わった。

板橋の町外れで家並みが途切れると、宵闇《よいやみ》が迫ってきた。虫の声が湧き、どこに川があるのかふうわりと蛍《ほたる》が飛んできた。太陽に代わって顔を出した中秋《ちゅうしゅう》の月が、青白い光を放ち始めた。

疲れてはいたが、次俊の足は止まることがない。一刻も早く、今日の一件を伝えなければならなかった。初孫の幸松が御台所に命を狙われている。志津も危険だ。ここは何としてでも、北の丸に辿り着いて、幸松と志津の助命を請わねばならない。その思いが、次俊の疲弊《ひへい》した身体を前へ前へと推し進めた。

月明かりの中で、次俊の影が移動していた。三十間（五四メートル）離れて、三つの影も同じ速さで移動していた。

影は次俊からつかず離れず、樹木や藪や蒴藋《そくず》や独活《うど》の陰に身を隠しながら次俊を追った。黒《くろ》装束《しょうぞく》に黒頭巾《くろずきん》の追手《おって》は、三人共背中に三尺（九〇センチ）の反りのない忍者刀《にんじゃとう》を背負っていた。艶《つや》を消した黒鞘《くろざや》が身体同様、闇に溶け込んでいる……

五　忍びの者

――ウォウォウォウォーン……ウォーン……ウォウォウォーン――

遠くで啼く犬の遠吠えが、山びこのように尾を引きながら低く聞こえてきた。夜八《よるやっ》つ（午前一時）の神田《かんだ》銀町《しろがねちょう》は、星明りの下で死んだように寝静まっている。

――カーンカーンカンカンカン……カーンカーンカンカンカン……

夜のしじまの中で、夜回りの火消しが打ち鳴らす拍子木《ひょうしぎ》の乾いた音が響いた。

――トン、トントン、トントントン……トン、トントン、トントントン――

一定の拍子《ひょうし》で控えめに戸が叩かれ、竹村助兵衛《たけむらすけべえ》は目を覚ました。

父だ！　一、二、三の拍子で二回戸を叩くのは、父の符号《ふごう》と決めてある。今時分《いまじぶん》、一体どうしたというのか？

表通りに面した地所を借りて、自ら家を建てた助兵衛は、職人として高い地位を得ていた。父と同じ大工だが、真面目な仕事ぶりや達者な腕前が認められて、評判が良かった。格式の高い武家屋敷や、大店《おおだな》からの引き合いもくるようになり、年を追うごとに実入りが増えている。二年前に隣町の鍛冶町《かじちょう》から研師《とぎし》の娘・夕《ゆう》を嫁に迎え入れたが、まだ子供はいない——助兵衛自身は人に恨まれるようなことは何もなかった。しかし、妹の志津が子を生《な》してから間もなく、小さな異変が起き始めた。

瓦版屋《かわらばんや》が家の前を二回も通り過ぎたり、仕事先の普請場で突然、植木屋が入れ替わったりした。二月前《ふたつきまえ》に父が訪ねてきて、志津と赤子が御台所に命を狙われていることを、密かに助兵衛に打ち明けた。それからは用心を怠ったことはない。

——トン、トントン、トントントン……ト——

助兵衛は寝間着姿《ねまきすがた》で、門《かんぬき》を外すと注意深く戸を開けた。星の光を浴びて、股引《ももひき》に腹掛《はらが》けという仕事着の父が、髪を乱して立っている。居間では夕が仄かな行灯《あんどん》を灯した。

「つけられている……」

父は短く言うと、草鞋のまま上がり込んだ。足早に居間を抜け、座敷を抜け、裏木戸《うらきど》から外へ出た。暗い通りを弓手《ゆんで》（左）に曲がり、北の丸方向に向かう。

助兵衛は何事も無かったかのように、ゆっくりと戸を閉めて閂を掛けた。戸を閉める直前に横目で盗み見た表通りでは、米問屋の前に置かれた大八車の陰で何かが動いた。そして、その影は米問屋の裏手の闇へと溶けて見えなくなった。

助兵衛は居間の行灯を消すと、小声で夕に厠《かわや》に身を潜めるように云った。自身は座敷から裏口へと廻り、引き戸に突っかい棒をした。引き戸の節穴から裏木戸を覗く。開きの裏木戸の向こうを影が連続して北の丸方向へ移動した。

父上、何とぞご無事で――願わずにはいられなかった……

――ヒューンッ！――

次俊《つぐとし》の耳元で風切《かざき》り音《おん》がした。

カッ！音は次俊の前方五間（九メートル）、薬師《くすし》の家の板壁、四尺（一、二メートル）の高さに突き刺さった。棒手裏剣《ぼうしゅりけん》！

次俊は畳まれたままの提灯を放り投げると同時に、走り出した。

──ヒューンッ！ヒューンッ！──

二振《ふたふ》りの棒手裏剣がうなりを上げて飛んできた。

カッ！一振りは空中の提灯を串刺しにして、両替商《りょうがえしょう》の黒板塀《くろいたべい》に突き刺さった。

グサッ！鈍い音がした。二振り目が次俊の左肩に刺さった。

グエッ！一瞬のけ反った次俊は、左肩が破裂するような痛みを覚えた。左肩の筋肉が断裂する痛みを堪《こら》えながら、両替商の角を曲がった。そこから先は武家屋敷が並んでいる。

──ヒューンッ！──

思わず頭を下げた。次俊の頭があった高さを、四振り目の棒手裏剣が矢のように抜けていった。次俊は左肩の激しい痛みに耐えながら、左、右、左、真っ直ぐと不規則に折れながら駆け続けた。

──タ・タ・タ・タ・タ・タ・タ──

軽い足音が追いかけてくる。よろめきながら身体を前に運んだ。苦しい。

──ハァハァハァハァ……ハァハァハァ……アーッ──

息が切れた。背中全体がジンジンと痛む。吹き出る汗を拭う余裕はない。大きく開いた口に、額から流れ出た汗が入った。塩辛かった。

よろよろと歩く。呼吸ができない。もう走られなかった。

——ヒューンッ！——

咄嗟《とっさ》に身体を沈める。姿勢を保てなくて尻餅をついた。

カッ！武家屋敷の表門。欅《けやき》の柱の次俊の身体があった位置に、五振り目の棒手裏剣が突き刺さって、ぶるぶると振動した。

もうダメだ……次俊は覚悟を決めると、表門に背中をもたれて、影の正体を見極めようとした。どこの忍びだろうか……


三つの影が縦になって走って来る。少しずつ身体の位置をずらして斜めになった格好。雁行《がんこう》の陣形。次々に相手に襲いかかることができる構え。

短めの刀を逆手《さかて》に持っている。切っ先が身体の後ろを向く独特の態勢。素早く動きながらすれ違いざまの攻撃が連続してできる——

先頭の忍びが次俊の眼前三間（五、四メートル）に迫った。黒頭巾の下の眼が大きく見開かれる。

――シャーッ！――

忍者刀《にんじゃとう》が空に向かって虚空《こくう》を斬《き》った。星明りを仄白《ほのじろ》く反射させている。

両足を揃えて直立した忍びの真横に、水平に胴を払ったままの姿勢の武士がいた。

一瞬にして、深紅の霧が広がった。武士は腰を落として左膝を付き、次の忍びの攻撃に備えている。

先頭の忍びは黒装束の左脇を大きく切り裂かれ、あばらの間の肉を醜《みにく》く抉《えぐ》られていた。動きを止めた忍びの左わき腹から、噴水のように大量の血が迸《ほとばし》った。鉄分を含んだ血の匂いが辺りに漂う。忍びはなおも血を噴き出させながら、左へ深く傾いたまま地面に倒れ込んだ。忍びの身体の下を、醤油樽を倒したように流れ出た血が広がった。

武士は、しゃがみ込んだ二番目の忍びとの距離を測っている。

二番目の忍びは瞬時に、武士の卓越した剣技を悟った。暗いとはいえ、一瞬にして目の前に現れたばかりではなく、一刀の下《もと》に先頭の忍びの左わき腹を払っている。鋭い太刀筋だった。斬られた忍びは助かることはあるまい。そして……武士は再び距離を詰めて、二刀目を低い姿勢から繰り出そうとしている。危険だ！間合いが近間《ちかま》まで詰められていた。

二番目の忍びが振り向きざまに駆け出すのと、三番目の忍びが駆け出すのとが同時だった。二人の忍びは、武家屋敷を背にすると町人家《ちょうにんや》の方向へ左右バラバラに駆けた。武士が追撃してきても、少なくともどちらか片方は助かる。

だが、武士は追ってこなかった。


武士が血塗られた刀を収めた。次俊の右腕を自身の首に回させ、左腰の股引《ももひき》を握ってその身体を持ち上げると、引き摺るようにして歩き出した。

次俊は武士の肩を借りながら、武士の身体が固く厚い筋肉に覆われ、次俊の股引の腰部分を握った左拳《ひだりこぶし》は、栄螺《さざえ》のようにごつごつしているのを知った。武士に支えられた次俊の十五貫（六〇キロ）の身体は、爪先《つまさき》だって前に進んだ。

人形遣いが大きな浄瑠璃人形《じょうるりにんぎょう》を操るように、次俊の身体は武士によって軽々と、調子よく前へと運ばれた。


二町（二〇〇メートル）ほど進むと、目の前に半寸厚《はんずんあつ》（一、五センチ）の黒塀《くろべい》が見えてきた。

――トン、トン、ト、ト、ト、ト、ト、トン……トン、トン、ト、ト、ト、ト、トン――

武士が符丁《ふちょう》で黒塀入口を叩くと、音もなく戸が開いた。武士が次俊を支えたまま、素早く身体を入れる。すぐに戸が閉められた。

提灯を持った二人の若党が、武士に代わって左右から次俊の身体を支え、屋敷内へ連れ込んだ。提灯には菱形が四つ合わさった紋所《もんどころ》があった――武田菱《たけだびし》……


武家屋敷の奥まった座敷に行灯が灯されている。行灯の乏しい明かりの下で、甲斐郡内織《かいぐんないおり》の敷布団に次俊は寝かされていた。青朽葉《あおくちば》の布団の色と同じくらい顔色が悪い。だが、目を瞑《つぶ》ったままの呼吸は穏やかで安定していた。

左肩に擂《す》り潰《つぶ》した蓬《よもぎ》を塗られ、晒《さらし》を巻かれた次俊は、安らかな寝息を立てている。

「……手裏剣に毒が塗ってなかったのが幸いでございました。元々頑健なようだし、命に係《かか》わることもありますまい」

良庵《りょうあん》が次俊の裸の上半身に掛け布団を掛けながら言った。

「幸《さいわ》い菱《びし》が救ってくれたのかもしれませぬな」

武士が良庵の隣に座している尼僧に語りかけた。

「……もし武田菱が命を救ったのだとすれば、柳生殿が次俊殿をお連れくださったからに他《ほか》なりませぬ……」

見性院が落ち着いて応える。

「柳生様、この手裏剣はどこの忍びの物でしょうな？」

良庵が血に染まった手裏剣を見下ろしながら、宗矩に聞いた。

「……五寸（一五センチ）の棒手裏剣を自在に使うことができるのは、伊賀の忍びかと……」

「え？ということは服部様の配下の者？」

「恐らく……半蔵殿の意向でしょう」

「とすると、半蔵殿にお命じになられたのは……」

「……」

三人とも黙り込んだが、三人の脳裏には類まれな美貌を持つ一人の女人《にょにん》が浮かんでいた。

――お江の方……

六　見性院

涼風《すずかぜ》が吹き始めた。

直立した野紺菊《のこんぎく》が風に揺らいでいる。三尺（九〇センチ）の茎は、いくつにも分岐《ぶんき》して先端に淡い青紫《あおむらさき》の花を咲かせている。上にいけばいくほど揺らぎは大きくなって、野の花をしなやかに見せていた。

野紺菊が揺れる道端に沿って、黒塀がある武家屋敷前を、多くの人々が行き交った。

町人家《ちょうにんや》にも近い武家屋敷は、何の変哲もない素朴な造りだったが、頑丈そうに見えた。屋敷を囲む黒塀は、厚かった。

大勢の人が流入してくる江戸の街では、武士や町人、役人や火消し、職人、商人《あきんど》、百姓などあらゆる人間が暮らしていた。

魚や蜆《しじみ》売り、豆腐や納豆売り、青物売り、米や野菜の煮売り、味噌・醤油・塩売り、椀・盆・

杓子《しゃくし》の木地売り、さまざまな棒手振《ぼてふ》りが声を掛けながら商いをした。暮らしに欠かせない食い物売りが多かったが、中には草鞋《わらじ》や雪駄《せった》、草履《ぞうり》、下駄《げた》の取《と》り繕《つくろ》い（修理）、包丁や剃刀《かみそり》、鋏の研屋《とぎや》までが道具箱を背負って、客を求め歩いた。

商い人《あきなにん》以外にも、馬喰《ばくろう》や牛引《うしひ》き、駕籠《かご》舁《か》き、飛脚《ひきゃく》、瓦版屋《かわらばんや》などが往来を行き来した。三味線を抱えた女人《にょにん》や丁稚《でっち》を連れた呉服屋の番頭も通った。深編笠《ふかあみがさ》を被り、尺八《しゃくはち》を吹きながら喜捨《きしゃ》を請う虚無僧《こむそう》が歩く。

虚無僧は酒屋の大店の角で足を止めると、足元に四寸径（一二センチ）の鉦《かね》を置いた。背筋を伸ばして、再び尺八を吹き始める。

――ブ・ブ・ブ・ブ・ブォ〜ブ〜ブォ〜ブォ〜――

――プ・プ・プゥ〜プ・プ・プゥ〜――

――プ・プ・プ・プ・プォ〜プ〜プォ〜プォ〜――

誰もが耳にしたことがある木挽《こび》き唄《うた》……重く低く始まった音階《おんかい》が、いつの間にか軽く高い調べとなった。虚無僧の指が生き物のように動くたびに、尺八が拍子をとって動く。

通りすがりの木地師が立ち止まると、尺八の音色に聞き入った。目を瞑《つぶ》って一節《ひとふし》聴き終えると、虚無僧の足元の鉦に鐚銭《びたせん》を三枚、投げ入れた。

チャリ～ン、チャリ～ン、チャリ～ン……

――ブ・ブ・ブ・ブォ～ブ～ブォ～ブォ～――

――プ・プ・プゥ～プ・プ・プゥ～――

――プ・プ・プ・プ・プォ～プ～プォ～プォ～――

黒い訪問着を着た料亭の女将《おかみ》が、虚無僧に向かい合うように立つと、襟元から巾着《きんちゃく》を取り出した。四文銭二枚を膝を折るようにして、鉦の中に入れる。

チャリ～ン、チャリ～ン……

――ブ・ブ・ブ・ブォ～ブ～ブォ～ブォ～――

――プ・プ・プゥ～プ・プ・プゥ～――

――プ・プ・プ・プ・プォ～プ～プォ～プォ～――

二刻（四時間）ほどの間に五回の喜捨があった。虚無僧は尺八を吹くのを止めると、胸に吊るした偈箱《げばこ》の中に鉦と銭を入れた。尺八を腰に差すと、武家屋敷の方へ向かう。虚無僧に喜捨した五人は、全て武家屋敷の方から町人家の方へ来ていた。虚無僧の前方三町（三〇〇メートル）先に、黒塀に囲まれた武田與左衛門《たけだよざえもん》の屋敷があった……

「……見性院様《けんしょういんさま》、屋敷の周囲を怪しげな者たちが行き来しております……」

武田屋敷の奥の間に入ってきた比丘尼《びくに》が、頭を下げて座すと低い声で告げた。

「怪しげな者とは？」

見性院は襁褓《むつき》を縫っていた手を止めて、脇に置いた。既に三枚ほど仕上がっている。

「木地師、料亭の女将、奉行所の手代、薬売り、博徒……」

「なぜ、それらの者が怪しいと？」

「尺八を吹いていた虚無僧に喜捨《きしゃ》したそうでございます……稼ぎが乏しい木地師や手代、博徒なぞが喜捨するなどということはあり得ませぬ……」

「……」

見性院は座したまま天井を仰いだ。

「信松尼殿《しんしょうにどの》、このこと、すぐに柳生様にお知らせを――」

「柳生様からのご注進《ちゅうしん》でございます……」

「！」

柳生からの報せであれば、相違《そうい》なかろう――

「どうすればよいのであろうな？」

見性院は腹違いの妹である信松尼に、計《はか》らうように尋ねた。

「柳生様が仰《おっしゃ》るには……普段通りにすべしと……慌てふためいてはなりませぬと……」

「なるほどのう」

「妾《わらわ》は柳生様のお考えに従うつもりでおりまする……」

「私《わたくし》もじゃ。曲がりなりにも武田の血筋を引くからには、じたばたすまい……」

武田信玄《たけだしんげん》の遺児である老姉妹は、静かに誓い合った……

――リュウ・リュウ・リュウ・リュウ――細くて上品な虫の鳴き声がする。

――リュウ・リュウ・リュウ・リュウ――邯鄲《かんたん》だろうか。

志津《しづ》は――武田屋敷の裏口に続く蔵の中で、虫の声を聞いた。

蔵の手前側には米俵や味噌樽、醤油樽、酒樽などが並べられ、奥への通路を塞いでいる。その狭い隙間を縫って、奥へ身をよじるようにして進むと、八畳敷の畳があった。畳の周りには衣装箪笥や長持が置かれ、畳の真ん中に飯台がある。歌舞伎舞台のように行灯に照らされていた。が、華やかでも無ければ、明るくもなかった……

飯台の横で、志津は幸松《こうまつ》の襁褓《むつき》を解いた。自由になった両足を動かして、幸松は喜んでいるように見える。肌着も脱がせると、首を支えて盥《たらい》に張られたぬるま湯に浸けた。

気持ちがいいのか、キャハハと声を出して湯を蹴る。足の裏に当たる湯の感触が面白いらしく、膝を曲げて両足を交互に動かし続けた。晒《さらし》で優しく身体を拭う。幸松は手をしきりに動かすと、うっとりして目を閉じた。身体の動きが止まって、寝息を立て始めた。

鯉幟《こいのぼり》の季節に生まれたというに、秋の虫が鳴き始めた今も、こうして忍び忍びに暮らさねばならぬとは……不憫《ふびん》な身の上よのう……幸松、母を許してたもれ……

ぽちゃん、ぽちゃんと盥に水滴が落ちた。幸松の顔にも――

目を瞑《つぶ》っていた幸松が目を開いた。大きな目でじっと志津を見る。やがて笑顔が浮かんだ。

志津の手が震えた。ご落胤《らくいん》など授からなければよかった。ごくごく当たり前の、いや貧しい裏長屋でもよかった。九尺（二、七メートル）二間（三、六メートル）の棟割長屋《むねわりながや》で、幸松を真ん中にして、若い職人や行商人や奉公人と暮らしたかった。

棒手振《ぼてふ》りから求めた豆腐で温かい味噌汁を作り、鰯《いわし》を焼いて亭主の帰りを待つのだ。天気が良ければ、幸松を負ぶって裏長屋の端まで亭主を迎えに行くのだ。不器用で稼ぎの悪い亭主でも、幸松の笑顔を見ると明日は気張ろうと思うだろう。

何の憂いもなく、夕陽が沈む町並みを幸松に見せてやるのだ……

幸松の笑顔には、気力を振るい立たせる力がある。妾《わらわ》も、いや我《われ》も当て布がある着物を着て、仕立て仕事で日銭《ひぜに》を稼ぐのだ。その銭で幸松に風車《かざぐるま》を買ってやろう。幸松の顔の前で風車に息を吹きかけ、くるくると回る様《さま》を幸松に見せてやるのだ。キャハハハと声を上げて歓ぶだろうか、それとも不思議そうな顔をするだろうか、小さな指を伸ばし、風車に触れようとするだろうか……

今は命を長らえることだけしか考えられない——蔵の小さく高い窓から差し込む明かりに照らされる畳八枚が、幸松の世界の全てだ。いつまでこの息が詰まるような暮らしを続けなければならないのだろう……幸松、耐えてたもれ……幸松……幸松……幸松ぅ……


「見性院様！見性院様！」

信松尼がただならぬ気配で、奥の間に走り込んできた。見性院の隣で幸松に乳首を含ませていた志津は、思わず力を込めて幸松を自身の身体に引き寄せた。

「一体何事です」

菩薩のような笑顔で幸松を見つめていた見性院が、信松尼を見た。

「み、御台所様《みだいどころさま》の侍女《じじょ》、いと申されるお方が見性院様にお会いしたいと……」

「御台所様の侍女？その方が何用《なによう》で？」

「仔細《しさい》はお会いしたうえでという一点張りで……」

「……志津殿はその方をご存じか？」

「……お目にかかったことはございませぬが、江《ごう》の方様《かたさま》の命《めい》により……ご落胤《らくいん》である幸松を……亡き者にしようとなさっておいでです……」

志津が消え入りそうな声で応えた。

「お、恐ろしや……お、お留守と言って引き取っていただきましょうか」

信松尼の声も上擦っている。

「……いや、今日のところは素直に引き取っても、いずれまた来るに違いない……ならば今から会って真意を計りましょうぞ！」

「……恐らくは幸松を引き渡すようにと仰られるでしょう……見性院様にも敵意を抱くやも知れません……ご迷惑をお掛けしてしまいます……」

志津の表情は暗く沈んでいた。

「──構わぬ。志津殿、宮参りの時に着せた正絹《しょうけん》の祝《いわ》い着を幸松に──急いで！　信松尼殿、いと殿に庭など見せながら、できるだけゆっくりと案内《あない》してくるように……」

矢継ぎ早に指図した。志津は襟を合わせて幸松を縦に抱くと、慌てて蔵へと走った。信松尼は深いため息をつくと、慎重に歩き出した。

見性院は奥の間の中央で正座すると、静かに眼を閉じた。背筋を伸ばし、山百合《やまゆり》のように凛々《りり》しく姿勢を保つ。腹に力を入れると、精神が澄んで覚悟ができた。山で湧き出る清水のように、見性院の心は濁《にご》りが消えて冷たく冴え渡った。

「け、見性院様……」

信松尼の声が震えた。障子がゆっくりと開けられる。信松尼に続き、上目遣《うわめづか》いでいとが姿を見せた。

「お邪魔いたしまする！」

見性院の姿を認めたいとは素早く正座すると、両手を付いて頭を下げた。しかし、その両目は見性院の横で座す志津に向けられている。

「御台所様の侍女、いとでございます。初めてお目にかかります……見性院様には新涼（初秋の涼しさ）の候、ますますご健勝のほどお喜び申し上げます……」

形式的な挨拶をしながら、いとはチラチラと志津が抱く童《わらべ》を盗み見た。志津は童に向けられるいとの視線を感じて、ぴくとも動かない。動けない。蛇に睨まれた蛙……

「いと殿……ご用件を」

見性院がいとの視線を自分に向けさせるように、用向《ようむ》きを促《うなが》した。

「では申し上げます——大奥で生まれたそのお子は、御台所様がお引取になって大奥でお育てになる、ということでございます」

「それには及びませぬ……」

「はあ？」

いとが目を向いた。

「何と仰いましたか？」

「幸松は志津の実家である板橋の大工、竹村次俊《たけむらつぐとし》の家で生まれました。そして……一月前《ひとつきまえ》に妾《わらわ》の養子となりました……」

「お戯《たわむ》れを……」

いとは見性院の言葉を聞き流そうとした。

「さあ、志津殿……お子をこちらに……」

いとが両手を広げて志津ににじり寄った。怯えた志津は幸松を袖で覆い隠そうとした。

「無礼者ッ！」

見性院が怒鳴った。いとを叱り飛ばした両目がメラメラと燃えている。一瞬にして奥の間が凍り付いた。

「志津、幸松の晴れ着をいと殿に見せて差し上げなさいッ！」

「は、はい」

見性院の厳しい口調に、志津が慌てて返事をした。志津は幸松の身体が正面を向くようにいとに見せた。幸松が着ているのは大人びた銀鼠《ぎんねず》の袴に漆黒《しっこく》の羽織。羽織の裾には金糸《きんし》・銀糸《ぎんし》の幸い菱《さいわびし》。そして、羽織の両胸に月白《げっぱく》（白色）で染め抜かれているのは、割菱四つの武田菱！

「いと殿！妾《わらわ》は武田信玄の次女でありまするぞ！その武田の娘が偽りを申していると仰せられるかッ！」

見性院の全身から青い焔が立ち昇っていた。

「い、いいえ、決して、そ、そのようなつもりではなく……」

見性院のすさまじいまでの気迫に、いとがうろたえていた。

「ご、ご無礼、い、いたしました……」

いとは畳に額を擦り付けんばかりにして詫びた。勝負にならなかった。見性院の裂帛《れっぱく》の気合には、『風林火山』の家風のうちに成長した重みがあった。見性院、六十五歳……

七　柳生屋敷

チーチーチー……カナカナカナカナ……ジージージー……

幾種類もの蝉が競うように鳴いている。精一杯夏を生きている……

「一人の悪に依りて万人苦しむ事あり――」

「……ひとりのあくによりて……ばんにんくるしむことあり……」

「然るに一人の悪を殺して万人を生かす――」

「……しかるにひとりのあくをころして……ばんにんをいかす……」

「是等誠に人を殺す刀は人を生かす剣なるべきにや――」

「これらまことにひとをころすかたなは……ひとをいかすつるぎなるべきにや……」

チーチーチー……カナカナカナカナ……ジージージー……

元和《げんな》二年（一六一六）大暑《たいしょ》の節（七月二十三日）、江戸柳生屋敷の奥書院。障子越しに蝉の声を聞きながら、中年の武士と稚児《ちご》が読誦台《どくしょうだい》を前にして向かい合っていた。

「――人を殺す刀とは？」

「わるいひとをたいじすること」

「――人を生かす剣《つるぎ》とは」

「たくさんのひとをたすけること」

武士の問いに稚児はよどみなく応えた。真っ直ぐに武士の目を見ている。武士が読誦台の書物をめくる。稚児もめくる。

「刀二つにて遣《つか》う兵法は負くるも一人勝つも一人のみ也――」

「……かたなふたつにてつかうへいほうは……まくるもひとりかつもひとりのみなり……」

武士の範読《はんどく》に稚児の音読みが続いた。

「――負くるも一人勝つも一人のみとは？」

「ちいさなしょうぶでまけてもじぶんひとり、おおきなしょうぶでかつとじぶんひとりがかってもたくさんのひとのかち」

「――幸松は幾つになった？」

「むっつ」

「――そうか」

表情には出さなかったものの、四十六歳の宗矩《むねのり》は六歳の幸松《こうまつ》の答えに舌を巻いた。拙《つたな》い言葉ではあるものの、その返答は宗矩の「兵法家伝書《へいほうかでんしょ》」を真っ直ぐに理解していた。

神童《しんどう》……がいるとすれば、幸松こそがそれではないのか。幸松は一人の悪によって万人が苦しめられている時、その悪を殺して万人を生かすことができるのではないか……

本来忌《い》むべき剣《けん》を一人の悪を殺すために用いることで、万人を生かすための剣に代えることができるのではないか……

「幸松――」

「はい」

「庭で木刀の稽古としよう」

「はい！ごきょうじゅありがとうございました！」

幸松は畳に手を付いて師に挨拶すると、書物と読誦台を部屋の隅に師の分まで片付けた。

幸松の目が輝いている。

木刀を構えての剣術の稽古は、幸松の心をわくわくさせた。

師が構えた木刀には相変わらず触れることさえできなかったが、躱《かわ》された直後でも精神を統一すると、気合を発して再び踏み込んだ。近頃では三度に一度は、師が身を躱す瞬間が見えることがあった。

師の手元ではなくその眼差《まなざ》しを見ていると、目に光が走ることがあった。今までは気付かなかったが……

光と同時に師の身体が移動した。それが一瞬のことであっても、垣間《かいま》見えるようになった。何十遍も打ち込みを続け、汗びっしょりになりながらも、幸松は悦びを覚えた。三月前《みつきまえ》より一月前《ひとつきまえ》。一月前よりも昨週《さくしゅう》、昨週よりも今日《きょう》、師の姿を捉えられるようになっていた。嬉しい。少しずつ少しずつ上達している……

宗矩は一日一日、幸松が打ち込んでくる木刀の間合いを、一寸（三センチ）ずつ近付けて交わした。だが、近頃はその必要はなくなった。

稽古を始めた頃は遠く離れていた幸松の木刀が、追々《おいおい》宗矩の木刀に近付いてきた。自身の木刀に触れる寸前で交わすようにしていた宗矩は、心遣いを止めた。幸松の木刀は的確に宗矩に向かって伸びてきている。叩いても払ってもその剣先は、直ぐに宗矩の喉元を指向して瞬時に立ち直る。鋭いだけでなく、幼いわりに剣筋に品があり、天分を感じさせた。宗矩に迫るその上達が嬉しいらしく、幸松は夢中になって何度でも打ち込んでくる。常に全力でもって……

宗矩が「もうよかろう」と言うまで、決して止めようとはしない。息を荒げながらも、一心不乱に打ち込んでくる。その太刀筋には迷いがない。疲れを引きずることもない。精神が肉体を凌駕《りょうが》しているのだ。六歳でしかないのに……

だが、剣術でいくら高みに達してもそれは幸松の本質ではない。幸松の「修身《しゅうしん》」としては役立つかも知れないが、幸松はいずれ万人を救わなければならないのだ。そのために修めるべきは剣術ではない。武道ではない。江戸の剣士たち誰もが見上げる存在の柳生宗矩は、幸松に己とは違う別の可能性を見ていた。

立夏《りっか》（五月五日）の頃、幸松が柳生屋敷の蔵の前で、瓦屋根《かわらやね》の巣から落ちた仔雀《こすずめ》を拾ったことがあった。

幸松は両手を丸めて仔雀を包み込むと、奥書院の広縁に掛けていた母に、瓦屋根に梯子《はしご》を掛けてくれるように頼んだ。母は若党《わかとう》を呼ぶと梯子を持ってきてくれるように言った。さらには、仔雀を巣に戻すことも――若党が蔵の白壁《しらかべ》に三間《さんげん》（五、四メートル）梯子《ばしご》を立て掛ける。梯子は瓦屋根の直ぐ下まで届いた。

だが、幸松は若党に仔雀を渡さなかった。左手のひらに仔雀を載せると、小さい右手の短い指で自ら梯子《はしご》の支柱を握った。支柱の太さ半分にも回らない。それでも草履を脱ぎ素足になると、踏桟《ふみざん》に載せた足を交互にゆっくりゆっくり動かした。幼さが残るぎこちない昇り方……土踏まずを踏桟に掛け、右手だけで身体を支えてぎくしゃくと梯子を昇り始めた。白壁に立て掛けられた梯子がしなって揺れた。母が、若党が、ずっと下になっていた。怖い！落ちそうになる。思わず目を瞑《つぶ》った。ピイ……左手の中から音がした。目を開いた幸松は丸めた左手を腰に引き付けて固定すると、揺れで仔雀が落ちないようにした。上だけを見た。もしも落ちる時は一緒だ……

梯子の最上部まで昇ると、突き出た瓦屋根の隙間から仔雀を見下《みお》ろしていた母雀《ははすずめ》が、たまらなくなったように身体を乗り出した。幸松が左手を巣に向かって伸ばす。

チ・チ・チ・チィーッ・チ・チ・チ・チ・チィーッ・チィ・チィ・チィッ――母雀が気が狂ったように幸松の左手を突つく。痛ッ！巣に向けた短い指先を、細く小さな嘴《くちばし》で何度も突つかれた。

左手のひらを瓦の隙間から巣に傾ける。仔雀が跳んで巣の際《きわ》から中に転がり落ちた。巣の中には他に三羽の兄弟がいた。母雀が仔雀の無事を確かめるように、仔雀の身体をあちこち優しく突つく。仔雀は母雀の身体の下に隠れるように、潜ってしまった。兄弟の仔雀たちが歓んだように騒いでいる。


梯子の支柱を両手で握りながら降りた。母が合わせた両手を口元に引き寄せて、心配そうに見守っていた。梯子を押さえた若党は、大きく頷いている。何度も。何度も。

母が訊《き》いてきた。

「仔雀は母雀の元に帰れたのですね？」

「はい」

「どうして自分で巣に戻そうと思ったのですか？」

「こすずめがオラのようにおもわれたから」

「……」

「こすずめがほかのきょうだいたちといっしょに、おおきくなってほしかったから」

「そうですか……」

奥書院の広縁《ひろえん》に面した障子に、一人の人物の影が映っていた。蔵での様子を奥書院のわずかな障子の隙間から見ていた武士の影。武士は幸松の並外れた天分を以前から見抜いていた。そして、その天分が数年に一度、いや数十年に一度現れるか現れないかという神童に備わったものであることに、改めて確信を持った……

柳生宗矩……前年の慶長《けいちょう》二十年（一六一五）大坂夏の陣《おおさかなつのじん》では、第二代将軍・徳川秀忠《とくがわひでただ》の元に迫った豊臣方の武士七人を瞬く間《またた》に斃《たお》した。将軍家の剣術指南役で三千石の大身旗本《たいしんはたもと》……

……幸松殿の根本の性質は民《たみ》の救済にある。幾万という民を救済するために、幸松殿はこの世に送り出されてきたのだ。気高い品性こそが幸松殿の本性なのだ。蒼空を背に高く聳《そび》える独立峰のように、あらねばならぬのだ。民の誰からも見上げられるように、どこからでもその崇高な頂《いただき》が望めるように、存在せねばならぬのだ。何故この世に生まれてきたのか、そのことゆめゆめ忘れなさるな……幸松殿、いずれは将軍の子として大きく羽ばたく時がきましょうぞ。いや、羽ばたかなければなりませぬ……幸松殿……

八　下　向

「柳生様《やぎゅうさま》、幸松《こうまつ》はまだ七歳ですよ」

「……存じております。ですが、やり遂げていただかなければなりません……」

「何故《なにゆえ》ですか」

「……見性院様《けんしょういんさま》もご存じのはずですが……」

「……」

見性院が沈黙して、武田屋敷の奥の間に静寂が訪れた。

ピョー・ピョー・ピョー・ピョー……屋敷を取り囲む桜の枝で、緑啄木鳥《あおげら》が鳴きだした。風に吹かれた桜の花びらが、奥の間の広縁にひらひらと舞う。

「信松尼殿《しんしょうにどの》、土井利勝様《どいとしかつさま》に直ぐにお目にかかりたいと――」

「……大炊頭様《おおいのかみさま》には拙者《せっしゃ》から伝えておきました……」

見性院が隣に座す信松尼にかけた言葉を、宗矩《むねのり》が遮った。

「どのようにお伝えになったのですか」

「……乗物《のりもの》も女乗物《おんなのりもの》も必要ございませぬと……」

「して、土井様は何と」

「……不憫《ふびん》よのう。しかしながら、これぐらいの試練を乗り越えられなければ、幸松様に先はないのであろうな、と……」

「柳生様、高遠《たかとお》までは江戸城から六十里（二四〇キロ）でございますよ！」

それまで黙って見性院と宗矩のやり取りを聞いていた信松尼が、たまりかねたように口を挟んだ。

「……六十里でも、たとえ百里でもご自分の足で歩いていただきます……」

「征夷大将軍のご落胤《らくいん》であらせられるというに――」

「信松尼！それ以上柳生様に争《あらが》ってはなりませぬ！」

「……」

見性院のきつい口調に信松尼が黙り込んだ。

「分かりました、柳生様。幸松の育《はぐく》み、これからも厳しゅうお頼み申します」

「……拙者、無骨者故《ぶこつものゆえ》、固《もと》より堅き育み以外存じませぬ。果たしてそれが幸松様に合っているものかどうか……」

「剣の道を究《きわ》められた柳生様であれば、間違いはございますまい」

「……剣術の師と人生の師は違《たが》うのではありませぬか……」

宗矩は自信が持てなかった……

「——違《たが》いませぬ」

幸松の手を引いて、広縁《ひろえん》に志津《しづ》が立っていた。奥の間に進んで静かに座す。両手を付く志津に倣《なら》って、正座した幸松も両手を付いた。

「おしょうさま、ようこそ、おこしくださいました」

頭を下げた幸松は、顔を上げると真っ直ぐに宗矩の目を見た。目元が涼しかった。

「……邪魔をしておる。息災《そくさい》であったか……」

「はい」

「柳生様。剣術の弟子の挨拶《あいさつ》は、どこか間違っていたでしょうか」

志津が訊いてきた。

「……いや……立派なものでござる……」

「ならば今後とも剣術の師として――生きる術《すべ》をお授けいただけませぬかッ！」

志津が光る眼で宗矩を見つめている。

「！」

宗矩は志津の予想もしなかった言葉に、驚きを隠せなかった。何卒《なにとぞ》この子が生き延びられるようにお導《みちび》きください。表向きは剣術指南役であっても、人生の師として幼い弟子が生き延びるための道をお示しください。何としてでも我が子を生かしたいのでございます――子を想う母の必死さが伝わってきた……

「……微力ながら拙者でよければ……」

志津が両手を付いて、畳に額が触れんばかりに頭を下げた。その伏せた顔から水滴が一滴、畳に落ちた。続いてもう一滴――幸松も母に倣って、両手を付いた。


「……幸松……」

「はい」

「……木刀を持ってきて庭に降りよ……」

「はい！」

幸松が嬉しそうに奥の間から、走り出て行った。その背中を目で追いながら、宗矩は複雑な思いだった。

将軍家に生まれながら、幸松はこれまで何年もの間ずっと、日陰者《ひかげもの》の生活を強いられてきた。同じ年頃の童《わらわ》と遊ぶことも、喧嘩をすることも許されない。泣いたことも笑ったこともないのだ。周りには常に大人しかいなかった。なのに、幸松には微塵《みじん》も屈託《くったく》がない。素直《すなお》で、無垢《むく》で、無欲《むよく》で。大好きな剣術の稽古《けいこ》の時は、全身から歓びを溢《あふ》れさせている。正直だ……そのまま大人になれ。幸松よ……

「……柳生の子として育てられれば、幸松様も存分に人世旅《ひとのよのたび》を楽しめたでしょうに……」

宗矩の言葉に見性院が応えた。

「ですが、柳生様には柳生様のお悩みがおありでしょう。これから先、幸松が幸せになるかならぬかは、幸松自身が決めること。そうではございませぬか」

「……」

「武田は滅びましたが、私はこの身を恨んだことはございませぬ」

「私もです！」

見性院に信松尼が続いた。見性院が静かに話す。

「三十年前に勝千代《かつちよ》を亡くして以来、幸せとは縁がないと諦めておりました。しかし、この年になって孫のような幸松の成長を見守ることが、私の幸せとなりました」

「私も幸松様の行く末が楽しみでございます」

武田信玄の遺児である老姉妹は、晴れやかな顔付きだった。

傍らで聞いていた志津が、遠慮がちに姉妹に会釈した。それを見た見性院は目を細めた。志津がきれいになったと思った。この母とも、その童とも、もうすぐ別れなければならない。そして、自分が生きている間には二度と会うことはないだろう……


ピョ・ピョー・ピョ・ピョー……ピョー・ピョー・ピョー・ピョー……ピョ・ピョ・ピョ・ピョ……

桜の枝を撓《たわ》ませながら、緑啄木鳥《あおげら》たちが騒いでいる。桜の樹がざわついて、枝がしなるたびに花びらが舞う。緑啄木鳥たちの宴《うたげ》のようだ。

踊るような桜の木の下に、木刀を抱えた幸松が駆け込んできた。一尺七寸（五一センチ）の自分の木刀を腰に差すと、二尺五寸（七五センチ）の師の木刀を水平にして掲げた。顔が輝いている。

宗矩は裸足で庭に降りた。木刀を受け取る。蹲踞《そんきょ》。真っ直ぐに肩を引き上げる。幸松の木刀の切っ先が宗矩の喉元を向いている。無駄な動きはない。迷いもない。幸松は宗矩の顔のずっと後ろに目を付けている。水のように落ち着いている。

大したものだ。自身の七歳の時とはまるっきり違う。剣士になることが許されればのう……

宗矩は幸松の才能を惜しんだ……


元和《げんな》三年（一六一七）弥生三十日《やよいみそか》、満開の江戸彼岸桜《えどひがんざくら》が江戸城一帯を優しく包み込んでいた。城下を柔らかくふくよかに薄桜色《うすざくらいろ》に染め上げている。

朝五つ（午前七時半）、女人、童《わらべ》連れの遊山《ゆさん》に出かけるような一行が、江戸城・半蔵門《はんぞうもん》を背にして、西に向かっていた。総勢二十四名。二列で進む一行の主《あるじ》は真ん中にいる女人《にょにん》のようだった。単《ひとえ》の上に袿《うちぎ》をまとい、市女笠《いちめがさ》を被り、杖を手にしている。

……半蔵門からですか？危なくはないのですか？

――半蔵殿もまさか江戸城下で、幸松様を襲うわけにはいきますまい――

「……ですが、柳生様。甲州道中《こうしゅうどうちゅう》は百人町《ひゃくにんちょう》を始め、半蔵様の配下の者が目を光らせていると聞いています。

——何のための武田菱《たけだびし》ですか。武田の家紋を付けた一行が、甲府を目指すのは何ら不思議ではなく、自然な成り行きと存じますが——」

「……分かりました。仰せの通りにいたします……」

志津は改めて宗矩の深慮に気付かされた。兵法で頂を極めた者は世情に通じ、人の心の有様まで見通すことができるのだ。八年前もそう思わされたではないか。

志津は自分の不明を恥じた。表面だけを見てはならぬ。見えない裏側に真実が隠されていることもある。志津は一歩一歩確実に、同じ歩幅で同じ速さで歩いた。

その左隣を紋付袴の男童《おとこわらべ》が歩いていた。左腰に打刀《うちがたな》を差している。背筋を伸ばし、まっすぐ前を見て歩を進めている。が、差し慣れない本身《ほんみ》の打刀が重そうだった。時々身体が傾《かし》ぎ、足元がふらついた。

そのたびに歯を食いしばって体勢を整えた。弥生《やよい》の風が吹いているのに、童の額には汗が浮かんでいる。

女人と童の前後を四人の女中が小股に歩き、その前には護衛の若党が八名、後ろには六名の壮年の武士が従っていた。武士は誰もが小袴《こばかま》の裾を脚絆《きゃはん》で巻き、黒紋付を羽織っている。胸には月白《げっぱく》で割菱四つが染め抜かれていた。武田家の家紋――

やはり金色《こんじき》で武田菱が描かれた黒漆《くろうるし》の長持《ながもち》を積んで、四名の馬方《うまかた》が二台の馬車を馬二頭に曳かせて殿《しんがり》を歩いていた。

江戸城下を離れること二里（八キロ）。一列たったの十二名、二列の短い行列が立ち止まった。

「……おカア……あしがいたい……」

「――我慢して歩きなさい」

「……グスッ……も、もう、ある、あるけない……」

童の声は、泣き声に近かった。

「――まだ二里しか歩いていません。もうしばらく我慢して歩きなさい」

「……い、いやだッ。グスッ……もう、あ、あるきたくない……」

幸松が立ち止まった。

「何のための打刀ですか」

幸松の腰に差されていたのは、武田信玄の愛刀、宗三左文字《そうざさもんじ》——長さ二尺二寸三分（六七センチ）、柄《つか》は平織りした猩々緋《しょうじょうひ》の糸を上下に交《まじ》わらせて重ねた平巻《ひらま》き。鞘《さや》は朴《ほお》を直線的に刳《く》り抜いて合わせ、黒漆《くろうるし》で黒橡色《くろつるばみいろ》に仕上げられている。鍔《つば》は刀身の長さの割に大きく厚く、力強かった。甲冑師《かっちゅうし》の思いが込められた甲冑師鍔《かっちゅうしつば》——華美を排し、実用を重んじた拵《こしら》え——

だが、今の幸松にとっては邪魔でしかない。長過ぎる打刀のせいで腰から下に鈍痛があった。

「……こ、こんなもの……」

幸松は袴帯《はかまおび》から打刀を鞘ごと抜くと、足元に放り投げた。ジャリーンッ！

途端に志津の顔色が変わった。

ビターンッ！

大きな平手打ちの音がして、幸松が尻餅をついた！左頬が手の形に赤くなっている！大きく見開かれた目！みるみるうちに涙が溜まった。

行列が止まった。志津が幸松に告げる。

「打刀を差しなさい……」

「イ、イヤだ。オ、オラ、た、たかとおになんか、い、いきたくねえッ」

尻餅をついたままの幸松の両目から、ボタボタと大粒の水滴が落ちた。

「三好《みよし》様から贈られたその刀は信玄公の命です！武田の魂です！そんなことも解らないのですかッ！」

「……ウッ、ウッ、ウッ、ウーッ、ウーッ、ウワーッ、ウワーンッ」

こらえきれなかった。堰《せき》を切ったように泣き声が湧いた。幸松の身体の奥から発せられた泣き声は、くしゃくしゃになった顔から涙とともに溢れ出た。

「野崎殿《のざきどの》……出発をお命じ下さい……」

「……」

志津に名指しされた若党・野崎は迷っていた。泣きじゃくる幸松様をどうすべきか……

「野崎殿ッ！」

「……ハッ！御意《ぎょい》の通りに……」

野崎は数歩戻ると、幸松に言い聞かせるように高らかに命じた。

「出発《しゅっぱぁ》―ツ！」

「出発《しゅっぱぁ》―ツ！」

野崎の号令を先頭の警護役・橋爪《はしづめ》が復唱した。行列が動き出す。野崎は後ろ髪を引かれる思いで、歩き出した。幸松が立ち上がる気配はない。志津は何事もなかったかのように、杖を突きながら平然と歩きだす。

行列の最後尾・二台の馬車が幸松を追い越した。幸松は座り込んだまま、泣きながら涙を拭った。どうすればいいのか分からなかった。足元の打刀が鈍く光っている――

九　高　遠

日の入りに昇り始めた望月《もちづき》は、青く冴え渡った。

時折り月を横切る黒雲は長く細く棚引いて、上空の風の向きを示していた。

月に映し出された影が、地上を懸命に移動している。小さな影は右足を引き摺りながら、前へ前へと歩いている。月明かりはあるものの、夜九《よるここの》つ（午前零時）の甲州道中は人っ子一人通らない。その代わり、気味の悪い音が絶えなかった。

ケーン、ケーン、ケーン……狐《きつね》か貉《むじな》か……

ゴロゴロホッホーッ、ゴロゴロホッホーッ……梟《ふくろう》か夜鷹《よたか》か……

サワサワサワサワ、ガサガサッ、バサッ、バサバサッ……道の両側の茂みから何かが飛び出した。ヒイーーッ！幸松は思わず打刀に手を掛けた。震える小さな左手で鯉口《こいぐち》を切り、右手で柄を握った。

助けてくれッ……二度と打刀を放り投げるようなばかな真似はしねえ……だから、オラのほうにこねえでくれ……

恐ろしかった。得体のしれない生き物が幸松の周りで蠢《うご》いていた。鼻を啜《すす》りながら、袖で涙をぬぐいながら、幸松は必死に闇の中の妖怪と闘っていた。魑魅魍魎《ちみもうりょう》が跋扈《ばっこ》する夜の世界で信じられるのは、左腰に差した打刀だけだった。武田の精霊が宿る打刀は、確かに幸松の身を護っている。左半身が温もっている。ありがたい味方だった。

オラが間違っていた……

幸松は嗚咽を堪えながら、甲州道中を右足を引き摺りながら歩いた。その足取りは遅々として進まない……

雲が流れて月が皓皓《こうこう》と照った。月を仰ぎながら、泣きじゃくる幸松がいた。泣きながらとぼとぼと歩いている。右足の草鞋は引き摺られたせいで、ささくれ立っていた。

アーンッ、アーンッ、アッ、アッ、アーッ、アーンッ、アッ、アッ、アーッ！

泣き叫ぶ幸松の声が、月に吠える獣のように響いた。ざわざわと揺れる道端の多年草や低木が、邪念を孕《はら》んでいるように幸松には思われた。

何かが潜んでいて、吊り上がった眼と醜く歪んだ口で突然、幸松にとびかかって来る。そんな怯えが去らなかった。泣きながら、びくびくしながら、十歩でも二十歩でも進むしかなかった。この不気味な暗い世界に一人取り残された。グスッ、グスッ、グスッ。オラが悪かった。何があろうと、打刀を棄てるなんて……

シュッ！

後ろから飛んできた何かが耳元を通り過ぎた。虫か？

シュッ！シュッ！蝙蝠《こうもり》？

違う。顔の両脇を真っ直ぐに通り過ぎた。何だ？

恐ろしさにおののきながら振り返る。

ヒッ！十間（一八メートル）先の道の真ん中に、不気味な案山子《かかし》がいた。月明かりを受けて両足で立っている。菅笠《すげがさ》の代わりに頭巾で顔を隠した案山子は、右手を振り上げた。右手の先が鈍くジラリと光る。同時に月の反射を受けた閃光が案山子の身体をなぞった。光は下から上へと斜めに横切った。光を浴びた案山子が真っ直ぐ前に倒れた。

光を反射させた白刃が見えた。白刃は案山子の後ろの、人形遣いのような黒子《くろご》の影を袈裟懸《けさが》けに切り裂いた。黒子が月を仰ぐように後ろに倒れた。ドタッ！影絵のようだった。

黒子の隣にいた大きな浄瑠璃人形《じょうるりにんぎょう》が、背中から短い刀を抜いた。逆手に構えた途端、腹を白刃に刺し貫かれた。瞬時の出来事‼浄瑠璃人形を刺した人影は、裁着袴《たっつけばかま》の武士の装い。太刀を引き抜くと鞘に納め、脱ぎ捨てた編み笠を拾って被った。

忍びの遺骸が三体、転がっていた。血の匂いがする。空気中に血が細かい霧となって漂っていた。足が震えた。戦慄の剣。恐怖で涙が乾いた。

「常々独りではないことを心に留《と》めて歩め」

武士が幸松に背を向けて歩き出した。幸松は武士の正体に気付いた。

「おしょうさま……」

返事はなかった。宗矩《むねのり》がゆっくり歩いていく。幸松は痛んだ足を引き摺りながら、懸命に宗矩の背中を追った。

半刻（一時間）後、歩みを速めて遠ざかる宗矩の遥か先で、鬼火が揺れた。


幸松の前方二十間（三六メートル）に、小さな提灯の明かりが見える。人の気配に気付いたらしい提灯が、揺れながら駆けてくる。提灯に照らされた着物は、単《ひとえ》の上に袿《うちぎ》。夜更けだというのに市女笠を被っている。高貴な女人は、幸松の顔を提灯で照らした。幸松の顔をしげしげと見つめると、供の若党・野崎《のざき》に提灯を預ける。脱いだ市女笠を後ろの侍女・松《まつ》に渡すと、跪《ひざまず》いて幸松を強く抱きしめた。抱きすくめられた幸松の身体がのけ反った。強い力だった。母の身体は温かかった。焚き込めた香のいい香りがする。絹の着物を通して、柔らかな身体があった。

一旦は乾いた涙が再び溢れ出した。ウッ、ウッ、ウッ、ウ、ウーッ……嗚咽が漏れた。

ウーッ、ウーッ、ウーッ、泣いてはいけないと思ったが、我慢できなかった。

アーッ、アーッ、アーンッ、ア、ア、アーッ、アーンッ、アーンッ、アーッ！

号泣となった。母は愛《いと》しそうに幸松を抱き続けた。幸松の熱い身体がありがたかった。松が袂《たもと》で顔を覆っている。野崎は提灯を脇にずらしていた。

雨が降ってきた。涙で頬を濡らした幸松の頭に水滴が落ちてきた。母の胸に顔をうずめた幸松の頭に水滴が連続して落ちた。水滴は温もっていた。顔を上げた幸松が見たのは、涙にくれる母の顔だった。涙に濡れた母の顔は慈《いつく》しみに満ちていた。優しい泣き顔だった。おカア……おカア……おカア……

オラが悪かった。オラが間違っていた。幸松は二度と母を泣かせるような真似はしてはならないと思った……

八十八夜（五月二日）の節、高遠小彼岸桜《たかとおこひがんざくら》が満開になっていた。志津を中心とした一行が江戸を発った時も、江戸彼岸桜《えどひがんざくら》が満開だった。一行はひと月余り満開の桜の中を歩き続けた。江戸を離れてからは、道の両側に茅葺《かやぶき》の家と田畑が広がるばかりで、軒を連ねる密集した人家は見られなくなった。しかし、平野部や山間《やまあい》の川沿い、湖や沼の辺《ほとり》には、その土地〱に根を下ろした人々が住み、暮らしがあった。青々とした田んぼがあり、畑を耕す家族や小作人がおり、番所があり、庄屋がいて鍛冶屋や呉服屋、米屋や寺があった。火の見櫓の下を荷馬車が通り、大きな風呂敷包みを背負った行商人が行き来した。街道沿いに集落が点在し、曲屋《まがりや》では家族同様に牛馬が飼われていた。

ゆっくりと進む一行の前方に、盛り上がった土塁が見えた。土塁の真ん中に無数の葉を茂らせて、大きな欅《けやき》が立っている。周囲を睥睨《へいげい》するようなその巨木の下では、旅人たちが群れて休んでいた。旅人たちは道中の無事を願って小さな祠《ほこら》に手を合わせ、首を垂れる。高遠までの最後の一里塚——

草の上に腰を下ろした旅人たちは、手拭いで顔の汗を拭い、竹筒から水を飲み、溜息《ためいき》をついた。もうすぐだ。あと半刻（一時間）も歩けば、宿場があり、高遠城《たかとおじょう》が見え、人の往来も賑やかな城下町に着く。着いたら宿の風呂で汗を流し、辛い大根の汁に焼いた味噌を溶き入れて、腰のある蕎麦《そば》を喰おう。陽が伸びた日暮れのひと時を、濁酒《にごりざけ》片手に過ごすのだ。しんどい旅路のささやかな楽しみだ。

鋭く切れ込んだ山襞《やまひだ》に、純白の雪が固く張り付いていた。白い山岳地帯は青藤色《あおふじいろ》の抜けるような空の真下で、尖った頂を連ね、見渡す限りの雲海の上に木曽山脈《きそさんみゃく》を形成している。空の下半分を占めて、千丈（三千メートル）近い空木岳《うつぎたけ》、駒ケ岳《こまがたけ》、将棊頭山《しょうぎがしらやま》などの高峰が競うように聳《そび》えていた。その麓では小振りで可憐な桜が城下を埋め尽くしている。立ち込める霧のように、城下全体を薄紅色《うすべにいろ》に染めている。

春の光の中で、高遠城も桜に埋もれていた。三の丸の楼門《ろうもん》に着いた志津の一行は、二列に並んで門番の前に立った。門番三名の真ん中の立哨《りっしょう》、年配の足軽に先頭の野崎が近付くと訪《おとな》いを告げた。

「徳川秀忠《とくがわひでただ》様縁《えにし》、浄光院志津《じょうこういんしづ》様でござる。貴高遠藩主《きたかとおはんしゅ》・保科正光《ほしなまさみつ》様にお取り次ぎを願いたい」

「聞き覚えております。案内《あない》の者を呼んで参りますれば、しばしお待ちを」

年配の門番は、槍を立てたまま一礼すると、槍を右手《めて》の門番に預け、開けられた門から身を翻して中に消えた。

志津は楼門を取り囲む桜に言葉を失っていた。薄桜《うすざくら》、虹色《にじいろ》、薄紅《うすべに》、薄紅梅《うすこうばい》、牡丹色《ぼたんいろ》……様々な色の桜が、競うように咲き誇って桜だけの世界を作っている。身も心も桜の色に染まりそうだ。桜に圧倒されて息苦しい。身じろぎもできない。

「……お気に召していただけたずらか？」

楼門を背に小太りの武士が現れた。丸顔を綻ばせている。

「はい……江戸も桜が咲いていましたが、ここの小彼岸桜《こひがんざくら》は小振りで可憐で色も美しく……」

「拙者とはまるで正反対の桜ずらい。ガハハハハハハ……」

豪快に笑う年配の武士に、志津は親しみを感じた。不安が消えると腹を据えた。

「浄光院志津でございます……」

「たけだこうまつです」

志津の隣で幸松も名乗って辞儀をした。

「おうおう、幼いに……立派な名乗りじゃ。儂《わし》は長藤権兵衛《おさふじごんべえ》と申してな。貴殿らのお世話を命じられているだに。解らぬことがあったら何でも訊くだに」

「はい！」

「いい返事じゃ。さあ、本丸へ行くだに。殿がお待ちかねじゃ」

のっしのっしと歩く権兵衛に付いて、一行は二の丸の前に来た。二の丸一帯も咲き乱れる桜に取り囲まれて、桃色の花の中に沈んでいる。枝が細かく分かれ、花付きも良い桜は見る者を圧倒した。極楽とはこのような所をいうのではなかろうか。

二の丸を右に折れると、桜の中に猩々緋《しょうじょうひ》の緩《ゆる》く彎曲《わんきょく》した橋が架かっていた。桜の中に橋だけがあって、橋の向こうは見通せない。

「桜雲橋《おううんきょう》じゃ……」

おううんきょう……幸松は権兵衛の説明を真似て呟いた。三の丸を弓手《ゆんで》に……二の丸を右手《めて》に……桜雲橋を渡って……

桜の隧道《ずいどう》を抜けて本丸門を潜ると、本丸に着いた。二百七十丈（八一〇メートル）の高さにある本丸の桜の隙間からは、純白の雪を冠した青い山並みや、どこまでも広がる蒼空を望むことができた。眼下遥かに沼や二本の大河、小高い丘や田や畑、身を寄せ合うように小さな家が密集しているのが見える。

本丸の真ん中に書院造《しょいんづく》りの平屋御殿《ひらやごてん》があり、御殿を囲むように三棟の二層櫓《やぐら》や土蔵もあった。千百五十坪（三四五〇平方メートル）の広い曲輪《くるわ》は、周りを密集した桜に取り囲まれて、薄紅に染まっている。

……人の好さそうな権兵衛の広い背中を見ながら、幸松は不安にさいなまれた。

お殿様は、保科正光《ほしなまさみつ》様とはどのようなお方なのだろう……五十七歳だというが、怖い人ではないだろうか……今日からオラの父親になる人だというが、父親とは一体どういう人なのだろう……

……兄に当たる保科左源太《ほしなさげんた》様とは……十歳も年上だというが、口をきいてもらえるだろうか……殴られたりしないだろうか……オラは臆病なのだろうか……

お師匠さま、教えて下さい……どうすればいいのですか……


——きのふの我にけふは勝つべし——

——即ち毎日〳〵の骨折りを怠らずに自《おの》ずと振る舞う可《べし》——


宗矩《むねのり》の言葉が頭の中で渦巻いた。そうだ。日々精進《しょうじん》してつつがなく過ごすのだ。剣の道も人の道もすべて同じなのだ。ただ〳〵真っ直ぐに歩めばよいのだ……

風格が感じられる本丸御殿の表玄関は、広い式台《しきだい》の右手に従者の間《ま》、弓手に槍の間があった。

槍の間で若党二人が両手を付いて低頭している。

権兵衛に続いて、一行の内、志津と幸松、野崎だけが表玄関に入った。雪駄《せった》を脱いだ権兵衛に続いて、志津も草履《ぞうり》を脱ぐ。幸松も草鞋《わらじ》を脱ぐと志津に倣《なら》って向きを直した。野崎も草鞋を脱ぐと向きを直し、対面の若党に軽く会釈しながら、式台の右手に正座した。権兵衛に付いて幸松は志津と一緒に正面の入側《いりがわ》を右手に進んだ。

一間（一、八メートル）幅の畳が敷かれた入側の正面に、彩色が施された四枚の襖絵《ふすまえ》があった。襖の真ん中二枚に巨大な鳥がいる。松の老木に止まっている鳳凰《ほうおう》と飛翔している鳳凰。大柄な鳥の雄姿と大胆で力強い構図に、幸松は目を奪われた。本当にこのような鳥がいるのだろうか。このように大きく美しい鳥なぞ見たことも聞いたこともない。この絵を描いた人はどこでこの鳥を見たのだろうか。オラも見てみてえ……

――鳥が飛んだ‼飛翔している鳥は弓手に！松に止まっている鳥は右手に！その姿を消した。開け放たれた書院の間に、うずくまった狮羊《しし》がいた！低い姿勢で眼光炯々《がんこうけいけい》、幸松を凝視している。並九曜《なみくよう》の紋所《もんどころ》が入った桑茶《くわちゃ》の羽織、紺鼠《こんねず》の武者袴《むしゃばかま》――素朴な風合いの伊那紬《いなつむぎ》を着たお殿様は、実直そうな、どこにでもいそうな翁《おきな》だった。眼光の鋭さを除いては……

志津が襖の手前で両手を付くと、深々と頭を下げた。

「……浄光院志津にございます。此度《こたび》は難儀なこと、お引き受けくださり、恐縮の至りに存じます……」

「たけだこうまつです」

幸松も志津の隣で低頭し、名乗りを上げた。

「保科正光じゃ。幸松、もっとこっちへ来い」

「はい」

幸松は緊張した顔つきで、正光の前に進むと正座した。その距離、正光の眼前三尺（九〇センチ）。正光の眼には鋭い光が宿っていた。幸松の両目を射抜くような眼差《まなざ》し。瞬きもしない。幸松も動かなかった。幸松の左腰に帯びた打刀でも、打突《だとつ》できる間合いだった。正光の脇差であれば、幸松の喉を突き通すことができる間合い。正光の左手が金梨子地《きんなしじ》の脇差を握った。が、幸松はぴくとも動かない。幸松は見切っていた。正光の左手は脇差の鞘《さや》を握っている。左手の親指は鯉口《こいくち》にかかっていない。右手は胡坐《あぐら》をかいた膝の上だ。脇差を抜く気はない……

空気が動いた。正光は鞘ごと脇差を抜くと、幸松の前に差し出した。

「受け取るがよい。其方《そなた》は今日から保科幸松《ほしなこうまつ》じゃ」

「はい！」

幸松は瞳を輝かせて脇差を受け取った。両手にずっしりとした重量感があった。柄は巻下地《まきしたじ》に金無垢《きんむく》の打ち出し鮫《さめ》を被せ、黒漆《くろうるし》を塗った細布《ほそぬの》を菱巻《ひしまき》に固く巻いてある。腰に差した実用的な打刀とは違い、華麗で立派な脇差だった。これからはこの脇差に負けないような振る舞いをしなければならない……。

「幸松。今日からは母と共に南曲輪《みなみくるわ》で暮らすがよい」

「はい」

「志津、幸松はこのままに育てよ。芽を摘み取るようなことは一切してはならぬ」

「はい……畏まりました」

志津はそう返事をしたものの、正光の真意がどこにあるのか分からなかった。ただ、今までも幸松が伸びるに任せてきた。これまでの育て方でいいのだ。そう自分に言い聞かせた。

「権兵衛、幸松と志津を南曲輪へ案内せよ」

「ハハーッ」

権兵衛が低頭して、三人は書院の間を辞した。

本丸から南へ一町（一〇〇メートル）程歩いて空濠《からぼり》を越えると、右手に南曲輪が広がっていた。南曲輪の先は空濠を挟んで、法憧院曲輪《ほうどういんくるわ》へと続いている。南曲輪にやって来たのは、権兵衛に続く志津と幸松、四人の女中だけで、護衛してきた武田家の武士十四名は、本丸北側に武家屋敷三軒を与えられた。

本丸の半分ほどではあるが、それでも千坪（三三〇〇平方メートル）を超える南曲輪は、高遠城の中で異彩を放っていた。曲輪の中央に池があり、山の沢水が小さな滝となって、清冽な水を落としている。透き通って冷たそうな池の中では、山女《やまめ》や岩魚《いわな》など渓流に棲む魚が素早い動きを見せていた。時折腹を見せると、池の中に銀色の光が走った。池の縁には様々な草花が伸びている。平山城《ひらやまじろ》の高遠城にあって、南曲輪は古都のように落ち着いていた。

志津が池の辺《ほとり》で立ち止まった。水面《みなも》に自身を映すようにしゃがみ込む。幸松もきらびやかな脇差を手にしたまま立ち止まった。志津が池を見回しながら口を開いた。

「……ここは江戸城北の丸の御池に似ておりまする」

「そうでござるか。正《まさ》に住めば都ずら」

権兵衛も志津の隣にしゃがみ込んだ。

「杜若《かきつばた》は知ってるずらい」

「はい。江戸城内の堀にもたくさん咲いておりました……」

「その一尺（三〇センチ）の草は知っておろう。芹《せり》じゃ」

権兵衛が一間（一、八メートル）先の羽のように伸びた草を指さした。

「はい。春の七草のひとつで、若葉の香りは好きでございます」

「だがのう――その先二間（三、六メートル）にも三尺（九〇センチ）の似た草があるずらい」

「はい。立派な芹に見えますが……」

「毒芹《どくぜり》じゃ。見た目は堂々としているが、茎や根に毒があってな。痙攣《けいれん》を引き起こす――」

「お詳しいのですね！」

志津は権兵衛の博識に驚いた。

「儂は……芹を摘んだ男だ……意味はお分かりか？」

「はい。思い通りにいかないこと……ですよね」

権兵衛は黙ってうなずいた。

「本当は薬師《くすし》になりたかった。武士になどなりとうなかった――」

「……」

「薬師になって苦しんでいる人の役に立ちたかった――」

権兵衛が立ち上がった。志津も立ち上がる。

幸松は権兵衛を憐れに思った。権兵衛が薬師になれたなら、もっともっと幸せだったことだろう。オラは剣士になりてえ……オラは……オラは……どうすればいい？

「幸松殿……」

「はい」

「何がなさりたい？ いずれは何になりたいとお考えか？」

「オラわかんねえ」

「それを知るためにここへ来たずらい。それを忘れてはならぬずら」

「……」

一行七名は権兵衛を先頭に、南曲輪の板屋楓《いたやかえで》に囲まれた二層の櫓に向かった。南曲輪では板谷楓以外にも山紅葉《やまもみじ》が斜めに生え、白樺《しらかば》が直立していた。梅《うめ》や山吹《やまぶき》が咲いている。桜の高遠城で、桜が見られない曲輪がある！

草も木も花も、人も……うわべではなかった。内部に様々な本質を秘めている。その本性《ほんしょう》を見極めなければならなかった……

十　保科正光

「お、おお、大事《おおごと》でございます。江戸からの早馬によりますと、殿が、ふ、二日前の晩、江戸藩邸で息を引き取られましたッ！」

最後は一気呵成に告げた。

朝五つ（午前七時）、南曲輪《みなみくるわ》の櫓《やぐら》に息せき切って駆け込んできた権兵衛《ごんべえ》が、途切れ途切れに言葉を発した。丸まった背中は昔より痩せて、薄くなった髪も白くなっている。

「なんと！」

信じられなかった。養父・正光《まさみつ》とは、七日ほど前にも本丸御殿《ほんまるごでん》で一緒に十三夜の月を眺め、少しばかり酒を酌《さ》み交わしたばかりだった。正之《まさゆき》は下戸《げこ》だったが、正光は微笑みを浮かべながら杯を重ねた。高齢で弱ってはいたが、二十一歳になった正之を見て、満足そうな顔で酒を呑んだ。九千尺（三千メートル）の高峰が連なる山脈からの伏流水は、酒造りの際、不純物が取り除かれて清らかな仕込み水となった。伊那谷《いなだに》で採れる酒造米は馥郁《ふくいく》たる酒を醸《かも》した。その酒を実に旨そうに口に含んだ。何杯も――

正光はこのところ伏せることが多く、夜も寝処《さねどこ》では休まず、隣の間に薬師《くすし》が待機する書院の間で床をとっていた。正光はまだまだ月見をしたそうだったが、正光の身体を案じた正之が、ささやかな宴の終わりを告げて、痩せ衰えた正光を背負って運んだ。痩せ衰えた正光の身体は軽かったが、その夜はなおのこと軽く感じた。正之は正光を書院の間に運ぶと、正絹《しょうけん》の布団に横たえた。

「お殿様がお休みになられます」

正光の枕元に跪《ひざまず》いた正之の呼びかけで、隣の部屋から入ってきた薬師・玄才《げんさい》が正光の脈を取り、額に手を当てて熱を測った。

「常《つね》と相違ございませぬ」

玄才は鶴に似た白磁《はくじ》の銚子《ちょうし》で、いつも通り一口だけ煎じ薬を飲ませた。口の端から一筋の涎が垂れた。正之は懐から出した手拭いで、丁寧に優しく正光の涎を拭いた。

「それでは失礼いたします」

「御苦労様でございました……あ、それから」

立ち上がった正之に玄才が言いかけた。

「何か？」

「これは……お殿様が某《それがし》にだけおっしゃったのでございますが……」

「はい？」

「正之様を高遠《たかとお》に置いておいてはならぬと……」

「！」

言葉を失った。私は高遠にいてはならない人間だったのか⁉何故《なにゆえ》？

「……正之様は高遠のため、信州《しんしゅう》のために生きるのではなく、秋津洲《あきつしま》（日本国）のために生きるべきであると……このことくれぐれも正之様に伝えるようにと……」

「……確かに拝聴いたしました……」

「そのために、お殿様は近々江戸へ行かれるそうでございます……」


――リーン、リーン、リーン……リ、リ、リ、リ、リ……リーン、リーン、リーン――

本丸御殿を出た正之は、神無月《かんなづき》（十月）の夜でも、小さな鈴を転がすように松虫《まつむし》（今の鈴虫《すずむし》）がまだまだ多く鳴いているのに気付いた。虫たちは棲家《すみか》を弁《わきま》えているのだろうか。信州の虫と江戸の虫と都の虫は違うのだろうか……私は変われるのか、変わるべきなのか……

寛永《かんえい》八年（一六三一）神無月七日、信濃《しなの》高遠初代藩主・保科正光、江戸高遠藩邸にて没——

五寸（一五センチ）の茎の先や葉の脇に、五片の白い花が咲いている。白色の裂片《れっぺん》には紫色の脈が幾筋も延びている。可憐な花だが、花も茎も薬となる。干したものを煎じて飲むのだが、苦みが強い。千振《せんぶり》という——

数間（十数メートル）離れた一角では、土器色《かわらけいろ》の茎に花が咲いている。群生せず単独で自生する草だ。草丈一〜二尺（三〇〜六〇センチ）。五枚の花弁は先がとがって三角の形をしている。深い紫色。根を干して薬用とする。竜胆《りんどう》という——

桜の葉が舞い散る本丸には、薬草も多く植えられていた。それら薬草に精通していた権兵衛に従って、正之《まさゆき》は本丸御殿に入った。恰幅の良かった権兵衛も、歳月を重ねて古木《こぼく》のようになっている。背が縮んで正之より三寸（九センチ）も小さくなっていた。

十四年前の幼名・武田幸松《たけだこうまつ》から、元服後は、保科正之を名乗ることが多くなった。二十一歳になった今では、二日に一回は髭を当たる。初めて高遠城に来たときは、腰付き障子の腰板より低かった背丈が、腰板をはるかに上回った。今では五尺六寸（一六八センチ）だ。十四年の歳月は短いようで長い……

本丸御殿の書院の間では、正光の布団の脇に玄才が一人でこちんと座していた。丸まった背で、小さくなった玄才は正之を認めると急いで後ずさり、空き間を作ると低頭した。権兵衛も書院の間の入口に正座して控える。

正之は正光の脇に座すと、礼儀正しく手を合わせ、顔伏《かおぶ》せの白布《しろぬの》を取った。縮んだ猿がいた――若い時の猛々しい大きな体躯の羚羊《しし》とは違って、穏やかに眠るしわくちゃの老猿がいた。染みのある肌に白髪、伸びた眉も髭も白かった。時の流れが感じられた。

正光にとっての十四年は、正之よりさらに長かったのかもしれない。お帰りなさいませ……

打《う》ち覆《おお》いを顔に掛けた。玄才が低い声でゆっくりと口を開く。

「……明け六つ（午前五時）でございました。藩邸の書院の間でお休みになっていたお殿様が、突如、咳込まれまして……隣の部屋で寝ていた某《それがし》の耳にも聞こえてまいりました……」

「……」

「蕗《ふき》の薹《とう》を煎じた汁を二口、三口飲んでいただきました。蕗の薹は古来から咳を止めることで知られております。しかし……」

「……」

「もうよいと。十分じゃと……十分生きたと……」

「十分生きたと……おっしゃったのですか？　父上が？」

正之は驚いて訊き返した。

「はい。確かに。そして、取り子（養子）である正之様にこれだけは伝えよと……」

「……」

正之は固唾《かたず》を呑んで玄才の言葉を待った。

「されど正光様はもはや声を発することもかなわず……口元に耳を寄せた某が辛うじて聞けたのは……」

「……」

「……将軍の御子《おこ》……」

「エッ！」

思わず大きな声を出してしまった。権兵衛が怪訝《けげん》そうな顔で、正之を見た。

……自分には父親は居らず、七歳までは武田信玄公《たけだしんげんこう》の娘・見性院様《けんしょういんさま》が養母となって育ててくれた。見性院様は正之が元服した元和《げんな》八年（一六二二）七十一歳の時、江戸城内で亡くなってしまったが、母はその後もずっと言い続けた。

――一生涯見性院様に足を向けて寝てはなりませぬぞ――

頑《かたく》なにその言い付けは守ってきた。江戸を発った時に授けられた打刀は、信玄公の愛刀だった。その重さに耐えきれなくなって、打刀を放り投げてしまったことは後々《のちのち》まで悔いた。そして高《たか》遠《とお》入りする際の衣《ころも》は無論、長持《ながもち》にまで紋所《もんどころ》の武田菱《たけだびし》があった。武田幸松……それが幼名だった。

初めて父を持ったのは、保科正光の養子になった元和二年である。それまでは父という者がどんなものか全く解らなかった。剣術の師である柳生宗矩様《やぎゅうむねのりさま》を父のように慕っていたが、稽古の時以外は一緒に居られなかった。父のない暮らしを七年間送ってきた。当たり前のように……父の存在は考えられなかった……

「それは真《まこと》でございますか……」

正之の問いに玄才はゆっくりと頷いた。

「老いぼれてはきましたが、某、耳は遠くなっておりませぬ」

「真《まこと》に将軍の御子とおっしゃったのですか？」

「はい。お亡くなりになる間際のお言葉ですから、偽りをおっしゃる必要もないと拝察いたします――」

「……」

正之の脳裏に正光との数々の思い出が蘇ってきた。

あれは元服直後、十二歳の時ではなかったか――

六百五十丈（一九五五メートル）の入笠山《にゅうかさやま》の麓《ふもと》。正光と一緒に三騎の供を連れての雉狩《きじが》りだった……

元和八年（一六二二）皐月（五月）二十三日《はつかみか》。高い空に出現した雲の層は薄く、強い日差しの中で、供の一騎が一羽の雌《めす》の雉を追い出してきた。雌の雉は、緑や紫、紅赤《べにあか》といった派手な色彩の雄《おす》とは違い、地味で目立たない茶色をしていた。その山鳥《やまどり》に似た茶色の雌が、正之少年の騎乗する馬の十六、七間（三〇メートル）先の草地を弓手《ゆんで》（左）に横切った。雌は乱れた影を引き摺っていた。

エ⁉影ではなかった！雌の尾の後ろを脇目も振らずに駆けているのは十数羽の雛たち‼

少年はゆっくり馬を進ませた。母雉は一間（一、八メートル）下が崖になっている草地の外れで停まると、雛たちを振り返った。雛たちは崖の高さに驚いて、ピヨピヨと鳴きながら右往左往している。

母雉は迷わず崖下へ舞い降りると、ケンケンと崖っぷちの雛たちを呼んだ。崖下を覗き込んだ雛たちは、決心がつかずに崖っぷちを行ったり来たりするだけだ。母雉は必死になって雛たちを呼ぶ。そして――

パサッ！ついに一羽の雛が翔んだ。短い羽を広げながら落下する雛の真下に、母雉が移動した。雛は母雉の背中に落下すると、一回転して崖下の石だらけの荒れ地に、転がりながら着地した。それからは次々に雛たちが翔び降りた。母雉の頭、背中、首、尾――身体のあちこちに雛たちが落下した。中には母雉の身体から逸れて、ゴロゴロと散乱している石の上に叩きつけられる雛もいた。その雛はそのまま動かなくなった。母雉は雛を一羽でも多く受け止めようと、鳴きながら羽を動かして、目まぐるしく雛の下に身体を移動させた。雛が母雉の身体に落ちる度に、母雉の細かい羽が舞い上がった。石の上に直《じか》に落ちた雛は、すぐに眼を閉じ、嘴《くちばし》を開いたまま動かなくなった。柔らかな羽毛だけが風に吹かれてなびいた。

十数羽の雛たちが落下し終えた時、母雉の身体には何カ所も羽毛が抜けた跡ができた。ボロボロになりながらも、母雉は荒れ地から抜け出そうと二十間（三六メートル）先の、反対側にある低い土手を目指した。十羽の雛たちが母雉を追って駆けた。反対側の赤土でできた土手は一尺（三〇センチ）の高さがあった。

崖下に来ると、母雉は土手の上の草地に翔び上がり、雛たちを呼んだ。下の荒れ地を覗き込んで鳴く母雉の姿と声に反応した雛たちが、土手の上目掛けて次々に翔び上がった。だが、一羽として土手の上には上がれない。どの雛も土手の半分ほどしか翔べなかった。

少年は塗籠藤《ぬりごめどう》の弓を手にすると、下馬した。弓は少年の背丈よりも大分長い。背中の矢立《やたて》から中黒矢《なかぐろや》を一本抜き取る。そのまま執《と》り弓《ゆみ》の姿勢を取ると、射位《しゃい》に入った。

二十間先の高さ一尺の土手の下では、十羽の雛たちがピヨピヨと騒いでいる。

少年は左足を母雉に向けて半歩踏み開き、右足も外側に半歩踏み開いた。

ケンケンケンケンッ！母雉が懸命に雛たちを呼ぶ。

少年は鹿《しか》の革の弓掛《ゆが》けをはめた右手で弦《つる》と矢を、左手で弓を保持し、手《て》の内《うち》を整えた。

ピーッ！ピヨピヨッ！ピーッ！ピーッ！ピヨピヨッ！ピヨピヨッ！ピヨピヨッ！ピーッ！雛たちはなり振り構わず、土手の上の母雉目指して翔ぶ。だが、届かない。

少年は正面の構えから弓矢を持った両手を垂直に持ち上げて、打越《うちおこ》しの姿勢を取った。果敢に翔ぼうとする雛たちを、母雉が土手の上から死に物狂いで呼ぶ。ゲッ！ゲッ！ゲッ！血を吐く思いで雛たちを呼ぶ。ゲッ！ゲッ！ゲッ！喉が荒れている。

少年は弓を押して弦を引くと、両拳《りょうこぶし》を左右に開きながら引き下ろして、引分《ひきわ》けた。非力な少年の両腕が細かく振動した。少年は歯を食いしばってこらえた。振動が止まった。

ピヨピヨッ……ピヨピヨッ……ピヨッ……ピ……雛たちに疲れが見える。ゲーッ！ゲーッ！ゲ、ゲーッ！母雉も我を忘れて雛たちを呼ぶ。励ますように。潰れた声で。

少年は矢を軽く右頬に添えて静止した。少年の一馬身後方で、正光も微動だにしない。わずかに船揺すりをする一頭を制しながら、供の三騎も少年をじっと見つめていた。

ゲッ！ゲッ！ゲッ！ゲ、ゲ、ゲゲッ！ゲゲゲゲゲッ！ゲゲゲーッ！母雉の悲痛な叫び。

ピンッ！少年の右拳がわずかに右に移動した。ヒュンッ！力が抜けた離れの動作。

母雉が飛んでくる矢を察知して首を持ち上げる。ケーンッ！

ビシュッ！間一髪だった。矢は母雉の身体の下、五寸（一五センチ）の粘土質の土手に水平に突き刺さった。長さ二尺八寸（八四センチ）、鷹《たか》の尾羽《おばね》でできた三枚矢羽根《さんまいやばね》。矢がブルブルと震えていた。少年は矢を放ったままの姿勢を崩さなかった。残身《ざんしん》。瞬きさえもしないで、一息ついた。澄んだ目をしていた。残心《ざんしん》。

「惜しいッ」

「残念ッ」

「ささ、早く二の矢を」

供の者が次々に口走った。

「……是非に及びません……」

少年は静かに応えると、射位を解いた。

土手の下では、土手に突き刺さった矢を踏み台にして、雛たちが土手の上の草地に這い上がった。短い羽を広げながら矢の上に翔び乗り、矢の反動で土手の上に弾き跳ばされて草地に転がった。土手に上がることのできた雛を真似て、他の雛たちもがむしゃらに矢に翔び乗ると、矢がしなって弾けた瞬間に、短い羽を広げて草地に乗り移った。母雉が狂ったように雛たちを呼び続ける。最後の雛が草地に上がると、母雉は一目散に走り始めた。雛たちも夢中で母雉を追いかける。残されたありったけの力で――

少年の脳裏ではひたむきに母雉を目指す雛たちが、五年前の幼かった自分の姿と重なった。恐ろしい暗闇の中で、提灯に照らされた母の愛情に満ちた顔、呼吸、温もり、香り、柔らかさ。

全てを包み込んでくれる優しさ、思いやり……

「もう少しでござった」

「二射目を放っていれば、きっと捉えられたでしょうに」

「無念でござる」

少年は供の者の言葉に構わずひらりと騎乗すると、左の手綱を引いて馬体を反転させた。隣に並んだ正光が供の者に聞こえないように、小声で話した。

「見事じゃった……」

「……」

父上は全て理解しておられる……少年は無言で小さく会釈した。数馬身離れた供の目には、正光が少年に慰めの言葉をかけ、少年が謝意を示したように映った。

雉狩りはもう少しのところでうまくいかなかったという噂が、高遠城内で広まった……

十一　正光と宗矩

チーチー……チーチー……カナカナカナカナ……カナカナカナカナ……シャーシャー……シャーシャー……

様々な蝉の鳴き声が辺《あた》り一帯に響いて、暑苦しかった。

寛永《かんえい》元年（一六二四）葉月《はづき》（八月）白露《はくろ》の節、高地である高遠《たかとお》でもまだまだ暑い日が続いている。高遠城内でも暑さを避けて、人は桜の葉陰《はかげ》を歩いた。葉が重なり合って光を遮る緑陰《りょくいん》は、ほの暗さが人の心を落ち着かせた。

汗を拭いながら、役目で本丸御殿に向かう家中の武士に混じって、一人、編み笠を被った武士がいた。御殿から出てくる家中の武士も、眩しそうに顔の上で手をかざした。城外へ向かう家中の武士は、裃《かみしも》で参上する上級武士と編み笠の武士を認めると、立ち止まって丁寧に辞儀をした。編み笠の武士の単衣羽織《ひとえばおり》には、三《み》つ葉葵《ばあおい》が染め抜かれている。葵紋は徳川家、松平家以外の使用がご法度《はっと》だった。高遠藩士はその紋所《もんどころ》が示す徳川宗家に、敬意を表した。高遠藩主・

保科正光《ほしなまさみつ》の紋所は、星を起源とした並九曜《なみくよう》。編み笠の武士は歩きながら顎を引いて軽く会釈を返したが、その足取りにはいささかの遅延も生じなかった。

楼門《ろうもん》の前の三名の門番は近付いてくる編み笠の武士に気付くと、槍を握る手に力を籠めて背筋を伸ばした。武士が門の前で立ち止まると同時に、三名とも深々と頭を下げた。編み笠の武士が静かに名乗った。

「徳川将軍家、兵法指南役・柳生宗矩《やぎゅうむねのり》でござる――」

将軍家の兵法指南役‼門番三名の顔がこわばった。江戸を、いや日本《ひのもと》を代表する剣士にして、三千石の大身旗本《たいしんはたもと》！てっきり供の者十数名を引き連れて、馬で来るものとばかり思っていた……

真ん中の年配の足軽が緊張しながら、編み笠の武士に応える。

「お、お待ち申し上げておりました。藩主・保科正光より柳生様がお見えの節は、す、すぐに知らせるようにと言われておりますれば、た、直ちに案内《あない》の者を呼んで参ります故、暑い中恐縮ではございますが、し、しばしお待ちを……」

年配の足軽はぎこちなく歌舞伎のような口上を述べると、槍を右手の若い門番に預けて、本丸御殿へと慌てて走り去った。

宗矩は編み笠を脱ぎながら、若い門番に気さくに語りかけた。

「槍術《そうじゅつ》は何を修められた?」

「ハ、ハイ。お、及ばぬながら、し、新当流《しんとうりゅう》を少しばかり……」

若い門番はたどたどしく答えた。無理もない。目の前にいるのは当代きっての剣士で、門弟三千ともいわれる将軍家兵法指南役だ。足軽の自分からすれば雲の上の人物——

「左様か。新当流というと塚原卜伝公《つかはらぼくでんこう》の剣術、鹿島新当流《かしましんとうりゅう》の流れをくんでおられるか?」

「ハ、ハイ。お、仰せの通りで、ございます」

宗矩は左手の中老(中年)の門番にも尋ねた。

「其の方は何流かな?」

「はい。形ばかりではありますが、天流《てんりゅう》でございます……」

中老の門番は落ち着いて答えた——柳生様はいついかなる時でも、武芸の研鑽《けんさん》を怠らない。剣の道を究めたと思われるのに、たゆまぬ努力を続けておられる——門番には目の前の武芸者が大きく見えた。

「いやあ、暑い中お待たせしてしまいましたな。たまさか厠《かわや》に行っておりまして。申し訳ございませぬ。某《それがし》は高遠藩用人《たかとおはんようにん》・長藤権兵衛《おさふじごんべえ》と申します」

年配の足軽を従えた権兵衛が、人懐こい笑顔で名乗った。

「徳川将軍家、兵法指南役・柳生宗矩《やぎゅうむねのり》です」

「柳生様のような名高い剣聖《けんせい》がこのような田舎へおいで下さるとは。ささ、どうぞ、どうぞ」

権兵衛は笑顔を絶やさず、嬉しそうに言った。

宗矩は権兵衛の左側を歩きながら、正之が伸びやかに暮らしていることを予感した。厠に行っていたことを正直に述べる権兵衛は、朗らかで全く裏表がない。このように根っからの好人物が側に居れば、正之も安堵して過ごしていることだろう。


権兵衛に案内されて御殿内の次の間《ま》に来た宗矩は、部屋の真ん中で正座した。斜め掛けした打飼袋《うちがいぶくろ》を下ろし、太刀を外して編み笠の脇に置く。書院の間《ま》の襖を見た――

波頭《はとう》が崩れて朝《あした》の陽射《ひざ》しを反射させている。棚引く雲を背景に水薙鳥《みずなぎどり》が乱舞している。墨で描かれているのに海や雲の色を感じさせ、逆巻く波や数多《あまた》の海鳥の鳴き声が聞こえてくるようだ。質素で力強い襖絵《ふすまえ》が左右に別れた。

書院の間。床の間に置かれた大振りな水盤《すいばん》には、切れ込みのある葉の間に清楚な白い花が浮かんでいる。未草《ひつじぐさ》――

床の間の右手前に、藩主と若人《わこうど》が座していた。

宗矩は床の間の左手前に進み、座すと同時に藩主に告げた。

「……拙者が上座に座すのは心苦しく、席を代わっていただきとうございますが……」

正光は動ずることなく、応えた。

「柳生様は客人にありますれば、当たり前のことでございます……」

さらに続けて正光は深々と頭を下げた。

「初代高遠藩主・保科正光にございます」

「保科正光養子・保科正之《ほしなまさゆき》でございます」

「徳川将軍家、兵法指南役・柳生宗矩《やぎゅうむねのり》でございます」

名乗り終えた宗矩は、目を細めて正之を見た。七年振りに見る正之はすっかり幼さが消え、少年へと変貌していた。背筋を伸ばした十四歳の若人は双眸《そうぼう》に光を湛え、凛《りん》とした顔をしている。引き締まった口元。真っ直ぐに成長したと思った。

「柳生様には遠路への道中、わざわざお立ち寄りいただき、恐縮至極《きょうしゅくしごく》に存じます」

正光が謝辞を述べた。

「いえ、貴藩は柳生《やぎゅう》の庄《しょう》への途中であり、見聞を広めるのについつい遠慮もなしに参上してしまいました」

「お師匠さま……急ぐ旅でなければ、どうか私に城下など案内《あない》させていただきとう存じます」

「保科様、正之殿に案内を頼んでもよろしいですかな？」

宗矩は正光に了解を求めた。

「もちろんでございますとも。正之にすれば柳生様は剣術の師であるばかりでなく、人生の師でもあったはず。いささかなりとも正之に恩返しの真似事なぞさせて下され」

「かたじけない……」

「もしお疲れでなければ、これからでも馬の用意を致しますが……」

宗矩が少しも疲れていないことはその振る舞いからも見てとれたが、正之は宗矩の都合もあるだろうと考えて、承諾を求めた。

「頼む……」

「お師匠様との遠乗りは七年振りでございます！」

正之の声が弾んでいた。眼が輝いている。宗矩に向かって一礼すると、すっくと席を立った。

立ち上がった正之を見上げて、宗矩は改めて正之が大きくなったという印象を受けた。

「昼八《ひるや》つ（午後二時）も過ぎました故、だんだん日差しも和らぎ、これからは多少過ごしやすくなりましょう……」

正光が障子窓に目を移しながら、独り言のようにつぶやいた。

「……元々が江戸とは違って、高遠は過ごしやすいのではございませぬか」

「と、仰いますと?」

正光は宗矩の言葉にできない疑問を、確かめるように訊いた。

「……江戸では位が高くなればなるほど、身に危険が及びます。歳《とし》の嵩《かさ》に関係なく……」

宗矩が言葉少なに語った。

「ここでは……岩山躑躅《いわやまつつじ》が山中に多く自生しています。高地故《こうちゆえ》、他所《よそ》より低木ではございますが、中には百年を超えて大きな木になるのもあります。木であってもその花は鮮やかな紫《むらさき》で、夏が始まると見事に咲きこぼれます……」

正光は障子窓の外に目を向けたまま説《と》いた。宗矩が応える。

「稀《まれ》なる大木に育ててくださいましたこと、誠に感服いたしました」

「柳生様こそご苦労なさったのでは……とにもかくにも三つ子の魂は気高く、清く、立派に受け継がれております」

「一目見て安堵いたしました……」

「目的を果たされてようございました」

「……」

「お師匠様、馬の用意ができました！」

朗らかな声がしたかと思うと、襖の外に小袖《こそで》と野袴《のばかま》になった正之が正座していた……

十二　師と弟子

――ジーウィージーウィー・ジジジージジジー……

――ジイジイジイジイ・ジジジジ・ジイジイジイ・ジジジジ……

――カナカナカナ・カナカナカナ・カナカナカナ……

――ヴィンヴィンヴィー・ヴィンヴィンヴィー……

幾種類もの蝉が競うように鳴く中を二頭の騎馬が並んで歩いている。

「私の馬は『三日月《みかづき》』、お師匠様の馬は『駿雄《しゅんゆう》』といいます」

「いい馬たちだ……」

常歩《なみあし》。馬体を解《ほぐ》し、馬の緊張を解《と》くためのゆっくりとした歩様《ほよう》。浅い茶色の栗毛《くりげ》には正之が、艶やかな青毛《あおげ》（黒色）には宗矩が小袖と袴で騎乗していた。

本丸では桜《さくら》以外にも熊垂《くましで》や橅《ぶな》、水楢《みずなら》などの落葉高木が濃い樹影を落としている。

本丸御殿を背にして進み、十三間半（二四メートル）の桜雲橋《おううんきょう》を渡る。コツコツコツ……

緩やかに湾曲した木造の太鼓橋《たいこばし》は、空堀《からぼり》から伸びた桜の葉陰の下にあった。騎乗した二人の頭上三尺（九〇センチ）には先がとがった椿円《だえん》の葉が茂っている。

桜雲橋を渡り終えて二の丸に出た正之は、手綱《たづな》を握った右手《めて》の肘と脇を開いて、三日月の頭を右に向けた。宗矩もすかさず駿雄を右に向ける。

「お師匠様、右手《みぎて》に見えるのが、二年前まで私と母上が暮らした南曲輪《みなみくるわ》でございます」

「繁木《しげき》の様子が本丸とは違って見えるが……」

「はい。桜ではなく板谷楓《いたやかえで》、山紅葉《やまもみじ》、白樺《しらかば》が生えています」

「本丸と数十間（百数十メートル）しか離れていないのにのう」

「南曲輪の真ん中には池があって、渓川《たにがわ》に棲む魚もいます」

「水が澄んでいる証《あかし》じゃな。いいところで育たれた」

二騎はゆっくりとした常歩から、やや早めのしっかりとした常歩に移行した。常歩で移動する間に、乗り手は乗り心地を、馬は乗せた感触をお互いに確かめ合う。乗り手の技量が優れていれば、馬は落ち着いて指示に従う。

正之と三日月はもちろん、初めて騎乗した宗矩と駿雄も人馬一体となっていた。

程なく様々な草花に縁どられた大きな池の前に出た。池の北側正面には自然石を組み合わせた石組みが、敢然と立ち上がっている。粗削りな小岩の間を清らかな湧水が幾筋も流れ落ちている。夏の日差しを浴びてキラキラと輝いている――

正之と宗矩は並んで馬を止めた。

「縁に弟切草《おとぎりそう》や羊蹄《ぎしぎし》も植えてあるが……」

「はい。切り傷や止血に効能があると習いました」

「誰からじゃ？」

「側用人の長藤権兵衛殿からでございます」

「あのように開けっ広げで正直な上士には、初めて会った」

「権兵衛殿は薬師《くすし》になるのが夢で、侍にはなりたくなかったと……」

「歯に衣着せぬ御仁《ごじん》じゃ……幸松は……何になりたかった？」

「お気付きかと思いますが……剣士になりとうございました。ずっと……お師匠様のような剣士に……」

「そうか。そうであろうの……それだけの天分はある。だが……」

「はい？」

「己《おのれ》の望《のぞ》みと他人《ひと》の想いが違《たが》うことはままあることじゃ」

「……承知しております」

「若年なれど……不憫《ふびん》よのう……」

「我が宿命《さだめ》でございますれば……」

正之は二年前まで暮らしていた二層櫓《にそうやぐら》に向かって、三日月を歩かせた。宗矩が続く。二騎は早い常歩で梅《うめ》や山吹《やまぶき》に囲まれた櫓へと向かった。

櫓に着いた二騎は裏庭に回り込んだ。裏庭には葉がよく繁った高木があった。十間（一八メートル）の直立した板谷楓。暗い灰褐色の幹には、二尺（六〇センチ）から六尺（一八〇センチ）の高さに荒縄が巻いてある。

幾重にも巻かれた荒縄は、けば立《だ》って解《ほつ》れていた。風雪や激しい雨、乾きなど幾星霜《いくせいそう》を経ただけではなく、繊維が擦り切れてぼろぼろになっている。垂《たれ》のように短く垂れ下がった荒縄は、激しい打擲《ちょうちゃく》によって寸断された跡があった。打撃によって人為的に断ち切られた荒縄。縄は幾度となく木刀による打ち込みを受けて、何十箇所と千切れている。

宗矩には裂帛《れっぱく》の気合が聞こえた。甲高《かんだか》い少年の声！木刀の風切り音！高木の縄に打ち込まれる木刀の衝突音！打ち込み直後の元に戻った姿勢！正眼の構え！打ち込み！構え！打ち込み！五尺足らずの細くしなやかな影！一瞬の動き！躍動する若い肉体！無駄のない打撃！

「……激しい稽古をしていたようだな」

「……手慰《てなぐさ》みにしていた稽古です……櫓の中を案内いたします」

正之は馬から降りると、宗矩の馬の手綱も曳いて山萩《やまはぎ》の植え込みに繋いだ。

櫓の外壁は土壁でできており、一階左隅に裏玄関があった。一間幅の杉の玄関板戸《げんかんいたど》は風雨にさらされて傷んでいる。正之が板戸を開けると、ぎいいと音を立てた。中は薄暗く黴臭かった。人の気配が絶えた櫓は、時が止まっている。

一階中央に通し柱があり、入ってすぐの右手に急な階段があった。正之は草鞋《わらじ》を脱ぐと、向きを変えて揃えた。宗矩の脱いだ草鞋も、素早く揃える。

「……かたじけない」

「弟子としての務めでございます」

「其方《そなた》はもはや――」

「弟子でございます！この後《のち》もずっと！生涯、弟子が師を追い越すことはありません！」

「……」

二人は手摺《てすり》無《な》しの急な階段を上がった。宗矩を先にして。万が一、宗矩が落ちた時は正之が下になる……

二階奥に三坪（六畳）の板の間があった。その隅に使い込まれた長持《ながもち》が置いてある。正之は長持の前に正座すると、重い蓋《ふた》を開いた。中から白鞘《しらさや》の脇差《わきざし》を取り出す。向かい合って正座した宗矩に脇差を渡した。長さ二尺（六〇センチ）の脇差には、白鞘に鞘書《さやがき》があった。

――『殺人刀《せつにんとう》』――

宗矩が体得した兵法（武術）の思想。家を出でざる柳生家の秘伝。未だ体系化されてはいないものの、宗矩の頭の中では、はっきりした概念として形作られていた。即ち――

兵法《へいほう》の目的とは……

大将たる者にとって必要な兵法とは……

兵法を治国に活かすには……

単に剣術の勝負に打ち勝つのではなく、兵法の中でも心法《しんぽう》・心の持ち方に重きを置いた教え――

それが殺人刀の意義だった。

「殺人刀の意味は？」

「はい。兵《つわもの》は不詳《ふしょう》（災難）の器なり。天道《てんどう》（宇宙の道理）之《これ》を悪《にく》む。止むことを獲《え》ずして之を用いる。是天道也《これてんどうなり》」

「……其方にはこれ以上教えるべきことは、何もない」

宗矩は脇差を抜いてみた。一点の曇りもない。ゆっくりと白鞘に収めた。

「究めた剣の道を、これからは民のために、願わくは万民のために役立てて欲しい。私からのたっての願いだ」

「心得ました……」

正之は受け取った脇差を長持に収めた。殺人刀の文字を下にして――

二騎は峠の頂にいた。四百十六丈（一二四七メートル）の峠は涼風《すずかぜ》が吹いて、汗ばんだ二騎の体温を冷ました。峠からは盆地が一望でき、彼方に八ヶ岳《やつがたけ》の連峰や飛驒《ひだ》の山々が見渡せた。

正之が峠からの眺望を前に説明する。

「古来より旅人や行商人が、この急坂を杖を突きながら登ったことから、『杖突峠《つえつきとうげ》』と呼ばれるようになったと聞いております」

「なるほどのう」

「後一刻《あといっこく》（二時間）もすると飛驒の山脈に沈む夕日が見られることでしょう」

「残念だが、暮れ六つ（午後六時）までには本丸御殿に戻らねばなるまい」

夏の高い太陽も夕七つ（午後四時）近くなって、ようやく傾き始めた。二騎は横からの日差しを受けている。

「そうですね。父上もお師匠様と一献酌み交わすのを、殊の外待ち望んでおりました」

「ここは……信玄公《しんげんこう》と諏訪殿《すわどの》が戦った時、信玄公の家臣・高遠頼継《たかとおよりつぐ》殿が伊那《いな》から諏訪《すわ》へと攻め込んだ要衝《ようしょう》でもあると聞いたが……」

「その通りでございます」

「どのようなお気持ちで、赤く照らされた諏訪の湖や八ヶ岳の山肌を眺めたのかのう」

「『活人剣《かつにんけん》』の『無刀之巻《むとうのまき》』のような心境だったのではないでしょうか」

「というと？」

「無刀とて、必ずしも人の刀を取らずしてかなはぬと云う儀にあらず。また、刀を取りて見せて、是を名誉にせんにてもなし」

「あるがままに眺めたということか」

「……はい」

「幸松は……そこまで道を究めながら——つくづく惜しいことよのう」

「杖突峠は峠の頂から、諏訪へ向かおうとすると曲がりくねった険しい急坂であり、伊那へ向かおうとすると真っ直ぐな緩《ゆる》い坂でございます」

「一つの峠道でも向かう方向によってそうも違うものか……」

「はい。私はそれをお師匠様から教わりました」

「……」

正之はゆっくりと三日月を進めた。宗矩が一馬身遅れて駿雄を同じ歩幅で歩かせる。山風《やまかぜ》が二騎を撫でる。山を渡って来た清風《せいふう》は、すがすがしく二騎を追い越していった。


峠を下りると右手にあった森が途切れた。

ヒュンッ！ヒュンッ！ヒュンッ！突然、森の外れから飛んできた白銀《しろがね》が、正之の眼前を、頭の上を、背中を掠めて抜けていった。

パカラッ、パカラッ、パカラッ、パカラッ――宗矩が素早く正之の右側に移動してきた。正之の盾になっている。パカッ、パカッ、パカッ！二騎は常歩《なみあし》から一気に駈足《かけあし》に移行した。

ヒュンッ！ヒュンッ！ヒュンッ！斜光を受けた手裏剣が、輝きながら二騎がいた空間を裂いた。二騎は襲歩《しゅうほ》で駆けた。全速力！前肢、後肢、胴体を前後に大きく伸ばし、瞬時に地を掻き寄せ、伸びた時の歩幅は三間（五、四メートル）にもなった。

手裏剣を投じた者は――二騎目掛けて森を背に駆けて来た。素早い動きの三人の忍びは、一瞬にして立ち止まると、懐から抜いた手裏剣を同時に放った。

ヒュンッ！ヒュンッ！ヒュンッ！三本の手裏剣が、駿雄と駿雄の一馬身先を掛ける三日月目掛けて、糸を引くように伸びてきた。

ヒヒーンッ！三日月が後肢で突っ立ったかと思うと、首を下げもんどり打って倒れた。空中で手綱を離した正之は、一回転して落馬の衝撃を和らげた。半身になって森に向かって身構える。左手は大刀に添えられていた。

駿雄は横倒しになった。咄嗟《とっさ》に駿雄から飛び降りた宗矩は、手裏剣の飛んできた方角を見据えた。

黒い影が三つ、二人に向かって駆けてくる。正之と宗矩も三体の黒装束に向かって駆けた。その距離三十間（五四メートル）。三人の忍びの右手が揃って振り下ろされた。

ヒュンッ！ヒュンッ！ヒュンッ！三本の棒手裏剣が正之目掛けて飛んできた。正之は大刀を抜くや否や、眼前に飛んできた二本の手裏剣を払った。ジャリ、ジャリーンッ！ジャリーンッ！正之の腹を狙った三本目の手裏剣は、正之の右側に立った宗矩が叩き落していた。

なおも二人は駆ける。三人の忍びも背中に背負った忍者刀を抜いて、駆けてくる。短い忍者刀を逆手水平に構え、左右に分かれて駆けてくる。距離十間（一八メートル）。タ・タ・タ・

タ……爪先で駆ける軽い足取り。速い。

正之と宗矩も忍びに向かって駆ける。二人とも霞中段《かすみちゅうだん》の後ろ構え。左手は脇差の揺れを抑え、右手だけを身体の右後ろに寄せている。面と胴を警戒する構え。重心を低くして駆ける。頭は全く上下しない。黒い忍びを見据えて駆けた。タ・タ・タ・タ・タ……

距離二間（三、六メートル）。正之の正面の忍びが跳んだ。もう一人は沈み込んで足を払いにきた。ジャリーンッ！シャーッ！足を払おうとした忍びは、正之の大刀に忍者刀を弾かれ、同時に腹を水平に払われた。黒装束が横水平《よこすいへい》の真っ二つに裂け、鎧代《よろいが》わりの晒《さらし》の腹巻が赤く染まった。跳んだ忍びは着地した瞬間に、鳩尾《みぞおち》に宗矩の太刀先五寸（一五センチ）を突き刺された。自身の忍者刀は正之の左腕を掠めたが、わずかに届かなかった。

タ・タ・タ・タ……二人の腕前を見た三人目の忍びは、戦闘を諦めた。先程まで潜んでいた峠の裾野に向かって七間（一三メートル）先を駆けている。素早い身のこなし、駆け足では到底追いつけない。修練を積んだ忍びのように思われた。

懐紙《かいし》で刀身の血糊《ちのり》を拭った二人は、大刀を修めた。

「怪我はないか？」

「はい。お師匠様もご無事でしょうか？」

「変わりない……だが」

宗矩は十二、三間（二二、三メートル）先の二頭の馬に向かって歩き出した。駿雄は横倒しになったままの姿勢で、四肢をばたつかせていた。二本の手裏剣が右前肢《みぎまえあし》の付け根と、首に刺さっている。駿雄は時折痙攣《けいれん》を起こして、肢を突っ張らせた。息が荒い。

「手裏剣の毒が回っている……」

宗矩はしゃがみ込んで駿雄の頭を抱えると、駿雄の耳元で話しかけた。

「……成仏せよ……」

駿雄が大きく目を見開いた。ブルブルッと頭を震わせる。四肢が思いっ切り伸ばされた。宗矩が立ち上がる。右手には血塗られた脇差が握られていた。動きを止めた駿雄の首の下で、信じられないほど大量の血液が広がった。箍《たが》が外れた四斗樽《しとだる》のように、夥《おびただ》しい血が埃だらけの道を赤い海に変えた。駿雄の大きな目は見開かれたままで、開いたり閉じたりしていた鼻の穴は、閉じられたままになった。徐々に息遣いが小さくなり、尻尾を一回ぱたと動かすと、全ての動きを止めた。

正之は——三日月の横に突っ立っていた。

三日月は——右肩に手裏剣が刺さったままの状態で、懸命に立ち上がろうとしていた。大きく開いた四肢を踏ん張り、首を振りながら四肢を引き寄せて、歩行姿勢を取ろうとしている。正之は三日月に刺さった手裏剣を抜いた。茶色の馬体をだらだらと真紅の血が流れた。抜いた手裏剣を、手首を利かせ近くの松めがけて投げた。棒手裏剣は、十字手裏剣のようにクルクル回転しながら飛ぶと、松の幹に当たって根元に落ちた。忍びのようにはいかなかった。

三日月がフラフラッと立ち上がった。ぶるると大きな鼻息をする。身体が思うように動かせないのか、いら立って首を上下させた。眼が充血している。痛みを堪《こら》えるためか、四肢を踏み替え馬体を左右に間断《かんだん》なく揺する。

船揺《ふなゆ》すり——下肢部の故障を起こすことがある悪癖……これまで三日月が船揺すりをしたことはなかった。常に落ち着いていて、素直な性格。乗り手の技量に応じて自身の動きや感情を抑制できた。従順で辛抱強く、忠誠心の強い名馬……その三日月が苦しみながら正之の次の指示を待っている——

正之は手綱を取った。駿雄に比べると、傷は浅い。助けられるかもしれないと思った。手綱を曳いて歩こうとした時、強い力で手綱が引っ張られた。三日月が顔を後ろに反らして、抵抗している。エ?どうした?

三日月は歩くのを嫌がっていた。何故?手裏剣で傷んだ右肩が痛むのか?三日月は正之の左側に来ると、頭を正之の左腕に擦りつけた。二度、三度。ダメだッ！三日月！

三日月は明らかに正之に騎乗を促していた。正之が乗りやすいように、正之の右側に自身の身体を移動させた。よろめきながら……

できない！傷ついたお前に乗ることはできない！歩いてくれ！空身《からみ》で歩いてくれ！

三日月は動こうとしなかった。手綱を曳いて歩かせようとする正之に、血眼《ちまなこ》になって逆らった。今まで一度も正之の指示に逆らったことはなかったのに――

「幸松、三日月に乗れ……」

正之の背中から宗矩が声を掛けた。幼かった幸松の時代の、厳格な師匠に戻っていた。

「でも……お師匠様……」

「三日月は幸松が乗らない限り、一歩も動かん……解っておろう」

「……」

正之は涙を堪えて、三日月に跨《また》がった。三日月がよろけた。いつも以上に左足の鐙《あぶみ》から右足の鐙に、滑らかに体重を移動させたのに。この程度の荷重でぐらついたことなど一度もなかったのに。

三日月がゆっくりと歩き始めた。右前肢を着く度に重心を崩す。痛むのだ。カクン、カクン、カクン……生まれたての仔馬のように心許《こころもと》ない歩き方。常歩どころではないやっとの歩行……正之の視界がぼやけた。三日月は足元が定まらず、倒れそうになりながらも必死になって進もうとしている。伊那を目指している。カクン、カクン、カクン……

覚束ない足元が三日月の苦痛を物語っている。正之は三日月が右前肢を着く度に、腰を浮かせた。呼吸は合っている。だが、痛みが和らぐはずもない。三日月は時々肢をもつれさせた。カッ、カクッ、カク、カクン……

人が歩くよりも遅い速度で三日月は歩いた。右足を着く度に大きく頭を下げ、転びそうになるのを防いでいる。どれほど右足が痛いことか——カクン、カクン、カクン……

正之の頬を熱い液体が伝った。歯を食いしばらないと、嗚咽が漏れそうだった。宗矩も黙って三日月の轡《くつわ》を取り、左側をゆっくりと歩いている。ブルル——時折息を整えるように、三日月は鼻息を荒くして大きく呼吸した。眼が血走っている。ゆっくりではあるが、あらん限りの力で前進しているのだ。正之を乗せて。カクッ、カク、カクン、カク、カクン……

十三　三日月

夏の太陽が傾き始めた。

三日月の身体は汗でびっしりと濡れていた。途中で幅三間（五、四メートル）、深さ一尺（三〇センチ）の小川を渡ったが、三日月は水を飲もうとしなかった。喉が渇いているはずなのに。

宗矩が小川を迂回せずに、敢えて流れの中に引き入れた。水を飲ませようとして。

三日月は——恐れたのだ。立ち止まって水を飲むと、そのまま歩けなくなってしまうことを。本能的に。正之を高遠城に連れて帰れなくなることを。


山の端《は》に沈もうとする夕陽が、三日月の馬体を深緋《こきひ》に染めた。正之も宗矩も緋色《ひいろ》に彩られた。

高地の夏の夕暮れは昼間の暑さを忘れさせる。高原の小高木や低木、丈の長い草叢《くさむら》を渡ってきた葉風《はかぜ》が、三日月の身体を涼しくした。三日月は狭い歩幅で、同じ速度で歩いた。右前肢を着くときの庇《かば》い肢も一定の調子を保っている。全力でふらつく身体を進めようとしている。カクン、カクン、カクン……

宵闇《よいやみ》が正之と宗矩、三日月を包んでいた。天上には星が瞬いている。杖突峠は連なる黒い山並みの陰となって闇に溶け込み、方角も距離も定かではなかった。遥か彼方、背後にあることだけが解っていた。

カクッ、カク、カクン、カク……随分と長い距離を歩いたような気がした。前方二百七十丈（八一〇メートル）の高さにひと際巨大な黒い塊があった。小山を伏せたような黒々とした山塊は、上部が赤く照らし出されていた。まるで陣を張ったような幾多《いくた》の篝火《かがりび》。馬のいななきや城兵のざわめきも聞こえる。本丸や二の丸、三の丸まで要所〳〵で松明《たいまつ》を持った門番が警戒している。

正之と宗矩は、大手坂《おおてざか》の石垣の傍を進んだ。大手坂は高遠城に登城するための正式な道で、城の正面の大手口《おおてぐち》に続く。

三日月に騎乗した正之は、胸を張り、遠くを見据えていた。三日月の変則的な歩行に合わせて、律動的に沈み込むことはあるものの、勝《か》ち戦《いくさ》の武将のように背筋を伸ばした。三日月の並々ならぬ頑張りに報いるために。顎を引き、両肘を張って、総大将のように三日月を進めた。宗矩は高貴な武将の右腕となって、騎馬に付き添っている。

大手坂の石垣が途切れた植え込みで小用を足していた若い門番は、大手坂を上って来る大小の影に気付いた。大急ぎで野袴《のばかま》を上げ、影の正体を見極めようとした。ぎくしゃくと歩いてくる馬――騎乗している細い影は、若殿に似ていた。若殿の騎乗する馬の轡《くつわ》をがっしりとした武士が引いている。門番は十間（一八メートル）離れた大手口に向かって、大声で叫んだ。

「わ、若殿じゃ！若殿のお帰りじゃ！」

「何！」

大声を聞きつけた老年の門番が走り出てくると、大小の影に目を凝らした。すかさず大手口の奥にいる門番に伝達する。

「若が、若がお帰りじゃ！若がお帰りになったぞ！」

大手口が蜂の巣をつついたような騒ぎになった。

松明を手にした三人の門番が、慌てて駆け寄って来る。数名の見張りと警固の足軽が、城内のあちこちに触れに走り出した。城内の篝火が揺れて、城がざわめいた。門番たちは手にした松明をかざして二人の無事を確かめると、二本の松明で三日月の足元を照らした。

城内から続々と迎えの者たちが出てきた。びっこを引きながら歩く三日月を見守るように、周りを取り囲みながら、歩調を合わせる。ゆっくりとした止まりそうな動き。血眼《ちまなこ》になり、ありったけの力を振り絞って歩く三日月……

正之も宗矩も一言も発しない。黙々と城内に向かう。大手門《おおてもん》を潜る。左手に三の丸が見えた。三の丸には馬房《ばぼう》がある。もう少しだ……手負いの三日月にとっては、気が遠くなるような帰り道だったことだろう。苦しみに耐え、最後まで責任を果たそうとする強い気力。すさまじいまでの根性だった。

馬房の入口に来た。若党五名を引き連れた老年の上級武士が、提灯《ちょうちん》を持ったまま正之と宗矩に向かって低頭する。正之も下馬して礼を返した。宗矩も頭を下げる。

「……お帰りなさいませ……」

用人の権兵衛だった。正之が応える。

「只今帰りました……」

「拙者が就いていていながら駿雄を失い、三日月にも深手を負わせてしまいました。誠に申し訳ございませぬ……」

宗矩はさらに深々と頭を下げた。

「いやいや、柳生様、お直り下さいませ。ご無事が何より。殿もお待ちかねでございます」

「……」

宗矩は黙って面《おもて》を上げた。正之も厩方役人《うまやかたやくにん》に三日月の手綱を渡すと、宗矩と並んで本丸に向かって歩き出した。足元を二名の足軽が提灯で照らし、背後に権兵衛と五名の若党が続く。三日月はふらつきながらも大人しく馬房に入っていった。自分の役目を果たしたことを悟っている。正之はつくづく賢い馬だと思った。人として生まれていれば、仰ぎ見るような名君になったことだろう……

本丸御殿の濡《ぬ》れ縁《えん》から立《た》ち待《ま》ちの月が見えた。夏の夜四《よるよ》つ（午後十時）。小山の上に位置する高遠城では、昼間の暑熱は和らぎ、涼風《すずかぜ》が座した三人の小袖を揺らすように吹いた。

正光と宗矩は清らかな地酒を酌み交わし、酒《ささ》をたしなまない正之は白湯を飲んだ。

「正之様も一献どうですか？もう十四歳にお成りなのだから」

宗矩が若殿に対しての口調で酒を勧めた。

「幾つになっても酒は身体に合いませぬ。それに……」

「はあ？」

「家中の者がいないときは、幸松と呼んでいただきとうございますが……」

「何故でございますか？」

「私は正式に正之と改名したわけではございませぬ。保科家を継ぐ時がくれば、正しく保科正之と名乗らせていただきます」

正之はそう言うと正光を見た。保科姓を与えてくれた正光に配慮して、承諾を得ようとしているのだ。堅く健気な少年だった。

「正光様。構いませぬか？」

宗矩も正光に伺いを立てた。

「願ってもないことでございます。徳川将軍家、兵法指南役の柳生様から幼名で親しく呼ばれることは、正之にとってこの上ない幸せでしょう」

正光は宗矩の盃を地酒で満たした。宗矩も正光に酌をする。

「幼名で呼ばれると、時が勢いよくさかのぼるような気がします。六つ、七つの頃に……」

正之が明るい表情で述べた。

「正之にとって、恵まれた剣の天分を活かすのも、それはそれで一つの生き方だろうとは思いますが……実際、柳生様のように剣聖とあがめられ、三千石の大身《たいしん》となっておられる方もいらっしゃる……」

「某《それがし》はまだ剣を極めるところまでは、とてもとても……」

宗矩は正光の言葉を即座に否定した。単なる謙遜《けんそん》とも思われなかった。

「柳生様から見て、剣を極められた方というのはどなたですかな？」

「塚原卜伝公《つかはらぼくでんこう》は間違いなくそのお一人かと存じます……」

「塚原卜伝公！何ゆえにそうお思いか？」

「卜伝公は刀に頼らず、刀を持った相手に敗れたことはありません。某《それがし》の理想とする兵法です。刀を抜くことなく勝負に勝つことこそ、究極の剣術と考えます」

「刀に頼らず、勝負に勝つことができる者は他にもおられますかな？」

「はい。正光様のお近くにも……」

「……」

黒い雲が月を隠して、闇が濃くなった……

行灯の乏しい明かりの下で、正之は三日月の傷口に、弟切草《おとぎりそう》を漬け込んだ胡麻油《ごまあぶら》を塗り続けた。鷹《たか》の羽を油が入った壺に浸し、傷が乾くと静かに丁寧に塗り続けた。薬草の塗り方も、傷を負った馬に対する対処の仕方も、権兵衛が事細かに教えてくれた。

正之が夜九つ（午前零時）から三日月の手当てを始めて、二刻（四時間）が経っていた。三日月は正之が傍《そば》にいると安心するようだった。時折首を正之に摺り寄せ、尻尾をパタと動かす以外は、大人しくしている。目を瞑《つぶ》ることもあった。

正之は三日月の首を抱きながら、忍びに襲われた訳を考えた。以前にも忍びに襲われたことがあった。あれは七つの時だったから、七年前か？

江戸から高遠に向かう道中、弥生末《やよいすえ》の桜の季節だった。初めて差した信玄公の本身《ほんみ》の打刀が重くて重くて。袴帯《はかまおび》から抜くと、足元に放り投げてしまった。武田の魂である打刀を放り投げてしまったことに、母上が大層立腹した。思いっきり頬を引っぱたかれた。皆に置いていかれて、一人ぼっちになった。

不安に駆られて、泣きながらとぼとぼ歩いていると、顔の脇を手裏剣が通り過ぎた。道の先に不気味な案山子《かかし》のような、浄瑠璃人形《じょうるりにんぎょう》のような黒い影がいた。その三人の忍びを瞬く間にお師匠さんが斬って、私を救ってくれた。

なぜ襲われたのだろうか……昨日もお師匠さんに助けられた。お師匠さんは、私が命を狙われているのを知って、高遠にきてくれたのではないだろうか？

なぜ命を狙われる？私が生きていて、何の不都合があるのだ。私は誰かの恨みを買うようなことをしただろうか。私は生きていてはいけない人間なのだろうか……

馬房《ばぼう》から見える空の色が、紺《こん》から露草色《つゆくさいろ》へと変わってきた。夏の夜明けは早い。明け六つ（午前四時）を過ぎて、半刻（一時間）も経っていないのに白々と夜が明けてきた。

「若……三日月の具合はどうずら？」

厩の入口から、権兵衛が声をかけてきた。

「容態は落ち着いているようですが……」

「……どれどれ。三日月や、よくぞ務めを果たしたな。立派じゃぞ」

権兵衛は正之の隣にしゃがみ込むと、三日月の額を撫でながら、傷をじっと見つめた。

「ほおお……これはたまげた。傷が半分塞《ふさ》がった」

「助かりますか？」

「多分、大丈夫ずら。馬は……肢《あし》の怪我は致命傷になるが、馬体は丈夫にできている」

権兵衛は三日月の身体をあちこち探るように撫でた。

「私を乗せなければ、肢への負担は軽く、歩く時間も短かったのに」

「……それを知った上で、三日月は若を乗せたのでござる」

「三日月に済まないことをしてしまった」

「いやいや……」

権兵衛は首を振ると、顎《あご》をしゃくって三日月の顔を指し示した。

「三日月の眼をよく見るずら。満足している眼じゃ。人も馬も自分の仕事をやり遂げた時は、何にも増して仕合わせなものでござる……自分の尺度で計ってはなりませぬ」

「……自分の尺度ではなく……」

「左様。現に儂も三日月の手当てをして、若の傍にいられるだけで喜びを感じられまする」

「用人としての務めでは、喜びはないのですか？」

「それはそれ。生業《なりわい》でござれば疎《おろ》かにはでき申さぬ。されど勝手が許されるのであれば、朝から晩まで本草《ほんぞう》を手にして薬種《やくしゅ》を作り、病者《びょうじゃ》の役に立ちたいと願っております」

「願いはかなわぬものか」

権兵衛は再び首を振った。

「いやいや、願いはかなってござる。こうして若の大切な馬を手当てできておりまする。人も馬も関係ござらぬ。大切な命を救うことができれば、本望だに」

「私の本望はどこにあるのか……」

「それは……若ご自身で見つける他《ほか》ないずらい」

「そうですね……宗矩様にも同じことを言われた」

「ア、忘れておったに！」

権兵衛がやおら立ち上がった。斜め掛けした風呂敷包みを解くと、正之の前に広げる。自身も風呂敷の前で胡坐《あぐら》をかいた。胡麻塩《ごましお》の握り飯四個と公魚《わかさぎ》の甘露煮。竹筒に入った水。さらには花結びの紐が巻かれた瓢箪《ひょうたん》。

「ささ、腹が減っているずら。召し上がって下され」

「……いただきます」

食欲はなかったが、正之は竹筒の水を一口飲むと、握り飯を手にした。権兵衛の好意に応えたかった。権兵衛は瓢箪から直《じか》に酒を呑んだ。

「プハーッ！これは儂の百薬の長にございますれば、大目に見て下され」

「ハハハ、薬種であれば存分に呑めばよい」

「儂はいい主人に仕えた、アハハハ」

二人の姿を、明るくなった夜明けの太陽が照らし始めた。三日月が穏やかな眼で、二人を見ている――

十四　徳川忠長

稲穂が熟して黄金色《こがねいろ》になった田が遠くまで広がっていた。

「豊かな土地だ……五十五万石というのも頷ける」

「はい。長月《ながつき》（九月）だというのに、眩《まばゆ》いばかりの陽光でございます」

寛永七年（一六三〇）秋、馬上の正光と正之は、前後を八騎の若党と重臣に護衛されて、駿《すん》府城《ぷじょう》（静岡県静岡市）に向かっていた。永禄《えいろく》四年（一五六一）生まれの正光は既に齢《よわい》七十を越している。高遠《たかとお》からの旅で、若干疲労の色が見えた。正光に合わせて、ゆっくりと進む正之は二十歳。凛々しい騎乗姿だった。

騎馬に従う徒士《かち》の供回りは十六名に及んだ。他に二名の馬曳きが就く荷馬車が一台、行列の最後尾に連なっている。荷台には土産物らしい桐箱が五個程積まれ、濡れないように油紙で包まれていた。

「山がちな我が三万石の藩とは、大違いだな」

「されど、高遠には高遠の良さもございます」

「そうよのう。正《まさ》に住めば都じゃ……」

広大な田の先に村が見えた。家々が密集した村は大きく、その先が見通せない程だった。村の中を通り過ぎる時には、村人が立ち止まって両脇により、道を空けた。村人は端に寄りながらも、武士の羽織や荷馬車の荷物に付いている並九曜《なみくよう》の紋所《もんどころ》を見て首を傾げた。

「……どこのご家中ずら？」

「……さあ、見たことがねえ紋所だなあ」

「シッ！若武者がこっちを見てるだに！」

二人の村人はひそひそ話を止めると、慌てて低頭した。

――保科家《ほしなけ》の古《いにしえ》は天人《てんにん》の子で、産屋《うぶや》に差した星の光を絹越しに見たら、丸九曜《まるくよう》が現れたのでこれを紋所にしたのですよ――

正之は心の中でつぶやいた。

城下に入ると夥《おびただ》しい数の武家屋敷に取り囲まれて、一際高い駿府城の天守が見えた。駿府城は天正《てんしょう》十三年（一五八五）から近世城郭として、徳川家康《とくがわいえやす》により改築された。本丸の四方を二の丸が囲み、さらにその外側を三の丸が囲む輪郭式平城《りんかくしきひらじろ》。慶長《けいちょう》十二年（一六〇七）、城内からの失火で完成直後の本丸御殿が焼失してしまったが、駿河《するが》（静岡県）を拠点とする大御所・徳川家康の差配《さはい》で直ちに再建工事が開始され、慶長十五年（一六一〇）に新しい本丸御殿が完成した。

蘇った駿府城は、天守台の石垣が南北三十一間（五五メートル）、東西二十七間（四八メートル）という巨大さで、穴蔵《あなぐら》が二階あり、その上に五層の天守が建っている。

三重の堀で護られる駿府城は、離れていても見る者を圧倒した。外堀を抜けて中堀に入ると、要所〳〵に二重になった枡形門《ますがたもん》が設けてある。奥の門には鉄砲狭間《てっぽうはざま》や槍狭間《やりはざま》、石落《いしお》としがあって、堅固な防備が戦国時代の面影を残していた。

正之は別世界に迷い込んだような気がしていた。

高遠藩の家老・保科正近《ほしなまさちか》が大きな東御門橋《ひがしごもんばし》の前で訪《おとな》いを告げた。案内の若侍が二人、急いで出てくる。橋の見張りである足軽四名が低頭する前を、正近が先頭に立って進んだ。

中堀に架かる東御門橋を渡って壮麗な東御門《ひがしごもん》を抜けると、左手に巽櫓《たつみやぐら》が見えた。二の丸・東南の角《すみ》に建てられた二重三階の木造本瓦葺《もくぞうほんかわらぶ》き、外壁は漆喰《しっくい》で真っ白に仕上げられている。この巽櫓だけでも高遠城の本丸御殿に匹敵するだろう……上には上があるものだ。

正之は正光の隣を同じ歩調で騎乗した。三日月は正光が騎乗した鹿毛《かげ》（赤茶色）に歩速と歩幅を合わせ、まるで一本の輓具《ばんぐ》で繋がれているかのように歩いた。落ち着いている。齢《とし》を重ねたせいばかりではない。賢い上に元々の性格が穏やかなのだ。

中堀に沿って、二の丸を東から北へと曲がった。天守が正面に見える。天守は周囲を睥睨《へいげい》し、威圧するかのようだ。正之は生まれて初めて建物に対して気後れした。稚児《ちご》の頃は江戸城で暮らしていたというのに……

大丈夫だ。私には三日月が付いている。私も三日月のように振る舞えばよいのだ。真っ直ぐに。何事も恐れることなく。気負うこともなく――

天守台の中央に、堂々とした天守があった。天守前の広み（広い所）で騎馬武者が揃って下馬した。

正光と正之以下重臣と上級武士は、若侍に案内されて書院へと向かった。

徒士である下級武士と足軽、使用人の十八名は式台横《しきだいよこ》にある使者の間で、駿河茶《するがちゃ》を振る舞われた。澄んだ緑色の駿河茶は、信州《しんしゅう》の蕎麦茶《そばちゃ》よりくせがなく、ほのかな甘みとよい香りがして、上品だった。

書院では藩主・徳川忠長《とくがわただなが》の御附家老《おつけかろう》である朝倉宣正《あさくさのぶまさ》が、直々《じきじき》に書院次《しょいんつぎ》の間《ま》に現れた。宣正は第二代将軍・徳川秀忠《とくがわひでただ》から命を受けて、秀忠の三男・忠長に家老として付き従っていたが、自身が二万六千石の掛川城主《かけがわじょうしゅ》でもある。そのように高位の家老が迎えに来たことに、正光も正之も恐縮した。宣正に従って正光と正之だけが、奥書院の御成《おな》りの間へと招かれた。

御成りの間では、床の間を背にして忠長が座していた。

――正絹《しょうけん》の小袖《こそで》に金糸羽織《きんしばおり》、銀鼠黒縞《ぎんねずくろしま》の袴《はかま》。背後に小姓《こしょう》二人を侍らせて、紫檀《したん》の脇息《きょうそく》にゆったりと肘を置いているが、その双眸《そうぼう》は鋭い。立てば恐らく身の丈、五尺七寸（一七一センチ）。長身で鼻筋が通って整った顔立ち。薄い唇に洗練された感じを受けた。離れて座した正光と正之は目を伏せたまま、低頭すると挨拶の口上を述べた。

「高遠藩主・保科正光《ほしなまさみつ》にございます。此度《こたび》は私共の願いをお聞き届けいただき、誠にかたじけのう存じます……」

「正光が長子・保科正之《ほしなまさゆき》にございます。お目にかかれて恐悦至極《きょうえつしごく》に存じます……」

「徳川忠長じゃ。正之、近う寄れ！」

「ハッ」

正之は一間（一、八メートル）ほどすり寄って、忠長の三尺（九〇センチ）前まで進んだ。

「己の氏素性《うじすじょう》は知っているのか？」

「はい……」

「宣正、席をはずせ」

「ハッ」

御成りの間の廊下に控えていた宣正が、立ち上がると次の間に引き下がった。

「お前たちもだ」

忠長が振り向いて小姓たちに告げた。小姓二人が低頭してから御成りの間を出て行く。

「述べよ」

三人だけになって、一呼吸おいてから忠長が正之を促した。

「母は江戸城大奥・大姥 局様《おおうばのつぼねさま》の侍女、志津でございます……」

「父は？」

「……存じませぬ」

「その後《のち》は？」

「武田信玄公《たけだしんげんこう》が次女・穴山見性院様《あなやまけんしょういんさま》に引き取られました。武田幸松《たけだこうまつ》として……」

「その後は？」

「保科正光養子・保科左源太様《ほしなさげんたさま》に代わりまして、家名継承前《かめいけいしょうまえ》ですが、保科正之と名乗っております……」

「今幾つだ？」

「二十歳にございます……」

「私よりも五つ下か。しっかりしておる。最も江戸城で生まれ、武田、保科と苦労して歩けば、自《おの》ずと人間《にんげん》も成長するのであろう」

「まだまだ未熟者にございます……」

正之は忠長の目を見て応えた。忠長には単なる謙遜だけではないように見受けられた。本心だ。謙虚さは意識してのものではない。正之は出生の秘密を知らされていないのだ。

忠長が正之の目を凝視する。忠長の両目が底光りした。正之は真正面からその視線を受け止めた。忠長は正之の目に、胆力《たんりょく》と汚れのない精神を見たような気がした。

忠長は思った。この男は、弟は、根っからの正直者だ――

「其方《そなた》が江戸で働けるよう尽力してみよう」

「ありがとうございます……」

正之は素直に喜んだ。

「ただし、例え我が父とはいえ、大御所様《おおごしょさま》（徳川秀忠《とくがわひでただ》）とのお目見えは容易なことではない。私の苦労も解って欲しい」

「……無理は申しませぬ。大御所様へのお取次ぎだけでも感謝いたしております」

正之の言葉に嘘はなかった。忠長は正之の誠実で、礼儀を重んじる態度に好感を抱いた。さらに、聡明で行動力があるようにも見受けられる。役に立つ弟――忠長には正之の使い途《つかいみち》が果てしなく広がっているように思われた。兄上にもこれで勝てる……

慶長十一年（一六〇六）生まれの忠長には、二つ年上の兄、第三代将軍・徳川家光《とくがわいえみつ》がいた。二人とも江戸城、西の丸で生まれていて、兄弟の父は第二代将軍・徳川秀忠、母は秀忠の正室・お江《ごう》の方である。家光の乳母は春日局《かすがのつぼね》であり、忠長の乳母は朝倉宣正の正室である朝倉局《あさくらのつぼね》だった。城内では二人が幼少の頃より次期将軍の座を巡っての争いが、家臣団や乳母、侍女など取り巻きの間で絶えなかった。

幼少時、兄・竹千代《たけちよ》（家光）は病弱で吃音《きつおん》があった。そんな竹千代に、父・秀忠と母・お江は冷たく当たった。逆に弟の国千代《くにちよ》（忠長）は溺愛《できあい》された。容姿に優れ、愛敬《あいきょう》を振りまく国千代は、目に入れても痛くない可愛がられ様だった。

竹千代が四歳の時だった。昼餉《ひるげ》を済ませた竹千代が、西の丸の御本丸大奥《ごほんまるおおおく》のお江の元へ、一人で遊びに出かけたことがあった。竹千代は母に会える喜びに胸を膨らませて、にこにこ笑いながら御本丸大奥を目指し、一之側長局《いちのそくながつぼね》の春日局の部屋を出て行った。ところが、半刻（一時間）を過ぎても竹千代が戻ってこない。心配になった春日局は、乳兄弟《ちきょうだい》であり、また幼いながらも小姓として竹千代に仕えていた自分の次男・千熊《ちくま》（稲葉正勝《いなばまさかつ》）を迎えに行かせた。十一歳の千熊は実際の歳よりもずっと大人で、しっかりしていた。そして、何よりも童《わらべ》であれば、大奥を歩き回っても、国千代の一派から不審がられることもないだろう。

江戸城を照らす夕陽が天守の影を長くする頃、ようやく竹千代が千熊と一緒に春日局の部屋に戻ってきた。笑顔で出かけていってから、一刻（二時間）が経っていた。

笑顔で出かけていったのに、帰ってきた竹千代は眉を吊り上げ、眉間に皺を寄せていた。唇をかみしめ、険しい表情である。一体何があったというのだ？

「……若様ッ！」

駆け寄った春日局は、竹千代を抱きしめながら、その顔をまじまじと見つめた。幼いながら憤怒《ふんぬ》の表情を見せていた竹千代の両目が、みるみる濡れてきた。

「……どうなさいました？」

竹千代は何も応えずに、阿修羅《あしゅら》の形相《ぎょうそう》で涙をこらえている。

「……お帰り遊ばせ……」

春日局はそれ以上何も言わなかった。竹千代を抱きしめた右手で優しく背中をさすり、左手でそっと背中を叩いた。

幼い阿修羅の目からころころと大粒の水滴がこぼれ出た。水滴は次々に落ちて、春日局の袂《たもと》に吸い込まれた。阿修羅が必死に涙をこらえている。だが、こらえきれない涙は雨垂《あまだ》れのように連続して落ちた。阿修羅の背中が波打っている。春日局の両手が阿修羅の背中をさする。阿修羅が天を見上げる。唇を噛んで嗚咽《おえつ》をこらえている。四歳の阿修羅が。涙が頬を伝う。嗚咽をこらえる喉が震える。春日局の両手が引き寄せられ、小さい阿修羅はさらに強く抱きしめられた。

「……泣きなされ……遠慮することはございませぬ……思いっ切り泣きなされ……」

阿修羅は天に向かって堰《せき》を切ったように号泣した――

半刻（一時間）前に灯された五匁（一九グラム）蝋燭《ろうそく》が、半分の長さになっていた。蝋燭に照らし出された布団では、竹千代が寝ている。竹千代から一間（一、八メートル）離れた、蝋燭の明かりが届かない薄暗がりで、春日局と千熊が座していた。乳母と小姓ではあるが、実の親子によるひそひそとした会話――向かい合う二人の間には、懐紙《かいし》が広げられている。

懐紙には白い金平糖《こんぺいとう》が十一個のっていた。

「……これを持ち帰るために……」

「はい……御台所様《みだいどころさま》（お江）が、欲しくば好きなだけ拾うがよいと仰って……畳の上にばらまいて……」

「……それを若様が？」

「……最初は一歩も動かなかったのですが……」

「……何ということを……実の子に対して……犬の仔ではあるまいに……」

「……妾《わらわ》の気持ちは受け取れぬのかと……」

「……お労《いたわ》しや、若様……辛《つろ》うございましたなあ……」

春日局の目に涙が浮かんだ。

「……這いつくばって、泣きながら拾った竹千代様に御台所様は……」

「……どうしたというのじゃ？」

「……礼も言えぬのかと……」

開いた口が塞がらなかった。竹千代は緊張すると、吃音《きつおん》がひどくなる。人前での発声が極度に苦手なのだ。当然、御台所も我が子の弱点は知っている。それを敢《あ》えて……

「……若様はどうされた？」

「……一生懸命お礼を申し上げようとしましたが……焦れば焦るほど……」

「……御台所は？」

「……あざけるように下唇《したくちびる》を突き出し……竹千代様の口調を殊更大仰《ことさらおおぎょう》に……」

「シッ！」

春日局が人差し指を口に当てて、千熊の話を遮《さえぎ》った。竹千代がもぞもぞと寝返りを打って、二人の方を向いた。口をむにゃむにゃさせながら寝言《ねごと》を言う。

――か、か、か、かた、かた、かたじけ、かたじけ、かたじけのう、ご、ご、ご、ございます――

「……不憫《ふびん》よのう……」

「……竹千代様は私のために……」

「……どういうことじゃ？」

「……」

千熊が言いよどんだ。

「……話してたもれ……」

「……四、五日前に金平糖の話になった時、竹千代様が、金平糖は高かれど硬くてうまいと仰られて……私は一度食してみたいと……申し上げました……それで私のために……」

「……いかにも若様のやりそうな事じゃ……お前のために恥を忍んで……」

「……私はどうすれば……」

「……この御恩、一生忘れるでないぞ……」

「……はい……」

――ち、ち、ち、ちく、ちくま、こ、こ、これが、こん、こん、こんぺい、こんぺいとうじゃ。と、と、とし、とし、としの、としのぶん、だけ、くうが、くうがよい――

寝言を言った竹千代は、寝返りを打って背中を見せた。小さな背中だった。竹千代に布団を掛けてやりながら、春日局は人差し指で涙を拭いた。この小さな背中にどれだけ重い物を背負わなければならないのだろう……

十五　兄　弟

寛永《かんえい》七年（一六三〇）霜月《しもつき》（十一月）、時折風花《かざばな》が舞う高遠城《たかとおじょう》の大手坂《おおてざか》を、一人の武士が登っていた。手甲《てっこう》、脚絆《きゃはん》を着け、野袴《のばかま》に背割《せわ》り羽織《ばおり》。内飼袋《うちがいぶくろ》を斜めに背負って、菅笠《すげがさ》を被っているのは、旅の途中だからか。

登りであるのに、大手坂の石垣に沿っての歩みは早く、健脚であることを示していた。年の頃六十ばかり、老齢と見受けられるが、伸びた背中と俊敏で頑健そうな肉体は、相当な剣の腕をも推察させた。間々《まま》雪が降るのに、柄袋《つかぶくろ》は被せられていない。大小共にすぐさま抜ける状態にある。

案内《あない》も伴わずに、自分の城のように迷うことなく城内を急ぎ、桜雲橋《おううんきょう》を渡った武士は、本丸御殿で最後のお訪《とな》いを述べた。御殿入口の見張り番が慌てて武士を中に案内する。槍を持った足軽の門番は、左右に分かれると、武士の背中が見えなくなるまで低頭していた。武士が名門の出であることが推察された。

大刀と内飼袋・手甲、脚絆を外し、菅笠を脱いだ武士は、床の間を背にして座していた。

「……居心地が悪いのだが……」

「ハハハハ。そう仰ると思いました。ですが、お師匠様を下座に据える訳にはいきませぬ」

「ならば、無礼を承知でこのまま話させてもらう」

「……父・正光の江戸での葬儀の際は、一方ならぬお世話になりました。御礼の申し上げようもございません」

「何の……この父にしてこの子ありじゃ……皆そう申しておる」

「……父に不義理をしなかったことだけは、よかったと思っております」

「不義理どころか……信州に俊才ありともっぱらの評判じゃ」

「……世辞だとしても私の力量ではなく、お師匠様の導きによるものでございます」

「……時に……幸松に後押ししてもらいたい人物がいる……」

「どなたでございましょう？」

「第三代征夷大将軍《せいいたいしょうぐん》・徳川家光様……」

「家光様！」

「家光様の力になってもらいたい……」

宗矩の言葉は直裁《ちょくさい》だった。飾り言葉は一切ない。

「私に務まるものでしょうか？」

「無理だと思えば、ここには来ていない……」

「事情をお聞かせください」

師が単刀直入に切り出せば、弟子も真っ直ぐに訊く。

宗矩が明かした中身は正之にとって衝撃だった。


正光が正之を伴って、駿河藩主・徳川忠長を駿府城に訪ねたのは、一年前、寛永七年（一六三〇）の秋だった。忠長は異母弟である正直な正之を一目で気に入り、正之の大御所様（第二代将軍・徳川秀忠）への目通りが叶うよう、正光に約束してくれた。

正光が秀忠と正之の対面を望んだのは、先々《さきざき》正之が高遠を出て、江戸で要職に就いた時、秀忠の庇護《ひご》を受けられるようにとの思いからだった。諸問題を、正之の裁量に任せられることは解っていても、世の中は後ろ盾を求める。その後ろ盾を秀忠に頼みたかったのだ。庶子《しょし》であっても、曲がりなりにも親子なのだから。しかし……

秀忠は公にはもちろん、私的にも正之を実子と認めることはなかった。秀忠の正室であるお江の方は、病的なほど嫉妬深く、秀忠が側室を持つことを認めなかった。ましてや、奥女中が秀忠の子を生《な》すなどということは、あってはならなかった。

秀忠は庶子である正之を、自分の子として受け入れることはなかった。忠長から正之との対面を懇願されても、ことごとく無視した。庶子である正之を自分の子として認め、将軍職争いをこれ以上泥沼化させてはならない。家光派と忠長派の間で、既に激しい跡目《あとめ》争《あらそ》いが勃発している。

家光と忠長が幼い頃は、秀忠もお江も弟・国千代（忠長）を溺愛した。国千代は愛くるしい容姿で、無邪気だった。一方病弱で覇気がなく、上目遣いに暗い表情で父と母を見る兄・竹千代（家光）は、器量も劣り自然と遠ざけられた。激しい吃音がある竹千代は、その将来が危ぶまれた。それに比べて、素直に甘えてくる国千代の何と可愛かったことか。竹千代は母の膝で抱かれたことがなかった。いつも国千代が母の膝を独占し、振り返って母の顔を見上げては、利発な物言いをした。お江も国千代を膝にのせている時は顔がほころび、満ち足りた気分になった。だが……

兄弟が長じると、将軍職を継いだのは家光の方だった。元和《げんな》九年（一六二三）文月《ふづき》二十七日、第三代征夷大将軍として二十歳の家光に宣旨《せんじ》が下された。全ては権現様《ごんげんさま》・徳川家康の意向に副《そ》ったものである。家康は将軍職は家系的に長子が継ぐべきものであり、その容姿や性格などは政《まつりごと》に関係ないと考えていた。そもそも人の才能はさほど差があるものではなく、万が一足りないところがあれば、周りに技倆《ぎりょう》や力量の高い者を置けばよい。将軍職を争って家臣団が真っ二つに割れることの方が問題なのだ……

家光が二十歳で第三代将軍になった時、忠長は十八歳だった。この頃から忠長は野望を抱くようになり、領地や石高《こくだか》の高《たか》にこだるようになった。大坂城の城主になることを望んだり、百万石の領地を欲しがったりしたが、愛想をつかした秀忠は黙殺した。年々その傾向は強くなって、忠長が正之を実弟として秀忠に会わせようとしたのも、一人でも多くの味方を得ようとしたからに他ならない。

正光と正之が駿府城で忠長と三日を過ごした後、高遠に戻って二月《ふたつき》が過ぎた頃、正之は信じられない噂を耳にした。即ち——忠長様、ご乱心！

十六　神獣

寛永七年（一六三〇）霜月（十一月）明け六つ（午前六時）、六枚肩の大名駕籠《だいみょうかご》に乗った忠長は、騎馬隊三十騎、鉄砲隊二百名、弓隊百三十名、槍隊六十名、荷馬車三十乗を率いて駿府城を出発した。その軍団の編成はまるで戦《いくさ》に向かうかのようであり、城下の人々を何事が起きたのかと驚かせた。

恐怖と不安に駆られた人々を尻目に、御駕籠者《おかごもの》六名が降ろした駕籠から出た忠長は、底光りして異彩を放つ目で、周囲を睥睨《へいげい》した。軍団に緊張が走った。遠巻きに様子を窺う民は、忠長と目が合わないように低頭して目を伏せた。

忠長の前に七名の使番《つかいばん》が集まった。使番が背中に差した旗指物《はたさしもの》には、「大己貴命《おおむなちのみこと》」「木之花《このはなの》咲耶姫命《さくやひめのみこと》」「大歳御祖命《おおとしみおやのみこと》」など静岡浅間神社《しずおかあさまじんじゃ》（静岡市葵区）を成す三神社の祭神が染め抜かれて、風にはためいている。また、「害獣掃討《がいじゅうそうとう》」「駆逐獣害《くちくじゅうがい》」「豊穣祈願《ほうじょうきがん》」「災難放逐《さいなんほうちく》」など災いを取り除いたり、五穀豊穣に関する文言が書かれた旗指物《はたさしもの》もあった。

駿府城の半里（二キロ）北西、静岡浅間神社の一社・神戸神社《かんべじんじゃ》の前で、忠長は二百名の鉄砲隊を四隊に、百三十名の弓隊を三隊に、六十名の槍隊を二隊に分けた。九名の物頭《ものがしら》（部隊長）を先頭に、衡軛《こうやく》の陣形で敵と闘うことを命じた。衡軛の陣とは段違いの二列縦隊で、相手の動きを拘束し、包囲《ほうい》殲滅《せんめつ》することを目的とする。古来より山岳戦などで用いられた。

「忠長様ッ！これは一体どういうことでございますかッ！」

大慌てで神戸神社から出てきた宮司が、忠長に向かい語気荒く問い詰めた。禰宜《ねぎ》三名と権禰宜《ごんねぎ》十二名も宮司の後ろで青ざめている。静岡浅間神社は徳川家康崇敬の神社として、歴代将軍の祈願所となっていた。二代将軍・秀忠も、三代将軍・家光も手厚く庇護していた。それなのに、忠長は戦支度で挙兵している。迎え撃つ敵もいないのに。

「田畑を荒らす猿どもを成敗《せいばい》するのだッ！」

忠長は騎乗したまま、大声で怒鳴った。その端正な顔は大きく歪み、双眸《そうぼう》が爛々《らんらん》と輝いている。異様な光がキラキラッと走った。

「何ということを！気はお確かですかッ！」

宮司が思わず無礼な言葉を発したのも、無理はなかった。そもそも静岡浅間神社は、忠長の祖父・家康が十四歳の時に元服した神聖な場所であり、神社が鎮座する賎機山《しずはたやま》（一七一メートル）では、野猿《やえん》が神獣として崇《あが》められていた。殺生《せっしょう》は無論のこと、民、百姓も、猿が家や畑から食糧や収穫物を持ち去るのを、黙って見ているしかなかった。猿を傷つけたりすると、厳しい罰を受けたからである。猿も人を恐れなくなっていた。

「よいかッ！目についた猿は一匹残らず退治するのだ。見逃した者は猿の代わりにその場で首を落とす。分ったかーッ！」

「！」

軍団に戦慄《せんりつ》が走った。忠長の形相《ぎょうそう》は異様だった。口を大きく開き、眉が吊り上がっている。整った顔は大伯父である織田信長にそっくりだったが、その烈《はげ》しい性分《しょうぶん》も似ていた。異形《いぎょう》の信長は、軍団に発令する殺戮《さつりく》の快感に酔いしれていた。家臣や藩兵、雑兵《ぞうひょう》まで、それぞれが自分の命を守るには、神獣と崇《あが》めてきた猿を殺す以外になかった。

「……」

神職も言葉を失っていた。宮司始め、誰もが絶句した。忠長は尋常ではなかった。

「かかれーッ！」

バサッ！忠長が右手に持った采配が振られ、鉄砲隊を先頭に、弓隊、槍隊も賤機山を左右から抱き込むように黙々と登り始めた。

物頭《ものがしら》・牧野《まきの》新佐衛門《しんざえもん》は五十名の鉄砲隊・一番隊を率い、先陣を切っていた。山道を登りながら左右の藪《やぶ》に目を凝らす。藪の中から鉄砲隊を見つめる獣《けもの》の目が光っている。普段は相手構わず山道に這い出て、人を威嚇したりする猿たちが、鎧に身を固めた物々しい人間の格好に戸惑っている。鉄砲の恐ろしさも本能的に知っているらしい。身をすくめて鉄砲隊が通り過ぎるのを待っている。

「全隊《ぜんたぁーい》ッ、止まれッ！」

新佐衛門が隊列を止めた。

「玉薬《たまぐすり》込《こ》めーッ！」

五十名の鉄砲隊・一番隊が槊杖《かるか》で、立てた火縄銃に一匁《もんめ》（三・七五グラム）の黒色火薬を流し込んで押し固める。

「弾込《たまこ》めーッ！」

三匁（一一・二五グラム）の鉛の円弾を入れると、再び槊杖で突き固める。

「一組《いちくみ》イッ、前へ進めッ！」

五十名の鉄砲隊・一番隊はさらに十名ずつの五組に分けられていた。五組十名ずつの鉄砲足軽が順番に射撃して、装填時《そうてんじ》に空白の時間を生み出さないためである。

「着火ァーッ！」

一組の鉄砲隊が火縄に火を点けた。新佐衛門は腰に差した松明《たいまつ》を抜き取り、火打石で火を点けると、炎が大きくなるのを待ちながら、号令を発した。

「構えェーッ！」

一組の鉄砲足軽が横列で五名ずつ二段になると、山道一杯に広がって道を塞いだ。前列は片《かた》膝《ひざ》立《た》て、後列は立位《りつい》で構える。新左衛門は燃え盛ってきた松明を藪の中に投げ込んだ。

――キィーッ！キキ、キキキーィッ！――

火に包まれた藪の中から、三十頭余りの猿の群れが飛び出した。

「放てーッ！」

――バーンッ！バンッ！ダンッ！バンッ！バーンッ！ダ、ダ、ダ、ダンッ、ダンッ！――

耳をつんざくような轟音《ごうおん》が轟《とどろ》いて、山道一帯は白煙に包まれた。

――キィーッ！キキ、キキキーィッ！ギィ、ギッ、ギギギーィッ！ギエーッ！ギエッ、ギエッ、ギエッ！――

猿たちがのたうち回っていた。うつ伏せになって倒れた母猿の下で、当歳猿《とうさいざる》が這い出そうともがいている。後肢《あしあと》を二本とも吹き飛ばされた老猿は、血だらけになりながら前肢《まえあし》だけで数歩前進すると、その場にバッタリと倒れた。血の海の中で、烈しく牙を剥いた苦悶の表情で絶命した。

片目を抉《えぐ》られた頭猿《かしらざる》は、気丈にも血だらけの顔で、新佐衛門目掛けて突進してきた。一際身体の大きい頭猿が、最後の力を振り絞って飛び上がる。新佐衛門の顔を狙って飛んだ瞬間、大刀を抜いた新佐衛門の右手が払われた。

シャーッ！毛皮を切り裂く音がして、頭猿の腹から真っ赤な血飛沫《ちしぶき》が噴き上がった。火薬の白煙が薄れた山道に、血飛沫《ちしぶき》が赤く漂っている。頭猿は腹からはみ出た内臓を、紅花《べにばな》で染めたように真っ赤に撒き散らしながら息絶えた。

「二組ィッ、前へ進めッ！」

新佐衛門の号令一下、一組の鉄砲足軽十名が最後尾に回り、二組の十名が五名ずつ二段に分かれて、前進しながら道幅一杯に広がった。

「着火ァーッ！」

二組の十名が火縄に火を点ける。傷ついて逃げ遅れた若猿や、動かなくなった仔猿を抱いた母猿が立ち竦んでいる。煙硝が目に入って両目を塞がれ、手探りで逃れようとする猿がいる。

「構えエーッ！」

二組十名の鉄砲足軽が、獲物と先目当《さきめあて》（照星《しょうせい》）と前目当《まえめあて》（照門《しょうもん》）が一致するように、火縄銃を構えた。

「放てーッ！」

——ダンッ！ダンッ！ダンッ！バンッ！バンッ！バ、バ、バンッ！、ダ、ダンッ！——

——ギャッ！ギャギャッ、ギギギーィッ！ギィ、ギエーッ、ギギギーィッ！ギエーッ！ギエッ、ギエッ、ギエッ！——

凄まじい銃撃音と同時に、猿たちの悲鳴が上がった。十頭の猿が、苦痛に悶《もだ》えていた。血まみれになり、前肢や後肢を吹き飛ばされ、弾痕《だんこん》が顔を抉《えぐ》っていた。動ける猿は死に物狂いで藪に飛び込み、若い猿は藪の中の小楢《こなら》に駆け登った。

「三組ィッ、樹上の猿を狙えッ！」

新佐衛門の号令で、三組十名の火縄銃が頭上の小楢《こなら》に向けられた。

「着火ァーッ！」

「構えエーッ！」

「放てーッ！」

矢継ぎ早に命令が下された。

――バーンッ！バンッ！ダンッ！バンッ！バーンッ！ダン、ダン、ダンッ、ダンッ、バキューンッ！――

葉を落とした小楢の枝が、茶色い塊をしがみつかせたままビュンビュンと揺れた。吹き飛ばされた枝は、竹蜻蛉《たけとんぼ》のように風に舞った。茶色い物体が真っ逆さまに落ちる。鼯鼠《むささび》のように四肢を広げて背中から落ちる猿がいる。折れた枝を握り締めながら、藪の中に頭から落ちる仔猿がいる。どの猿も血まみれだった。

戦《いくさ》ではなかった。闘う術《すべ》を持たない生き物を狩る、一方的な殺戮《さつりく》だった。狩りは繰り返し繰り返し行われた。今まで人を、狩人《かりうど》を警戒することを知らなかった猿たちは、ことごとく狩り尽くされた。鉄砲に続いて弓、さらには槍……それらの得物《えもの》から辛うじて逃げた猿たちは、最後の最後に大刀で腹を突き刺され、前肢を切り裂かれ、首を刎ねられ、悲鳴を上げながら逃げ惑う背中を袈裟《けさ》に斬られた。

立冬《りっとう》（十一月中旬）の入り日が賤機山を赤々と照らしている。忠長軍の荷馬車隊三十乗が賤機山から静岡浅間神社の三社前まで続いていた。荷馬車一乗には、四、五十頭の猿の骸《むくろ》が無造作に積み上げられている。骸の総数、千二百四十体。その茶色い塊が目の前を通り過ぎる時、神戸神社《かんべじんじゃ》、浅間神社《あさまじんじゃ》、大歳御祖神社《おおとしみおやじんじゃ》の三社は無論のこと、賤機山山上に鎮座する山宮《やまみや》・麓山神社《はやまじんじゃ》などの神職などが安倍街道《あべかいどう》に出て来て、大勢の民と一緒に軍団を見送った。見送り人《みおくりびと》の数、一千名余り。

宮司七名、禰宜二十二名、権禰宜六十三名、その他、位の低い神官や信徒など神社関係者二百名以上が合掌しながら血に染まった猿たちを見送った。山積みにされた猿たちは血塗られた毛皮と化し、硬直を始めた四肢が宙に延びていた。神職たちは滂沱《ぼうだ》の涙を流した。これまで何十年にも渡って、慈《いつく》しみ、丁重に扱い、不慮の死を遂げた猿には御霊《みたま》の平安を願って、祈祷《きとう》を捧《ささ》げてきた。その猿たちが塵芥《ちりあくた》のように、安易に荷馬車に放り投げられて物と化している。

民も絶句していた。神獣と教えられていた猿が、血だらけの屍となって目の前を通り過ぎていく。母親の手を握り締めた女童《めわらべ》の両足はがくがくと震えた。

血に染まった荷馬車隊の後を、煌《きら》びやかな大名駕籠が通り過ぎる。六名の御駕籠者は、来る時とは交代していたが、その足取りは重かった。

「……止《と》めよ……」

駕籠の中から低い声がして、引き戸が付いた高級な駕籠が静かに停止した。

「……開けよ……」

再び声がした。駕籠を護りながら数歩前を歩いていた若党が、すぐに駆け寄ると、片膝を付いて両手で引き戸を滑らせた。総網代《そうあじろ》で漆仕上《うるしあ》げの葵紋《あおいもん》が散りばめられた大型の駕籠には、幾羽もの鶴が大きく羽を広げて舞っている。長柄《ながえ》の前後では六名の御駕籠者が、左膝を付き、低頭して控えた。若党が駕籠の中から草履を出して揃えると、忠長が草履を履きながら駕籠から出て腰を伸ばした。

「……誰か？」

忠長の言葉の意味を知る者は誰もいなかった。

「……今、猿どもに祈祷を捧げた者は誰か？」

駕籠の周りは水を打ったように静まり返った。忠長が低頭する人々を舐め回すように見る。と、その視線が若い御駕籠者の顔で止まった。

「……お前か……念仏を唱えたのは？」

低く異様な声だった。

「い、いえ、め、滅相《めっそう》も、ご、ご、ございません。あっしは、ね、ね、念仏など、ひ、ひ、一言も――」

ジャリン！抜かれた脇差が夕陽を反射させて、ギラリと光った。忠長が鯰尾藤四郎《なまずおとうしろう》の脇差をだらりと下げて、御駕籠者に近付く。

ヒッ！恐怖にかられた御駕籠者が逃げようとして、転倒した。うつ伏せに倒れ込んだ御駕籠者の尻に、忠長の一尺六寸（四八センチ）の脇差が突き刺さった。ギエッ！

爛々と眼を輝かせた忠長は、御駕籠者の腰を踏むと、荒々しく脇差を引き抜いた。引き抜いた脇差を、今度は御駕籠者の盆《ぼん》の窪《くぼ》に突き立てた。

ギャッ！御駕籠者の両手が虚空《こくう》を摑んで、ぶるぶると震える。忠長は垂直に刺した脇差の柄を両手で握ると、顔を歪めながら力を込め、脇差をそのまま抉るように回転させた。グリッ！

ギエーッ！御駕籠者は悲鳴を発しながら絶命した。

「……南無阿弥陀仏《なむあみだぶつ》……南無阿弥陀仏……南無阿弥陀仏……南無阿弥陀仏……」

念仏を唱える忠長の全身から、青白い焔《ほむら》が立ち昇っていた。この世の者とは思われなかった。言葉が見つからない民は怯《おび》え、笏《しゃく》を持った神職の手はわなわなと震え、家臣でさえも顔面蒼白となって、恐怖を感じていた。

忠長様、ご乱心――噂は本当だった。

十七　徳川秀忠

寛永八年（一六三一）霜月《しもつき》（十一月）二十三日《はつかみか》、木枯らしが吹き荒《すさ》び、時折小雪が舞う寒い日だった。

若殿と高齢の武士が並んで、寺の急な石段を登っている。二人に付き従っているのは、高遠藩の重臣や若党七名。若殿は高齢の武士を気遣って時々歩を緩めるが、高齢の武士は矍鑠《かくしゃく》としていて、息も切らさなかった。

「……お師匠様は六十にお成りですよね？」

「左様で。もう先は長くありませぬ。これからは正之様の時代でございますぞ……」

正之の問いに宗矩は謙虚に応えた。

「何を仰いますか。供の者たちより余程しっかりした足取りですよ」

「石段の両脇の石仏《せきぶつ》たちに見られている故、みっともない姿をさらけ出す訳にはまいりませぬ」

正之と宗矩が登っている石段の両側には、高遠石工《たかとおいしく》によって彫られた石仏群が並んでいた。観音菩薩《かんのんぼさつ》、地蔵菩薩《じぞうぼさつ》、不動明王《ふどうみょうおう》など多くの石仏が、参拝者を見守っている。

高遠藩江戸藩邸で亡くなった前高遠藩主・保科正光の墓は、一月前《ひとつきまえ》に臨済宗《りんざいしゅう》妙心寺《みょうしんじ》派建福《けんふく》寺《じ》（長野県伊那市高遠町）に建立《こんりゅう》されていた。石段を登り切ると、瓦葺《かわらぶ》きの四脚門《よつあしもん》がある。

四脚門の前で振り向いてみた。眼下に高遠の街が見渡せる。寄木細工《よせぎざいく》のような小さな一軒〳〵に家族それぞれの暮らしがあり、苦労もある。貧しさに耐えて、子を養い、老親の面倒を見ているのだ。牛馬と競うように働く民のお陰で、自分がいる。三万石を継承した保科正之がいるのだ。

四脚門を潜って石畳の道を進むと、大きな建福寺本堂の前に出た。

建福寺は武田信玄《たけだしんげん》によって中興《ちゅうこう》され、信玄の四男・武田勝頼《たけだかつより》が高遠藩主だった時に、生母・諏訪御寮人《すわごりょうにん》を埋葬した寺でもある。諏訪御寮人は信玄の側室だった。天正《てんしょう》十年（一五八二）勝頼が没して武田家が滅亡すると、建福寺は保科正直《ほしなまさなお》・正光父子の帰依《きえ》を受けて保科家の菩提《ぼだい》寺《じ》となった。

境内には立派な松があった。真っ直ぐに伸びた松は、本堂を護っているようにも見受けられる。焦げ茶の柱と柱の間に白壁を収めた真壁造《しんかべづく》り。瓦葺きの屋根は伸びやかにせり出して、雄大だった。左右対称の整然とした佇まいで、見る者を圧倒する。

本堂中央の七段の石段を登った。一礼して草履を脱ぐ。宗矩と一緒に本堂に上がると、内陣《ないじん》に向かって、緋《ひ》の法衣《ほうえ》をまとった老僧が座して経をあげていた。老僧の背後一間（一、八メートル）離れて、正之と宗矩も静かに座す。肉声とは思われない経が本堂の広い空間に満ちていた。正之は精神が浄化されるような気がした。

――故説般若波羅蜜多呪《こーせつはんにゃーはーらーみーたーしゅー》　即説呪曰《そくせつしゅーわつ》　羯諦《ぎゃーてい》　羯諦《ぎゃーてい》　波羅羯諦《はらぎゃーてい》　波羅僧羯諦《はらそうぎゃーてい》
菩提薩婆訶《ぼーじーそわかー》　般若心経《はんにゃしんぎょう》……

経の最後がゆっくりになって聞こえなくなると、張りつめた空気が和らいで、現実世界が戻ってきた。笏《しゃく》を手にした老僧が振り返る。

「……お父上ほど領民に慕われていた領主には、拙僧は会ったことがありませぬ」

「その節は丁寧に送っていただきまして、誠にありがとうございました」

正之が深々と一礼した。

「臨済宗《りんざいしゅう》では亡くなられた方も、悟りへの道筋を辿れるようにお示ししております。何も気遣うことはございませぬ」

「はっ……時に導師様、こちらは私の剣術の師匠で、人生の師でもあります柳生宗矩様《やぎゅうむねのりさま》にございます」

「過分なお言葉ですが……柳生宗矩でございます」

宗矩も丁寧に一礼する。

「ご高名はかねがね伺っておりまする。されど、その物腰は天下一の武芸者というよりも、道を究められた茶人《ちゃじん》のようでございますな」

「それは誉め言葉と受け取っていいのでしょうか？」

「むろん、誉め言葉ですとも」

「ならば、ありがたく承っておきましょう」

ハハハハ……三人同時の笑い声が起きた。本堂の入口で見守っていた供の者たちからも、忍び笑いが漏れた。

寛永九年（一六三二）睦月《むつき》（一月）二十三日《はつか み か》朝四《あさよ》つ（午前十時）、江戸城本丸・大奥御殿向《おおおくごてんむき》き（大奥の寝所）でやすんでいた将軍・徳川秀忠《とくがわひでただ》が小姓三人に支えられて、お鈴廊下《すずろうか》を渡って来た。虚ろな眼で、顔が青ざめている。秀忠は立っているのもやっとという様子で、支えがなければその場に崩れ落ちそうだった。

「そっと……そっと……揺らすでないッ！」

先頭で振り返り〳〵小姓たちに指示しているのは御年寄《おとしより》のいとである。六年前の寛永《かんえい》三年（一六二六）に侍女として仕えていた秀忠の正室・江《ごう》が江戸城で亡くなってからも、権力者として大奥を牛耳《ぎゅうじ》ってきた。いとの後ろには、中年寄《ちゅうどしより》や御中臈《おちゅうろう》、御次《おつぎ》などの奥女中が九名従っている。

中奥御座之間《ちゅうおくござのま》に運び込まれた秀忠は、すぐに布団に横たえられ、薬師《くすし》の療治《りょうじ》が始まった。白髪の老典医・若林玄斎《わかばやしげんさい》は右手中指と親指で、秀忠の閉じられた左右の瞼を開いた。どちらの瞳を覗き込むときも時間をかけた。開いた瞼の前で、左手の人差し指をゆっくり左右に動かすと、慎重に秀忠の眼球の動きを追った。だが、秀忠が反応を示すことはなかった。

玄斎は困ったように両手を膝の上に置くと、天井を見上げた。何か、言葉を探しているようだった。

「……できる限りの療治は施してみますが……如何せん、篤《あつ》しれて（重病になって）おいでですので……」

「何としてでも助けるのじゃッ！手を尽くすのじゃッ！」

いとが玄斎に向かって癇癪《かんしゃく》を起こしたように叫んだ。

「殿！」

「上様！」

「大御所様！」

「秀忠様！」

秀忠危篤の知らせを受けた重臣や典医たちが、どやどやと中奥御座之間になだれ込んできた。

「騒ぐでないッ！」

いとが一喝すると男たちを睨みつけた。

「病《やまい》に障《さわ》るのが分からぬかッ！」

大奥の御年寄が、江戸城で権勢をふるう重臣たちを叱り飛ばした。

「上様のお大事に関わる！典医以外は廊下で控えよッ！」

甲高い声だったが、一理ある。命令された重臣たちは苦虫を噛み潰したような顔をしながらも、廊下へと出た。二名の転医が薬籠《やくろう》を手に進み出ると、玄斎の後ろに座した。

「……陵庵殿《りょうあんどの》、烏樟《うしょう》（黒文字《くろもじ》）の煎じ薬を匙《かひ》に一杯……」

玄斎が顔だけを後ろに向けると、中老（中年）の典医に指示した。

「はっ、ただいま……」

典医・陵庵が薬籠の中から黒い粉を乳鉢《にゅうばち》にあけると、竹筒の水を入れた。乳棒《にゅうぼう》で丁寧に混ぜていく。

「……格之進、上様のお身体を七寸（二一センチ）起こしめよ……」

「はっ」

若い典医・格之進が秀忠の掛布団を剥ぐと、背中と首を持ち上げて自分の膝に載せた。

「上様……」

玄斎は烏樟の煎じ薬が入った匙を、秀忠の口元に持っていった。そっと唇の間から匙を差し入れる。わずかに開いた唇から、黒い液が流れ込んでいった。玄斎は秀忠の喉が鳴るのを待った。見守る誰もが、一言も発しない。

「……上様ァ……」

いとが泣きそうになりながら、呼びかける。

「ゲフッ！」

秀忠が吐き出した黒い液で唇が黒くなった。口から流れ出た黒い涎《よだれ》が、銀糸《ぎんし》の布団に染みを作った。

「ヒッ！」

いとが懐紙で秀忠の口元を拭いながら、玄斎に訴える。

「げ、玄斎殿、い、今一度、や、薬種《やくしゅ》を！」

「……もはやお身体が受け付けませぬ……」

「ならば、べ、別の薬種を――」

「臓腑《ぞうふ》の重き病には、烏樟以外に効く薬種はございませぬ……」

「そこを何とか……何とかして給《たも》れ……何とか……後生《ごしょう》じゃ……」

最後は懇願になっていた。いとの涙声に、九名の奥女中が伏せた目を袖で拭った……

二十四日《はつかよか》 暁《あかつき》 七つ（午前四時）、中奥御座之間には、秀忠といとだけがいた。秀忠の枕元といとの脇にある行灯《あんどん》だけが侘しく灯されている。

典医たちや重臣たち、女官たちも一刻（二時間）前、夜八つ《よるや》の八つの鐘をきっかけに、それぞれの寝所に仮眠を取りに戻った。廊下に三名の小姓と御年寄付《おとしよりづき》・御三の間《おさんのま》の女中たち六名が、舟を漕ぎながら控えていた。

いとは秀忠の唇が渇くと、細筆で水を塗ることを繰り返した。水を飲む力は残されていない。眼が開けられることもない。だが、唇を湿らすと、秀忠の表情が若干和らぐような気がした。

行灯の明かりがかすかに揺らめく中、美濃焼《みのやき》の角小鉢《かくこばち》に浸した細筆を、秀忠の口元に持っていった。何回目だろうか。

エ？秀忠の喉が動いた気がした。慌てて筆に水を含ませて、秀忠の唇に当てる。わずかに開かれた唇から、ほんの少し、水が吸い込まれた。上様、上様、上様ーッ！目をつぶったままの秀忠に、心の中で叫んだ。水に浸す筆が震え、角小鉢に当たってカチカチ音を立てた。秀忠の唇が小さく開かれた。

――こ、こ、こ……

「な、何でございますか？」

いとは秀忠の囁《ささや》きを聞き取ろうと、耳を口元に近付けた。

「もう一度、もう一度、おっしゃってくだ――」

ゴーン、ゴーン、ゴーン……時を告げる捨て鐘が三つ鳴った。

……ええい、この大事な時に。一刻前に夜八つの鐘が鳴ったのだから、今度は暁《あかつきなな》七つの鐘が七つ鳴るのじゃろう、分かっておる！全く腹立たしい！

ゴーン、ゴーン……

――こ、こ、こ……

「え、え、何とおっしゃられ――」

ゴーン、ゴーン、ゴーン……

「上様、もう一度おっしゃってくださいまし」

――こうまつに……

「幸松？幸松とおっしゃいましたか？」

――す、すまなんだと……

「済まなかった、ですか？」

――ゆ、ゆるせと……

「……幸松、済まなかった、許せ、とおっしゃいますか？」

…………

秀忠の口が閉じられ、それっきり言葉が途切れた。

「……上様ッ、上様ッ、上様ッ、上様ァ……」

眼を閉じた秀忠の顔に、熱い水滴が滴《したた》り落ちた。いとは自分の涙は拭《ふ》かずに、秀忠の顔に落ちる涙を拭《ぬぐ》い続けた。

寛永九年（一六三二）睦月《むつき》（一月）二十四日暁七つ（午前四時）、太政大臣・徳川秀忠、江戸城にて薨去《こうきょ》。五十四歳……

秀忠の枕元の行灯の菜種油が切れて、闇が広がった。

十八　乱心

「あんちゃ、ゆきまろげ、しうず（雪だるま、作ろう）」

慶長《けいちょう》十七年（一六一二）冬。江戸城大奥の北、五十三間櫓《ごじゅうさんげんやぐら》の前庭目指して、二人の稚児が雪の中を駆けている。七歳の国千代《くにちよ》に手を引かれているのは、二歳上の兄・竹千代《たけちよ》。つんのめるように駆けていた竹千代が、とうとう前のめりに転んだ。左手を繋いでいた国千代も後ろに引っ張られて転ぶ。

キャハハハハハ……尻餅をついた国千代が嬉しそうに笑った。うつ伏せになった竹千代は、涙目で今にも泣き出しそうだった。

「あんちゃ、やぐらのしたまで、きそいあいじゃ」

グス……竹千代は涙をこらえるのが精一杯だった。

「あんちゃ、いくぞ。ひい、ふう――」

みいと言いながら、国千代が起ち上がって駆け始めた。竹千代はまだ四つん這いのままだ。必死に身体を起こして駆け始める。が、国千代はすでに五間（九メートル）先を、兎のように駆けている。よたよたと走る竹千代は、泣きたくなった。

ウッ、ウッ、ウッ、ウワッ、ウワッ……吃音がある竹千代は、大声を出して泣くことさえままならない。情けなかった。弟はあんなにも生き生きとして、人一倍元気であるというのに——

バフッ！軽い粉雪が舞った。誰かに足を引っ張られて転んだ、と竹千代は思った。左足を見る。藁沓《わらぐつ》がない。足の後方三尺（九〇センチ）の雪の中に、空の藁沓が突き刺さっていた。一尺（三〇センチ）の新雪に半分ほど埋まっている。何もかもが嫌になった。身体の冷えを感じながらうつ伏せになっている竹千代の目の前に、小さな手が差し出された。思わずその手を握ると、思いがけない力で上に引っ張られた。

「いこうず、オラといっしょに」

左の藁沓を手にした国千代が、屈託なく微笑んでいた。藁沓を履いた竹千代は、再び国千代の手を握ると、櫓《やぐら》の前庭に向かって駆け始めた。国千代の手は暖かかった。どこまでも駆け続けられそうな気がした。キャハハハハハハ。笑みがこぼれた。真っ白な雪が陽の光を浴びて光っていた。混じり気のない空は、真っ青だった。

「おおきいゆきまろげ、つくろうず」

「うん。じょうかいちのゆきまろげじゃ」

二人は櫓の前庭の真ん中に立っていた。雪まろげが大きくなる道は、四方八方、縦横無尽に拡がっていた。

忠長、一体どうしたというのだ?あの時のお前はどこへ行ってしまったのだ?

家光の脳裏を幼い国千代が駆け巡っていた。はつらつとして、屈託がなく、人を引き込む笑顔の国千代がいた。つぶらな瞳。時折見せる悪戯《いたずら》。だが、少しも悪気がないから皆が許してしまうのだ。その真っ直ぐで素直な性分に、誰もが魅了されるのだ。

何があったというのだ?ええ?忠長よ……

家光の下《もと》に届く忠長の行状《ぎょうじょう》は、耳を塞ぎたくなるようなものばかりだった。

『寛永《かんえい》八年（一六三一）師走《しわす》（十二月）。忠長様、御領地にて鷹狩りに出かけられた折、雪となりし候。近くの寺へ入《い》らせられ、お休み給う。小姓《こしょう》・小浜七之助《おばましちのすけ》、寺の小坊主より貰い受けし薪《まき》を炉に置き、火を点けんとするも、濡れている故、火を起こすこと叶わず。

忠長様、大層ご立腹になり、七之助をお手打ちに遊ばされ候。伝え聞いた七之助が父・小浜《おばま》光隆《みつたか》、忠長様の非道をなじり、幕府に訴え出たり。小浜光隆は五千石の大身旗本也』

『或る如月《きさらぎ》（二月）の事。寝所に侍《はべ》りける御伽坊主《おとぎぼうず》（髪を剃った女性）を抱き寄せるや、枕元の脇差にて、突如殺害せり。翌朝、御伽の遺体を跨《また》ぎながら廊下に出ずるや、大音声《だいおんじょう》にてその名を呼べり』

『女歌舞伎《おんなかぶき》の太夫《たゆう》（芸妓《げいぎ》の最高位）を大奥に招き入れしことあり。太夫に従いてまかでける禿《かむろ》（おかっぱの髪型で見習の童女）あり。泥酔されし忠長様、大刀を抜くや、禿を一刀の下《もと》に討ち取り給う。更には、その屍《しかばね》を贈呈されし唐犬《からいぬ》（明朝から渡ってきた大型猟犬）にお与えになり給う』

『忠長様、大奥に入らせられ、寒中大儀に存じられ候。奥女中・於よし、急いで酒を運《ささ》び候。忠長様、思召《おぼしめ》しを以て、於よしに酒頂戴《ささちょうだい》仰《おお》せつけられ、有難く御盃《おさかずき》下《くだ》され給う。されど、一献《いっこん》干《ほ》すや次々とお注《つ》ぎ遊ばされ候。息つく暇もなく注がれる酒に、於よし、昏倒《こんとう》せり。忠長様、於よしの頬を弓手《ゆんで》（左手）の五指にて力づくで開けさせるや、延々と酒を流し込み、於よしはついに絶命せり』

全てが常軌を逸した行動だった……

――その振舞　理不尽凶暴にして此方《こなた》（以前）より落度無《おちどな》き家士・領民
数十人を手討ちにせられ　その様《さま》狂気に類せり　よって
駿河大納言《するがだいなごん》・徳川忠長《とくがわただなが》　改易
従二位・権大納言《ごんだいなごん》の官位剥奪　駿河藩《するがはん》領地並びに駿府城《すんぷじょう》没収
高崎藩《たかさきはん》（群馬県）藩主・安藤重長《あんどうしげなが》お預かりと為す
寛永《かんえい》九年神無月《かんなづき》二十日《はつか》　　第三代征夷大将軍　徳川家光《とくがわいえみつ》――

忠長は上野国《こうづけのくに》（群馬県）高崎藩《たかさきはん》・高崎城にて軟禁され、逼塞《ひっそく》の処分が下された。兄から弟への厳しい下達《かたつ》――高崎城から一歩も城外へ出ることは許されず、武士の魂である大小も取り上げられて、幽閉された。城兵の厳しい監視下に置かれての蟄居《ちっきょ》。
忠長が日輪の光を浴びることはなくなった。十二歳頃まではあれほど父・秀忠《ひでただ》と母・お江《ごう》に溺愛され、兄・竹千代と違って好き勝手に振る舞うことができた。その振る舞いが邪気が無く、初々しいと言われて、一層可愛がられた思い出がある。お江はこの時代、将軍家では異例とされた、自らの手での子育てを行おうとした。乳母・朝倉局《あさくらのつぼね》がいるにはいたが、養育を委《ゆだ》ねることはせず、できるだけ自分の手で育てようとした。

逆に……竹千代は両親から疎まれた。単に吃音《きつおん》があって、病弱であるという理由だけで。しかし、乳母である春日局《かすがのつぼね》（斎藤福《さいとうふく》）は竹千代を不憫《ふびん》に思い、盲目的に可愛がった。

二人が育った江戸城内では次の将軍職を巡って、家臣団が竹千代派と国千代派とに真っ二つに割れた。

さらに……竹千代の乳母である春日局の父は、明智光秀《あけちみつひで》の重臣だった斎藤利三《さいとうとしみつ》であり、国千代に肩入れするお江の伯父は、織田信長《おだのぶなが》だった。国千代の整った顔は、織田信長に生き写しだと江戸城内で評判になり、奔放《ほんぽう》な振る舞いも信長の再来と大勢の家臣に好かれた。

なのに――長じてからは、立場が一変した。

――権大納言《ごんだいなごん》　源朝臣家光《みなもとあそんいえみつ》

左中辨《さちゅうべん》兼《けん》春宮大進《しゅんきゅうたいしん》藤原朝臣《ふじわらあそん》烏丸光賢《からすまるみつかた》伝宣《つたえのり》
権大納言《ごんだいなごん》藤原朝臣《ふじわらあそん》光広《みつひろ》宣《のる》
勅　奉《ちょくをうけたまわるに》　件人《くだんのひと》宜《よろしく》征夷大将軍《せいいたいしょうぐん》為《となすべし》　者《てへり》
元和《げんな》九年（一六二三）七月二十七日　主殿頭《とのものかみ》兼《けん》左大史《さだいし》小槻《おづき》宿禰《すくね》総光《ふさみつ》　奉《うけたまわる》――

家光に征夷大将軍《せいいたいしょうぐん》の辞令が宣旨《せんじ》（天皇の言葉を伝える）されてから、家光は文字通り天下人《てんかびと》となった。忠長も将軍の弟として、翌寛永《かんえい》元年（一六二四）七月には、駿河国《するがのくに》（静岡県中部）と遠江国《とおとうみのくに》（静岡県西部）の五十五万石を知行した。寛永三年（一六二六）には権大納言《ごんだいなごん》として、後水尾天皇《ごみずのおてんのう》の二条城《にじょうじょう》行幸《ぎょうこう》（天皇が外出すること）にも、供として付き従っている。だが……江戸幕府を開いた権現様《ごんげんさま》・徳川家康《とくがわいえやす》の命により、征夷大将軍職は長子《ちょうし》が世襲《せしゅう》することとなり、家光の弟である忠長が将軍になる途《みち》は閉ざされた。望む物は何でも与えられ、どのような我儘《わがまま》も聞き入れてもらえた忠長の国千代時代は、少年時代は――幻だったのだ。大坂城を望んだ時も、百万石の知行を口にした時も、周囲からあからさまに嫌な顔をされた。自身は何も変わっていないのに、己を取り巻く空気が一変したのだ。兄上が将軍になってから――

しかし、弟・正之が現れて希望の灯がともった。善良で欲のない弟は、聡明さを隠し、常に控えめで、人の役に立つことだけを考えている。天性《てんせい》の正直者なのだ。心が清らかで私利私欲のない清廉さは、正之の持って生まれた性分なのだ。天から与えられた美徳なのだ。本人はそれに気が付いていない。その律義さを認めた自分が、自身を高めると同時に、正之をも高みに引き上げてやるのだ。権現様《ごんげんさま》（家康）の遺品である羽織を正之に与えたのも、正之は本来葵《あおい》紋《もん》の入った召物《めしもの》を着るべき、という正論からだ。裏の事情は斟酌《しんしゃく》すべきではない。善か非かだ。世の中は本来、誰にとっても解りやすいものでなければならぬ。一部の増長《ぞうちょう》した人間に牛耳られてはならぬのだ――

正之《まさゆき》の耳にも忠長の異様な行状《ぎょうじょう》は入っていた。文《ふみ》でも人の噂でも、家臣からの報《しら》せや信頼できる柳生宗矩《やぎゅうむねのり》の言葉からも……正之には、忠長の振る舞いが信じられなかった。

一体、忠長様はどうされたというのだ。寛永七年（一六三〇）の秋、駿府城に父・正光《まさみつ》と忠長様を訪ねてから三年しか経っていない。あれほど快活に機嫌よく迎えてくれた忠長様は、虚像だったのか。伝え聞く忠長様の所業が事実だとしたら、非情だが、忠長様はこの世にあってはならないお人だ。気が触れて精神の均衡を保てなくなったお人は、お気の毒ではあるが――

人の上に立つべきではない。きっと重い心の病《やまい》なのだ……

――忠長様は、空耳《そらみみ》だったり、幻を見たりすると聞いただに。五感や考え方、行いが常人とはかけ離れてしまっているというもっぱらの噂ずら。御病気のために、物事を正しく考えられなくなっており、歪《ゆが》んでしまっていることに、御自身では気付いていらっしゃらないとか。妄想に取り付かれてそれを真《まこと》と信じてしまう、重い気《き》の病《やまい》かと思われるずら。残念ながら、忠長様の御病気は回復する見込みのない不治《ふじ》の病で、今後なお悪化するばかりではないかのう――

薬師《くすし》になりたかったという長藤権兵衛《おさふじごんべえ》の診立《みた》ては、正しいように正之には思われた。

――伝え聞くところでは、生母・お江様《ごうさま》が寛永三年（一六二六）に江戸城内で亡くなられてから、忠長様は酒《ささ》に溺れるようになってしまっただら。某《それがし》は殿と違って呑兵衛《のんべえ》だから解るだが、旨い酒というのは本来ご機嫌になるものだに。

心《こころ》根《ね》が晴れ晴れとして、心配事《しんぱいごと》など吹き飛ばしてしまうだに。百薬の長とはこのような酒のことをいうずら。

だども、忠長様の場合は、酒でごまかすというか、酒の力で目の前の困難から逃げ出しているずら。何があっても庇《かば》ってくれたお江様がいなくなって、野面《のづら》（野原）にたった一人で放り出された童《わらわ》のように感じられただら。

そんな時、殿が現れただに。猫の尻尾（末っ子）だと思っていた自分に、弟がいたと解っただに。ほんで、弟である殿を頼りにしたずら。殿だけが信用できる人間だったずらい――

忠長様……重荷を棄《す》てて、自由になってください。目を輝かせて家光様の手を引く奔放で屈託のない童《わらわ》にお戻りください……

寛永十年（一六三三）の暮れ、正之は早飛脚《はやびきゃく》で高遠藩江戸屋敷《たかとおはんえどやしき》から、一通の文《ふみ》を受け取った。

『師走（十二月）六日、従二位権大納言・徳川忠長様、幕命により高崎の大信寺《だいしんじ》に於いて御切腹。御年《おんとし》二十八歳也。戒名・峰巌院殿前亜相清徹暁雲大居士《ほうげんいんでんぜんあそうせいてつぎょううんだいこじ》』――

忠長様、今度お生まれになる時は、厄介な将軍家などではなく、歌舞伎役者にでもなって、その端正なお顔とお姿で見栄《みえ》を切り、大向こうを唸《うな》らせてください。

忠長の冥福《めいふく》を願う弟・正之は二十三歳になっていた……

十九　菊　姫

　忠長の死の衝撃が冷めやらぬ寛永十一年（一六三四）の暮れ、すっぽりと雪に包まれた高遠城で、正之は妻をめとった。正室として迎え入れたのは、磐城平藩《いわきたいらはん》（福島県いわき市）の藩主・内藤政長《ないとうまさなが》の女《むすめ》・菊姫《きくひめ》。菊姫には、異母も含め十四名の兄弟姉妹がいる。十六歳で嫁いできた菊姫は可憐《かれん》で初々《ういうい》しく、温暖な七万石の磐城平藩から山深い三万石の高遠藩に来てくれたことに、正之は感謝した。

　輿《こし》入れの際の嫁入り道具には、桐箪笥や鏡台、婚礼布団、着物などの他、密閉木箱《みっぺいきばこ》に入れられた大量の海魚《うみざかな》があった。鮭《さけ》や鰈《かれい》や鮃《ひらめ》、黒鯛《くろだい》、鰆《さわら》、鰶《このしろ》などの干し魚はどれも塩が振られており、荷馬車二乗に積まれてきた。岩魚《いわな》や山女《やまめ》、鯉《こい》などの川魚しか手に入らない高遠では、海魚は貴重で奢侈《しゃし》な喰《く》い物《もの》でもあり、家臣たちは陸奥《みちのく》の海沿いの藩と縁戚になったことを素直に喜んだ。

　藩主の婚礼であるのにたった一晩で終わった祝言《しゅうげん》が、正之の性格を表わしていた。正之は自身が晴れがましい気持ちなど持つべきではなく、もしそのようなことがあるとすれば、それは常に他人が与えてくれた恩であると考えていた。そして、この思いは生涯変わらなかった……

翌寛永十二年（一六三五）卯月《うづき》（四月）十二日《とおかあまりふつか》、正之は桜が咲き乱れる高遠藩江戸屋敷に入った。春爛漫《はるらんまん》の時期を迎え、江戸はどこもかしこも浮き立っている。四日前に出立した高遠では残雪の中で蕾《つぼみ》が膨らみ始めたばかり。まだまだ風は冷たく、白い陽《ひ》の光も温かくはなかった。正之が騎乗する栗毛は白い鼻息を吐き、徒士《かち》は脚絆《きゃはん》を巻いた上に襲拭《おそふ》きを履いた。だが、昨日からは襲拭きを脱ぎ、春めいた空気の中を歩いてきた。

桜が満開の江戸屋敷では、家老・田中正玄《たなかまさはる》以下重臣たちの出迎えを受けた。重臣たちの後ろに菊姫もいた。ほっそりとした菊姫の腹が、重たそうに膨らんでいる。正之は菊姫の身体を気遣って、直ぐに屋敷に入った。一通り重臣たちの挨拶が済むと、菊姫を書院の間に呼び入れた。二人きりになったところで、懐から取り出したお守りを菊姫の手に握らせる。

「出立前《しゅったつまえ》に鉾持神社《ほこじじんじゃ》にお参りして、いただいてきた」

「鉾持神社……ですか？」

「そうだ。鉾持神社は高遠の西に在って、創建は養老《ようろう》五年（七二一）という由緒正しい神社だ」

「そんな立派なお社《やしろ》へわざわざ……」

菊姫は改めて手の中のお守りをしげしげと見た。お守りは古代紫《こだいむらさき》の縮緬地《ちりめんぢ》に菊と竜《りゅう》があしらってあり、金糸《きんし》で『安産祈願』の文字が刺繍《ししゅう》されていた。

「ありがとうございまする……」

菊姫はお守りを額の上にかざすと、静かに頭を下げた。

「ですが、お殿様……」

「何だ?」

「生まれてくる赤子は、男か女かまだ分かりませぬ。なのに、お守りは男童《おとこわらべ》の物のように見えますが……」

「男童だ」

「どうしてお分かりに?」

「お参りした日の明け方に北の空を見たら、一際明るい星の上に丸九曜《まるくよう》が現れた。いい兆候《ちょうこう》だ」

「フフフ……そうですか」

菊姫は薄い唇に楽しそうな笑みを浮かべた。

——名前ももう考えてある。幸松《こうまつ》だ——声には出さなかった。

二十　日光社参

卯月《うづき》（四月）十三日、正之は江戸城・平川濠《ひらかわぼり》に掛かる平川橋《ひらかわばし》を、家光に従って渡っていた。ゆったりと優雅に湾曲する木橋は、長さ十六間半（三〇メートル）、幅四間二尺（八メートル）で、橋台は石で造られている。欄干《らんかん》の柱の上には青銅の擬宝珠《ぎぼし》が飾られており、格式を高めていた。

将軍・家光は側近も護衛も後方十間（一八メートル）に遠ざけ、正之だけを直ぐ後ろに従えていた。

「知っておるのか？」

「はい……」

「何を知っているのだ？」

「上様が御尋ねになろうとしていることを」

「評判通りだな。聡明さは群を抜いているという専《もっぱ》らの噂じゃ」

「滅相《めっそう》もございません」

「慎み深さも備えておる。能ある鷹は爪を隠す……」

「能も爪もございません。鷹ではありませぬ故」

「では、何だ？　其方《そなた》は一体何者だ？」

「……」


二人の前に枡形門《ますがたもん》を構成する第一の門・高麗門《こうらいもん》があった。槍を手にした門番四名が深々と頭を下げている。高麗門を潜ってから正之が応えた。

「上様が御考えになっている通りの者でございます」

「そうか……私心を抱かず、誠心誠意、役目を果たすと聞いておる」

「買《か》い被《かぶ》りでございます」

「正之、もっと自信を持て。其方の力量も性分《しょうぶん》も広く知れ渡っておる」

「……」


目の前に第二の門・渡櫓門《わたりやぐらもん》があった。江戸城内で最も格式が高い門――江戸城三の丸の正門になる。石垣と石垣の間を白壁《しらかべ》の櫓《やぐら》で結び、門の上には水平に延びる瓦屋根が載っている。優美さと堅牢を兼ね備えた門だった。ここでも将軍を認めた門番が四名、深く腰を折ったまま、二人が通り過ぎるのを待っている。

渡櫓門を潜《くぐ》って右に折れた。

「生い立《おた》つまでに様々な方のお手を煩わせました故、臆病になったのかも知れません」

「臆病は善じゃ。心根が優しいのじゃ。強くなければ優しくはなれぬ」

「……」


三の丸を左に見ながら進むと、それまで多かった松が桜に変わった。薄紅色《うすべにいろ》の小さな花弁《はなびら》がちらちらと舞っている。

「似ているとは思わぬか、のう幸松よ」

「上様の童《わらべ》時代、竹千代《たけちよ》様時代にですか？」

「そうじゃ。儂は童《わらわ》の頃ひどい吃音があって、身体も弱かった。父からも母からも忌み嫌われた。乳母の春日局《かすがのつぼね》だけが手放しで可愛がってくれた……」

「弟君《おとうとぎみ》の国千代《くにちよ》様がご両親に愛されたと伺いました」

「そうじゃ。そんな私を見かねて手を差し伸べてくれたのが権現様《ごんげんさま》じゃった。お祖父様《じいさま》のお陰で、二十歳の時、儂は将軍になれた……」

「……」

下梅林門《しもばいりんもん》と上梅林門《かみばいりんもん》を抜けた。梅は花を落とし、桜が競うように咲いている。

「其方《そなた》も我が母から疎まれ、命まで狙われたと聞いた」

「単なる噂に過ぎませぬ」

「そういうことにしておこう。今さら波風《なみかぜ》を立てることもあるまい」

「感謝いたします」


梅林坂を登ると、正面に天守閣が見えた。

「正之、懐かしかろう?」

「はい。私は大奥の長局向《ながつぼねむ》き（奥女中の住居）で生まれたそうにございます。その後、七歳まで江戸城・北の丸の武田屋敷で見性院《けんしょういん》様に育てていただきました」

「生まれたのは何年前のことか?」

「二十三年前、慶長十六年（一六一一）皐月《さつき》（五月）七日でございます」

「儂が八つの時か。儂もひどく虐《しいた》げられていた頃だ」

「上様が不遇のうちにお育ちになったということは、聞いたことがあります」

「誰からじゃ？」

「柳生《やぎゅう》様でございます」

「そうか。儂も昔、宗矩《むねのり》様から聞いたことがある。剣術に関して天賦《てんぷ》の才の童《わらわ》がいると」

「……」

「しかも身内に」

「……」

「宗矩様は決して偽りは仰られぬ。其方の剣術の腕前を見てみたいものだ」

「上様も柳生新陰流《やぎゅうしんかげりゅう》の高弟でいらっしゃいますれば、お分かりと思いますが、活人剣《かつじんけん》は不義、不正、迷いを切り捨て、人を活《い》かす剣にございます」

「本来、人を殺傷するための剣が、使い方によっては人を活かすものになる……」

「その通りでございます」

「刀を抜かないで相手の白刃《はくじん》を無用の物にする、無刀《むとう》取りの遣い手が宗矩様以外に二、三人いると訊いた。一人は其方だったか」

「試したことはございませぬ」

「試す気もないのであろう」

「御意《ぎょい》にございます」

「無刀取りの遣い手に逢ったのは、其方で二人目じゃ……」

天守の下に出た。見上げるような天守は、桜吹雪の中に聳《そび》え立っていて、春の日差しを浴びている。天守の前庭では、明日からの日光社参《にっこうしゃさん》の準備で、人がごった返していた。将軍に随行する騎馬や徒士《かち》などの武士の他、鉄砲組、弓組などの足軽、道具持ちや槍持ちなどの中間《ちゅうげん》や人足が組頭《くみがしら》や親方の指図《さしず》で、武器や得物《えもの》、荷物を次々に馬車に積んだり長持《ながもち》に入れたりしていた。駕籠《かご》の周りでは、駕籠舁《かごか》きはむろん、草履取《ぞうりと》りや薬師《くすし》までが駕籠の内部の居心地を確かめていた。

家光に気付いた家臣や家中の者が、慌てて低頭する中を家光はゆっくりと歩いた。

「正之、この様子をどう見る？」

「……」

「……儂も同じことを考えている。儂一人が日光社参するのに、このように大勢の者の手を煩わせるのは如何《いかが》なものかと。だが……これは必要なことなのだ。何故《なにゆえ》だと思う？」

「……将軍家の権威をお示しになるためでしょうか。そのことが、強いては謀反《むほん》や下剋上《げこくじょう》を諦めさせ、世の中の平安を保つことに役立つからでしょうか」

「そうだ。全て見通しだな」

「憚《はばか》りながら兄弟でございますれば」

「だが……忠長は違った」

「……」

「正之、血の繋《つな》がりは問題ではない。儂が其方を信ずるのは、境遇が同じだからだ。同じ苦労をした者同士であれば、その辛さが解る。儂は其方に己を見ている」

「光栄にございます……」


天守の入口に来た。家光が立ち止まって振り返る。

「天守に入ってみるか?」

「いいえ、遠慮させていただきます。明日からのお供の準備もございますれば」

「正之!」

「はい……」

「頼むぞ！」

「かしこまりました」

家光はくるりと背を向けると、天守に入っていった。離れていた家臣たちが急いで家光の後を追いかけていく。お辞儀をした正之は、家臣たちも天守に姿を消したのを確かめてからゆっくりと面を上げた。


『　寛永十一年（一六三四）卯月十四日《うづきとおかあまりよっか》。空、晴れ晴れし。

上様、日光社参お供初日。御乗物（駕籠）の弓手《ゆんで》（左手）を騎馬にて随行す。朝五つ（午前七時）江戸城発。三の丸より出でて神田橋門《かんだばしもん》を過ぎ、神田川を渡る。日光御成道《にっこうおなりどう》を北へ進み、赤羽《あかばね》、川口《かわぐち》を経て岩槻《いわつき》に着く。この日の行程九里半（三八キロ）。暮れ六つ（午後六時）、上様、重臣・上士・中士と共に岩槻城《いわつきじょう》に入《い》る。他の者は岩槻宿《いわつきじゅく》に入れり。

上様、殊《こと》の外《ほか》御機嫌にて、余の振る舞いに慨然一方《がいぜんひとかた》ならず（ひとかたならぬ感心の様子）。有難き事なり。

卯月十五日《とおかあまりいつか》。春雨《はるさめ》にて道中しじまに包まれる。

日光社参お供二日目。朝五つ半（午前八時）、徒士《かち》は笠を被り、蓑《みの》を付けて岩槻城発。和戸《わど》から幸手《さって》を過ぎ、日光御成道《にっこうおなりどう》から日光街道《にっこうかいどう》へ入り、北へ進む。利根川《とねがわ》を渡って古河《こが》へ入る。行程七里半（三〇キロ）。

夕七つ（午後四時）、上様、家臣団と共に古河城《こがじょう》に入る。古河城は獅子ヶ崎《ししがさき》の土塁《どるい》の上に白壁の三重櫓が建ち、周囲は竹林《ちくりんや》也。雨に打たれし風情は、水墨画に似たり。

上様、言葉数少なくも、街道沿いの桜と春の雨とにご満悦の気配。

卯月十六日《とおかあまりむいか》。春霞《はるがすみ》。暖かくも視界悪し。

上様お供三日目。明け六つ（午前五時）、古河城発。日光街道を北へ進み、間々田《ままだ》を抜け、小山《おやま》に至る。小山は関ヶ原合戦の直前、大御所（徳川家康）様が諸大名を集めて、小山評定《おやまひょうじょう》の軍議を開いた地也《ちなり》。此の軍議により、挙兵した石田三成《いしだみつなり》殿を反転西上して討つべしと決定せり。

宇都宮《うつのみや》までの日光街道は桜淡く、霞深し。

ひさかたの　天《あま》の香久山《かぐやま》　この夕《ゆうべ》　霞たなびく　春立つらしも

行程十二里（四八キロ）。本日はかなりの強行軍也。

暮れ六つ（午後六時）、上様ご一行と共に宇都宮城《うつのみやじょう》に入る。宇都宮城は水堀《みずぼり》を廻《めぐ》らした土塁の上に土壁白漆喰塗《つちかべしろしっくいぬ》りの二層櫓也《にそうやぐらなり》。鯱《しゃちほこ》が飾られた本瓦葺《ほんがわらぶ》きの櫓は、縦三間二尺（五、九メートル）、横三間五尺（六、九メートル）、高さ五間三尺（一〇メートル）。

上様、ややお疲れのご様子にて、早々に就寝す。

卯月十七日《とおかあまりなのか》。日差し優しく、暖かき晴天なり。

お供四日目。卯月十七日は大御所様の命日也。

朝五つ（午前七時）、宇都宮城発。日光街道を北上す。途中、今市《いまいち》から日光までは、勘定頭《かんじょうがしら》・松平正綱《まつだいらまさつな》殿が寛永二年（一六二五）より寄進し続けてきた杉苗《すぎなえ》が、幹三寸（九センチ）、高さ三間（五、四メートル）まで育ちたり。

夕七つ（午後四時）、日光東照社《にっこうとうしょうしゃ》着。ここまでの行程、十里（四〇キロ）。上様、御本社《ごほんしゃ》・拝殿の将軍着座の間に入れり。武官束帯《ぶかんそくたい》をお召しになり、飾り太刀を佩《は》かれる。

恐れ多くも余ただ一人、上様の供を仰せつかり、本殿まで従いてお詣《まい》りす。

東照社は元和《げんな》三年（一六一七）に大御所様を御祭神に御まつりした神社也。

大御所様は元和二年卯月十七日に駿府城《すんぷじょう》で薨御《こうぎょ》され、翌元和三年卯月十五日に久能山《くのうさん》より東照社に移転、神葬《しんそう》さる。

卯月十七日、二代将軍秀忠公以下、公武参列の元、正遷宮《しょうせんぐう》（ご神体を仮殿《かりどの》から本殿に移す）が行われたり。

上様、今もって社殿群や門など寄進され続けたり。

境内《けいだい》は天然の地形をそのままに参道や門、前庭、石段を設け、荘厳な風情《ふぜい》也。

上様、目的を達せられ、安堵《あんど》の御様子。夕餉《ゆうげ》では余を近くに招きて、雄弁におわせり』

徳川家康の命日である卯月十七日に参拝するように実施された日光社参は、予定通りの日取りで東照社に着くことができた。道中、家光は常に騎馬の正之を駕籠の弓手《ゆんで》（左手）に侍《はべ》らせ、駕籠から出た時は真後ろに控えさせた。食事時《しょくじどき》、休息時《きゅうそくどき》も傍らで話し相手になることを求めた。

家光の正之に対する厚遇ぶりから、その関係を推察する者も少なからずいた。


卯月十八日は東照社の参拝を続けた。翌十九日に日光を立つと、宇都宮城に泊まる。二十日は古河城泊。二十一日に江戸城に戻ってきた。帰りは行く時の逆であった。八日間に渡る日光社参であり、六回目の家光にとっても、初めての正之にとっても意義深いものであった。家光は正之に、ますます多大な信頼を寄せるようになっていた……

二十一　浄光院

『うやまいて申（す）きくわん（祈願）の事

南無ひかわ（氷川）大めうしん（明神）
当こく（国）のちんしゅ（鎮守）として
あと（跡）を此国《このくに》にたれたまひ
しゅしょう（衆生）あまねくたすけたまう
ここにそれかし（某）いやしきみとして
大しゅ（太守）の御をもひもの（思い者）となり
御たね（御胤）をやと（宿）して
当四、五月のころりんげつ（臨月）たり
しかれとも御たい（御台）しっと（嫉妬）の御こころふかく
ゐいちう（営中）におることをえず

今しんしょうせんに（信松禅尼）のいたわりによって
み（身）をこのほとり（辺）にしの（忍）ふ
それかしまったくいや（卑）しきみ（身）にして
ありかたき御てうあい（寵愛）をかうむる

けいてう（慶長）十六年二月

志津』

慶長十六年（一六一一）二月に志津が、無事出産できるよう、大宮《おおみや》（さいたま市大宮区）の氷川神社《ひかわじんじゃ》に密《ひそ》かに祈願状を奉納したのは、正之が生まれる三カ月前《みつきまえ》のことだった。氷川神社は第五代・孝昭天皇《こうしょうてんしょう》三年の創建で、二千八十年余の歴史を持つ。須佐之男命《すさのおのみこと》を祭り、関八州《かんはっしゅう》（相模《さがみ》・武蔵《むさし》・上野《こうづけ》・下野《しもつけ》・安房《あわ》・上総《かずさ》・下総《しもうさ》・常陸《ひたち》）はむろん、全国各地からの参拝者が絶えなかった。将軍家の庇護を受けられない志津は、一人、神に祈ることで丈夫な赤子を授かろうとした。

将軍の子でありながら、その真実は伏せられ、出産は内密に行われた。出生後も人目を忍ぶように暮らし、母子ともに日向《ひなた》に出ることはなかった。十八年前に高遠で暮らし始めるまでは――

寛永十二年（一六三五）は、世の中全体が幕府に圧迫されて閉塞感があり、窮屈に感じる年だった。

弥生（三月）には、柳川一件《やながわいっけん》が起きた。対馬藩《つしまはん》の家老・柳川調興《やながわしげおき》は、和国《わこく》（日本）と李氏《りし》朝鮮《ちょうせん》の間で交わされた国書《こくしょ》を巡って、四年前から対馬藩主・宗義成《そうよしなり》と対立していた。宗家《そうけ》による国書改竄《こくしょかいざん》を幕府に直訴した調興だったが、寛永十二年に将軍・徳川家光《とくがわいえみつ》自らの裁定によって、調興の敗訴が決まり、調興は津軽《つがる》（青森県西部）へ流罪《るざい》となった。

調興敗訴の原因は、義成正室（正妻）の日野福《ひのふく》が、家光正室の鷹司孝子《たかつかたかこ》と縁戚関係にあったことや、改竄された国書が幕府の李氏朝鮮政策と合致していたためだった。

正論を吐いた調興が敗れ、国書を改竄した義成が勝った。調興は津軽へ流罪となり、家臣の松尾七右衛門《まつおしちえもん》は死罪になった。

皐月《さつき》（五月）二十八日《はつかあまりようか》、幕府は三度目の鎖国令を発した。異人の入港や貿易を長崎に限り、日本人の海外への往来を禁止した。商人《あきんど》だけでなく、武士や大名の関心が異国に向くこともなくなっていった。

水無月《みなづき》（六月）二十一日《はつかあまりついたち》、幕府は二十年前に定められた武家諸法度《ぶけしょはっと》を厳格にした。最初の武家諸法度では、各大名は参勤交代《さんきんこうたい》を通して、徳川家との主従関係を明確にすること、諸大名が築城や城の修理、大名同士の婚姻を幕府の許可なくする事を禁止して、大名同士の連帯を阻止することが定められていた。

それが、参勤交代は必ず達成しなければならない義務であり、各藩は全力を挙げて行うように改められた。各藩は参勤交代で多大な出費を強いられ、大名や妻子、重臣、家臣も隔年ごとに江戸に住まわされた。

慶長十四年（一六〇九）に西国大名《さいごくだいみょう》の水軍力抑止のため行われた大船《たいせん》の没収以来、西国では五百石積《こくづみ》以上の船の建造が禁止されたが、改められた武家諸法度では、大船建造《たいせんけんぞう》の禁《きん》が全国に発令された。禁令は領内の全ての軍船・商船に及び、水軍に無用の航洋船だけが除かれた。

これらの措置は、徳川家に対する謀反《むほん》を防ぐことが、最大の目的だった。家光は徳川将軍家を継続させ、盤石《ばんじゃく》なものにすることに腐心《ふしん》していた——

チョンチョン、キィーキィー、チョンチョン、キィーキィー……

百舌《もず》が高く鳴いている。高遠《たかとお》はすっかり秋の冷たい空気に入れ替わった。


「浄光院様《じょうこういんさま》……粥《かゆ》を持って参りました」

高遠城《たかとおじょう》の南曲輪《みなみくるわ》・二重櫓《にじゅうやぐら》にやって来た正之は、奥の間で伏している浄光院《じょうこういん》の枕元に座すと、膳を置いた。そして、正之を認めた浄光院が身体を起こすのを手伝った。志津は三年前から正式に浄光院と号している。その風雅《ふうが》な雅号《がごう》は控えめな志津の性格を表わしているようでもあり、人生の最後を飾るのにふさわしく澄み渡った印象を与えたりもした。

正之の両腕に掛かる浄光院の背中は、想像以上に目方《めかた》が感じられず軽かった。

「……殿様に膳を運ばせたり……背中を支えていただいたり……畏《おそ》れ多いことでございます……」

「母上……私は幸松ですぞ。いくつになっても、母上のたった一人の子であることに変わりはありません」

「それにしても……あの鬱々《うつうつ》と閉ざされた江戸城から、よくぞここまで羽ばたかれた。ご立派になられた……」

「……粥が冷めてしまいます……」

正之は浄光院に椀と匙《さじ》を渡すと、背後に廻って衣桁《いこう》に掛かっていた打掛《うちかけ》を背中にかけた。小さくなった浄光院は女童《めわらべ》のようだったが、皺《しわ》だらけの両手が歳を感じさせた。

「……妾《わらわ》は童《わらべ》に還《かえ》り……殿様はますます大きくなって……立《た》ち処《どころ》がすっかり逆になってしまいましたなあ……」

浄光院が粥を啜《すす》りながら弱々しくつぶやいた。

「……」

チョンチョン、キィーキィー、チュチュン……

「あの鳴き声は……」

「百舌《もず》でございます……」

「……何といったかのう? ほれ、あれじゃ、あれ。百舌が木の枝に——蜥蜴《とかげ》や虫を刺しておく行いは?」

障子の和紙に濾《こ》された白い光が、畳の上にやわらかく伸びていた。その光の中で雀ほどの鳥の影が、枝から枝へ渡って元気よく動いている。

「速贄《はやにえ》でございます」

「……そうじゃ。そうじゃ。速贄――速贄じゃった。やっと思い出せた……このところ物忘れがひどくて――」

「歳を重ねれば、誰でも多少はそうなるものでございます……」

「それにしても、百舌でさえ明日のために獲った獲物を蓄えて置くというに……妾は何もできなくなってしもうた」

浄光院は粥を啜《すす》る手を止めて、匙を置いた。

「百舌は……喰うために速贄をするのではありませぬ……」

「では、何のために？」

「解りませぬ」

「楽しみのためですか？」

「あるいはそうかも知れません」

「何と無慈悲《むじひ》な……」

浄光院が障子《しょうじ》の外を窺《うかが》うように、振り返った。髪がほつれ、白いうなじは細かった。

「……そうだとしても、百舌に罪はありません」

「そうですね。百舌はただ単に天然のまま生きているだけなのですね」

「人もそのように生きられたら、どんなに幸せなことでしょう。世の中は解らないことばかり……」

正之も浄光院の視線の先を確かめるように、障子に目をやった。


「幸松……」

「はい？」

「其方《そなた》が五つの時、蔵の外で同じ年頃の童《わらわ》が四人、遊んでいたことがありましたね。母人《ははびと》は何か用事でもあったのか見当たらず、童の声だけがしていました」

「はい……」

「妾の許しを得て、其方は嬉しそうに出ていった。でも、すぐに走って帰ってきた其方は頬を膨らませ、眉を吊り上げていた。訳を聞いても何も応えなかった」

「……」

「膝の上でゆっくり揺らしながら背中を叩いたら、大粒の涙をボロボロとこぼしましたね」

「……」

「仲良く遊ぼうとしたのに、無視されて仲間外れにされたのですね」

「……」

「幸松、済まなかったねえ、本当に。無邪気で楽しいはずの幼児期に辛い思いをさせてしまって……」

浄光院の膝の上の椀に、ぽたぽたと水滴が落ちた。

……母上……私は不憫《ふびん》な童ではありませんでしたよ……母上の子で幸せでしたよ……

正之の濡れた眼が優しく光っていた。

チョンチョン、キィーキィー、チュチュン、キーキー、キチキチ……

百舌は秋になって夏よりもずっと高い声で鳴いた。

板谷楓《いたやかえで》も山紅葉《やまもみじ》も色付いた葉を落とし、秋の終わりを告げている。池の表面に薄く氷が張り、池の縁の芹《せり》の表面は露を結んで白い霜となっていた。

高遠城の南曲輪《みなみくるわ》の二重櫓は静かな寂寥感に包まれ、近い冬を待っていた。

朝五つ（午前八時）、正之は目をつぶったままの浄光院の枕元に座していた。

「お早うごわしたッ！」

玄関で大きな声がしたかと思うと、どかどかと上がってくる足音がした。足音は奥の間の前で小さくなり、聞こえなくなった。スーッと障子が開くと、薬籠《やくろう》を抱えた権兵衛が立っていた。忍び足で奥の間に入って来る。

「浄光院様の具合《ぐあい》はどうずら？」

権兵衛は正之の反対側に座すと、声を潜《ひそ》めて尋ねた。

「……何の手応えもありませぬ」

「左様ですか……薬師《くすし》は何と言ってるだに？」

「もはや為す術《すべ》がないと……手を加えれば寿命を縮めるだけだと……身体が受け付けないのであるから、薬種《やくしゅ》も与えない方がよいと……」

「では……水を一匙《ひとさじ》だけ差し上げてもよろしいですかな」

「はい。ぜひお願いします」

「浄光院様、池に注ぐ山の沢水ですぞ。お好きだったずらい」

権兵衛は薬籠の中から竹筒《たけづつ》を出すと、匙に注いだ。匙をそっと浄光院の口元に近付ける。匙が浄光院の唇に触れた。薄い唇が開く。お歯黒の歯に匙が当たった。

「……権兵衛殿……」

「は、はい？」

目をつぶったままの浄光院に名前を呼ばれて、権兵衛は驚いた。

「……近《ちこ》う……」

「は、はーッ」

権兵衛は浄光院の口元に耳を近づけて、次の言葉を待った。

「……こ、幸松は亡くなった……将軍・徳川秀忠公のお子……何卒《なにとぞ》、何卒護って給《たも》れ……」

「ヒーッ！ひ、ひ、秀忠公のッ！ハ、ハ、ハイッ！権兵衛、い、命に代えても若様をお護りいたしますッ！」

「……頼みましたぞ……」

「し、しかと承りました！」

「……これで何の心配も……なくなりました……水を……」

浄光院は権兵衛が差し出した匙を咥《くわ》えると、旨そうに水を飲んだ。ごくりと喉を鳴らすと、満足したようにそのまま全ての動きを止めた。

一時《いっとき》、秋が行って、冬がやって来た。庭に面した雪見障子《ゆきみしょうじ》の向こうに、小さく軽い粉雪がちらちらと舞い始めた。

正之は母が別れを告げて、雪を降らせているのだと思った。

寛永十二年長月《ながつき》（九月）十七日、高遠城にて浄光院、逝《ゆ》く。御年《おんとし》五十二歳――

二十二　山形藩

寛永十三年（一六三六）文月《ふづき》（七月）四日。

高さ二百十丈（六三〇メートル）の高遠《たかとお》でも夏が近づいて、暑くなってきた。梅雨《つゆ》に入って、雨が降らなくても、鬱陶《うっとう》しい空合《そらあ》い（天気）が続いている。

清楚な薄桜色《うすざくらいろ》の四葉鵯《よつばひよどり》や大振りな紅緋《べにひ》の花をつけた紅輪花《こうりんか》が、気持ちよさそうにそよいでいる。夏の訪れを歓んでいる。真赭色《まそおいろ》の下野草《しもつけそう》が小夏《こなつ》の風に揺らいでいる。

二百六十六丈（八〇〇メートル）の小高い山の上に聳える高遠城《たかとおじょう》が、小さくなった。光っていた天竜川《てんりゅうがわ》も山裾《やますそ》に隠れた。

高遠の城下を抜けると、正之の乗る駕籠《かご》は東山道《とうさんどう》に入った。

「片寄《かたよ》れーッ！片寄れーッ！」

大名行列の前触《まえぶ》れ二名の掛け声で、往来の民は脇に避けて道を譲った。土下座をする必要はなく、ただ立っていればよかった。しかし、その行列が前触れに続いての毛槍《けやり》（儀仗用《ぎじょうよう》の槍）

や馬印《うまじるし》（馬幟《うまのぼり》）によって高遠藩主《たかとおはんしゅ》・保科正之《ほしなまさゆき》の行列だと判ると、民は笠や頬被《ほおかぶ》りの手拭いを取り、お辞儀をすると目を瞑《つぶ》った。高遠藩主に対しての敬意が表されていた。

若侍《わかざむらい》が乗った騎馬四騎が先導し、藩主が乗る乗物駕籠《のりものかご》、家老・保科正近《ほしなまさちか》など重臣騎馬隊七騎、槍組《やりぐみ》・弓組《ゆみぐみ》・鉄砲組《てっぽうぐみ》の足軽隊《あしがるたい》六十九名、荷駄隊《にだたい》の中間《ちゅうげん》三十四名、徒士《かち》百九名、菊姫が乗る女人駕籠一挺、女人二十一名など総勢三百余名の行列が厳かに進んで行く──

高遠藩では正之が藩主になってから、新田開発に力を注ぎ、石高《こくだか》が増えていた。三万石が三万四千石になったが、百姓への年貢は増やされなかった。建福寺《けんぷくじ》を始めとして、神社仏閣への寄進も欠かさない。商人《あきんど》や職人のために、高利貸しの暴利を禁じたりもした。なのに、藩主自らは質素、倹約を旨として、家臣にも奢侈《しゃし》を諌《いさ》めた。必然、正之の人望は高まるばかりで、その名声は高遠藩の隅々にまでとどろいていた。

その正之が国替《くにがえ》を命ぜられて、三万石の高遠藩主から、二十万石の出羽山形藩主《でわやまがたはんしゅ》になる。高遠の民は新藩主がどのような人物か、不安視した。正之のような藩主は望むべくもないことが分かっていた。国替では藩主と家臣団だけが新しい領地に赴き、領民はその地に留まる。だが、正之の善政が忘れられない高遠の百姓達は、禁を犯し、逃散《ちょうさん》して藩主の後を追った。その数、三千。夥《おびただ》しい数であった。

『寛永十三年文月《ふづき》四日。陰天《いんてん》にして熱き心地也。

朝五つ（午前七時）、高遠城を出立す。総勢三百余名。往来賑《おうらいにぎ》やか也。領民の首を垂れての見送りを受く。その顔晴れ晴れし。我が政《まつりごと》、道を外れんこと確信す。されど総《すべ》ては領民あっての我也《われなり》。努々《ゆめゆめ》忘るること勿《なか》れ。

夕七つ（午後五時）諏訪宿《すわじゅく》着。行程九里（三七キロ）。

文月五日。青天なれど折々雷鳴とどろきたり。

明け六つ半（午前六時）諏訪《すわ》を出立す。昨日の疲れ残れども、本日は道中一番の遠距離なれば、血気平生《けっきへいぜい》に倍加し、寸時も早く上田宿《うえだじゅく》に達せんと。諏訪湖《すわこ》は信濃一《しなのいち》の湖也《みずうみなり》。冬には湖面が全て結氷《けっぴょう》し、氷厚《こおりあつ》くなれば、夜間に氷が成長して膨張《ぼうちょう》。大音《だいおん》声《じょう》をあげ、湖面上に氷の亀裂《きれつ》が走ってせりあがる由。これが名高い御神渡《おみわた》り也。

夕七つ（午後五時）上田宿着。行程十一里（四六キロ）。

権兵衛殿《ごんべえどの》、疲れ甚だしくも問屋駕籠《といやかご》を固辞し、請《こ》いて駅馬《はゆま》にての移動を得たり。その忠義心《ちゅうぎしん》、仰ぎ見る可《べし》。


文月六日。晴れらか。

朝五つ、上田発。皆疲るるに歩み遅々たり。

昼八つ（午後二時）小諸宿《こもろじゅく》着。陽、高けれど湯浴《ゆあ》みせり。行程五里（二二キロ）。

菊姫は終始柔和な顔にて、疲れ知らず。駕籠での道中を楽しみたり。


文月七日。風爽やかにして暑気和らぐ。

朝五つ、小諸《こもろ》発。出立して程なく碓氷峠《うすいとうげ》に掛かる。碓氷峠は高さ三百十九丈（九五六メートル）。甚《はなは》だ険しき峠なれば、四枚肩《しまいかた》（四人担ぎ）の駕籠二挺、担ぎ手を頻繁《ひんぱん》に交代せしも大層難儀《たいそうなんぎ》す。余、疲労なかりせば、駕籠を降りて歩かん。駕籠舁《かごか》き、恐縮せし風情《ふぜい》なれど、残りの道中を思えばこれこそ最善の途《みち》也。菊姫、余の真似事にて半里（二キロ）ばかり駕籠を降りて嬉しそうに歩きたり。権兵衛殿、下馬されんとするも、請いて騎乗を促すばかり也。

夕七つ（午後五時）碓氷宿《うすいじゅく》着。一同、疲労困憊《ひろうこんぱい》す。行程六里（二四キロ）。

文月八日。青天なれど湿気多く暑さこもりぬ。

朝五つ半（午前八時）、碓氷宿発。昨日の疲労癒《い》えず、足重し。上州《じょうしゅう》（群馬県）に入《い》りて風強し。高崎城《たかさきじょう》より赤城《あかぎ》、榛名《はるな》、妙義《みょうぎ》の上毛三山《じょうもうさんざん》望見《ぼうけん》す。

夕七つ半（午後六時）高崎宿《たかさきじゅく》着。行程十一里（四五キロ）。

文月九日。曇り。夕立後一陣《いちじん》の涼風《すずかぜ》吹く。

朝五つ（午前七時）、高崎《たかさき》発。

太田《おおた》には大御所様《おおごしょさま》創建の大光院《だいこういん》・呑龍様《どんりゅうさま》があり、一同立ち寄りて徳川家の繁栄を祈願す。大光院は東西十三間（二三メートル）、南北十一間半（二〇メートル）、入母《いりも》屋造《やづく》りの名刹《めいさつ》也。夕立ちで濡れるも、その後は暑熱和《しょねつやわ》らぎ、人心地《ひとごこち》つきたり。

夕七つ半、太田宿《おおたじゅく》入り。行程十一里（四四キロ）。

文月十日。炎天。

朝五つ半（午前八時）太田《おおた》発。小山《おやま》に入《い》りては熱気甚《はなは》だしく、一同消耗《しょうもう》したり。小山は思川《おもいがわ》、巴波川《うずまがわ》、田川《たがわ》、鬼怒川《きぬがわ》に四方を囲まれ、地形平坦にして良田《りょうでん》多し。羨ましき限り也。

暮れ六つ（午後七時）、小山宿《おやまじゅく》着。一同昼間の暑熱と、今次の移動中一番の長丁場にてことごとく消耗す。行程十二里（五〇キロ）。正近殿《まさちかどの》を始め重臣は反対なれど、女人《にょにん》や荷物多き中間《ちゅうげん》の疲労激しければ、明日は停滞し、休養と為すことを決心せり。小山宿での連泊、宇都宮宿《うつのみやじゅく》での宿泊変更のお触れを早馬にて廻《まわ》す也。

文月十一日。小山宿連泊にて休養す。空合い、雨模様にて過ごし易し。天も余に味方し給うか。

文月十二日。雨上がりにて暑熱和らぐ。

朝五つ、小山宿発。昨日の休養にて、一同、大層回復せり。笑顔戻りて、嬉しき限り。一路宇都宮《うつのみや》を目指す。

宇都宮は東山道《とうさんどう》沿いで最も大きく、賑やかな街也。宇都宮城《うつのみやじょう》も宿《じゅく》も活気に溢《あふ》れたり。

夕七つ、宇都宮宿《うつのみやじゅく》着。行程十里（四〇キロ）。

文月十三日。白雨《はくう》。時折雷を伴う。

雨なれど明るき空なれば、朝五つ、宇都宮を出立す。午後に入《い》りて時折雷鳴《らいめい》発生せり。笠、蓑、傘を用いて粛々《しゅくしゅく》と進みたり。馬も雷は怯えたれど、涼しき雨は嫌がらず。

足軽隊、雨具の用意万全なれど、濡れて重くなりたる得物《えもの》に難儀《なんぎ》したる様子也。鉄砲組は油紙《あぶらがみ》にて鉄砲を厳重に包みたり。良き心掛け哉《かな》。

夕七つ、大田原宿《おおたわらじゅく》に着く。夏の夕七つというに、雨の空合いにてすっかり暗し。

行程十里（四〇キロ）。

文月十四日。晴れ晴れし。

衣服、湿りたれば、重く不快なり。蒸れて暑けれど我慢する他なし。

朝五つ、大田原宿発。一同、一昨日昨日の疲れ溜まりて、無口也《むくちなり》。白河《しらかわ》（福島県）

に入りて風出《かぜい》ずる。冷たき風、身体を冷まして心地よし。川辺では、蛍乱舞《ほたるらんぶ》す。駕籠より蛍眺めたる菊姫、騎乗の権兵衛殿、いたく歓びて童《わらわ》の如し。余もその様《さま》を見るに幸いたり。

夕七つ半、白河宿《しらかわじゅく》入り。白河は夜涼しく、水冷たく、よく寝られたり。

行程九里（三六キロ）。

文月十五日。終日細雨《さいう》。

明け六つ半、白河宿を出立。陸羽街道《りくうかいどう》を北上す。丹羽長重《にわながしげ》様が築かれた小峰城《こみねじょう》は、丘の上に総石垣造《そういしがきづく》りで毅然《きぜん》と建ち、凛々《りり》しくも黒板壁と白壁の組合わせが美しい見事な出来栄え也。

白河を北上して須賀川《すかがわ》に至る。細雨《さいう》途切れず、鬱々《うつうつ》たる心持ち也。

昼八つ、須賀川宿《すかがわじゅく》着。行程八里（三二キロ）。

文月十六日。曇りて時折雨降らん。

明け六つ半、須賀川宿を出立して程なく安積野《あさかの》に掛かる。広大な原野に小さな集落が点在す。ここを開墾《かいこん》出来れば、米の収穫は如何ばかり増えるかと。

会津街道《あいづかいどう》を横切り、二本松《にほんまつ》に至る。二本松は小高い丘の連続にて、その様、高遠に似たり。二本松城《にほんまつじょう》は、梯郭式《ていかくしき》の平山城《ひらやまじょう》なるが、大石垣《おおいしがき》が高く積まれ、堅牢な構え也。

夕七つ半、二本松宿《にほんまつじゅく》に入る。山風《やまかぜ》涼しく、水旨し。行程十里半（四二キロ）。


文月十七日。暑熱厳しく、熱風途切れず。

朝五つ、二本松を出立す。陸羽街道を北上するも、暑さ一方《ひとかた》ならず。阿武隈川《あぶくまがわ》を渡る時のみ、川風《かわかぜ》にて一抹の涼を得たり。一同、足重く、疲労せし様《さま》也。正近《まさちか》以下重臣たちに図るも、二本松から伊達宿《だてじゅく》までは八里（三二キロ）故、何とか歩き通すべしとの言《げん》が大勢也《たいせいなり》。一行を励まし、一里塚《いちりづか》ごとに憩い、伊達《だて》を目指す也。

蝉の声かまびすしく、汗も途切れず。

夕五つ、伊達宿《だてじゅく》に入れり。伊達宿は盆地にて甚だ暑き処《ところ》なるが、その分、米や作物に適したる由。全国津々浦々、まこと一長一短也。難があれば、必ずや利、ある可《べし》。

一同、夕餉《ゆうげ》も程々に床に就くなり。行程八里（三二キロ）。

文月十八日。晴朗《せいろう》なれど雲にて覆われ、風吹きたれば、いささか過ごし易し。朝五つ半、伊達宿を出立す。一同、若干精気を取り戻しつつあり。本日の予《あらまし》、白石《しろいし》宿《じゅく》まで六里の旨、伝えるにたちまち高き返し（返事）有り。

駕籠の菊姫は息災《そくさい》なれど、騎乗の権兵衛殿は疲労の色濃くして、いささか憂い有り。宿《じゅく》に到着せば、二、三日の休息を言付《いいつ》く所存《しょぞん》。

国見《くにみ》の長い坂を登り切れば、いよいよ仙台藩領《せんだいはんりょう》也。第二代仙台藩主・伊達忠宗様《だてただむねさま》はご尊父・伊達政宗公《だてまさむねこう》の死去に伴い、二カ月前の皐月《さつき》に、家督を相続されたり。城下から望む白石城《しろいしじょう》は、蒲生氏郷殿《がもううじさとどの》が築城し、片倉景綱殿《かたくらかげつなどの》が改築された名城也。蒲生氏郷殿の築城故《ちくじょうゆえ》、その様《さま》、会津若松城《あいづわかまつじょう》に似たる由。堅固な石垣、土塁、堀に囲まれた本丸には、三重櫓《さんじゅうやぐら》が周囲を睥睨《へいげい》せり。

昼八つ半（午後三時）、白石宿に入《い》る。権兵衛殿に三日の休息を言付くも、案の定、頑として承服《しょうぶく》せず。涙して同行を訴えられては、諦めざるを得ず。

行程六里（二四キロ）。

文月十九日。朝方、雷。時に豪雨。雨が止むのを待ちて、朝四つ（午前九時）、白《しろ》石《いし》を出立す。雨上がりにて猛烈に蒸したり。一同、滝のような汗を流したり。辛抱の内にも北へ進み、白石橋《しろいしばし》を渡り、村田《むらた》に至る。本日の行程の半分なるか。疲労甚だしきにつけ、四半刻（三〇分）の休息をとりたり。世話役《せわやく》、組頭《くみがしら》の号令一下、一同粛々と出立せり。村田よりは出羽《でわ》の山道なれば、大層難儀す。

夕五つ、川崎宿《かわさきじゅく》に入れり。行程六里（二四キロ）。

文月二十日。暑き空気なれど、吹き上がる谷風《たにかぜ》、心地よし。

朝五つ半、川崎宿発。出立後しばらくは、険しき登り山道の連続にて、一同、足取り重く、遅々として進まず。

捩《よじ》れたる山道の笹谷峠《ささやとうげ》を過ぎたれば、降りの山道にて滞りなく進みたり。笹谷峠が仙台藩《せんだいはん》と山形藩《やまがたはん》との藩境《はんざかいなり》也。

夕七つ、出立より六里半（二六キロ）を進み、山形城《やまがたじょう》の東堀《ひがしぼり》を渡りて、東大手門《ひがしおおてもん》に至れり。別名霞城《かじょう》は広大で、三の丸、二の丸、本丸が整然と縄張りされたり。さすがは二十万石を有する藩也。隅櫓《すみやぐら》や枡形門《ますがたもん》の構成も見事なり。三重櫓が天守代用《てんしゅだいよう》の櫓と聞く。

文月七日に亡くなりたる山形藩二代藩主・鳥居忠恒《とりいただつね》様の弔いも一段落しており、我が先遣隊《せんけんたい》による整えも行き届いたり。一同、殊《こと》の外安堵《ほかあんど》し、顔付き輝きたり。

翌朝《よくちょう》よりは我ら一層藩政に励み、山形領民に尽くすこと、肝に銘ず也。武士が率先して倹約の範を垂れ、百姓、職人、商人が各村内に於いて米、野菜、材、産品に心を砕き、暮らし向きを良きものにすべし。この覚悟制し難く、直ちに政《まつりごと》に活かさんことを、己に誓うもの也』

二十三　家督相続

「伊賀守《いがのかみ》・鳥居忠恒儀、世嗣《せいし》（貴人の跡継ぎ）の事を望み請《こ》ひ申さざる条《すじ》（筋道）、法に背《そむ》きて、上《かみ》を無《な》みし奉《たてまつ》る（ないがしろにする）に似たり。斯《か》くの如き輩は懲《こ》らされずんば、向後《こうご》（今後）、不義不忠の御家人等《ごけにんとう》、何を以《もっ》て戒《いまし》めんや」

と山形藩二代藩主・鳥居忠恒の吟味《ぎんみ》を、厳しく認《したた》めて幕府に送ったのは、大政参与《たいせいさんよ》の井伊直孝《いいなおたか》だった。

大政参与とは江戸幕府において、幕政の大事に参画、指導する重い役職である。近江《おうみ》・彦根《ひこね》藩《はん》第三代藩主・井伊直孝は、生母・阿古《あこ》が、父・井伊直政《いいなおまさ》の正室・花《はな》の侍女だったという噂があった。つまり側室《そくしつ》の子である。幼少期は側女《そばめ》の子として、井伊家領内の上野国《こうづけのくに》（群馬県）・安中《あんなか》の北野寺《きたのじ》に預けられ、そこで養われた。

正室《せいしつ》の気持ちをおもんぱかった父・直政が、直孝と初めて対面したのは、慶長六年（一六〇一）の秋。天正十八年（一五九〇）長月《ながつき》（九月）生まれの弁之介《べんのすけ》（直孝）は十一歳になっていた。

似ている……と正之は思った。何もかもが。弁之介の生き方は己の身の上に重ね合わせられる。寸分の狂いもなく……

「末期《まつご》に及び道義に背くこと請い願いその様《さま》、無法《むほう》な求めにて断じて許さまじ」

幕府は忠恒に対し、直孝の訴え通りに忠恒の所領・山形藩二十万石を没収した。

忠恒の「道義に背く願い」とは……忠恒には正室・菊《きく》との間に継嗣《けいし》（跡継ぎ）がいなかった。そのため自身の臨終に際しては、異母弟《いぼてい》である鳥居忠春《とりいただはる》を養子に迎えるべきであったが、新庄藩《しんじょうはん》に養子として入っていた同母弟《どうぼてい》の戸沢定盛《とざわさだもり》に家督を譲る旨、書き残していた。この遺言が、幕府の定めた「当主危篤の際に願い出る急な養子縁組を禁じる『末期養子《まつごようし》の禁令』」に触れたのであった……

それにしても、何故《なにゆえ》鳥居忠恒様はここまで家督相続に我を通そうとしたのだろう。異母であろうが、実母であろうが、そんなことはどうでもよかったのではないか。身近にいる者を後継者に指名し、その者が道を誤らぬよう、信頼できる重臣で周りを固めれば、政《まつりごと》はうまくいったのではないか。人物の好き嫌いに拘《こだわ》るべきではなかった。

私の実母・志津《しづ》は義を尊《たっと》びながらも心根の優しい人であったが、育ての親である武田信玄《たけだしんげん》の遺児姉妹・見性院《けんしょういん》様と信松尼《しんしょうに》様も、実の子のように私を育ててくれた。私に危険が及んだ際には、身を挺して護ってくれた。

柳生宗矩《やぎゅうむねのり》様然り。長藤権兵衛《おさふじごんべえ》殿然り。

前高遠藩主・保科正光《ほしなまさみつ》様、第三代将軍・徳川家光《とくがわいえみつ》様も、ご自身にとっての有為無為《ういむい》に拘《かか》わらず、純粋にあるがままの私をお気に召してくれた。

つまり……人が人を育てるのだ。家柄ではない。身分は変えることができるのだ……

……鳥居忠恒様に対する井伊直孝様や幕府の仕置きは、過ちではない。だが……井伊直孝様が幕府に送った文は、いささか厳し過ぎたのではないか。余りにも法の厳守を求めすぎると、波風が立つ。武士も領民も萎縮してしまう。

己に対して過度の厳しさは、他人にとって耐え難い苦痛になるやも知れぬ。何事も度を越せば、硬直性をもたらす。

風になびく柳は倒れることはないが、風を受ける杉は倒れることがある。真っ直ぐに木目が通った柾目《まさめ》の材は、雪や風の差響《さしひび》きをまともに受けるのだ。

井伊直孝様と私はその境遇が似ているが、私は諸手《もろて》を挙げて認めるわけにはいかない。法を犯してはならぬが、その場で適切な措置を施すことも肝要だ。機転や物分かりのよさも人心の掌握《しょうあく》には役に立つ。厳罰だけが正義ではないのだ……

しかしながら裁定は下された。鳥居忠恒様は亡くなり、血の通った弟の戸沢定盛殿が、山形藩を継ぐことはなくなった。私が山形藩を任された。山形藩を豊かにするには、領民の心を満たすには、大勢の人で賑わせるには……どうすればいい？

三万石の信濃高遠藩主から、二十万石の出羽山形藩主に……

正之は何も変わらないと思った。石高の大小は些末《さまつ》な事柄である。それに比して、人心の離反は大事《おおごと》だ。高遠領内から追従《ついしょう》する百姓三千余は、出羽でもなんとか本分をやり遂げるだろう。見つかれば厳罰を覚悟で、逃散《ちょうさん》の禁を犯した者たちだ。土地さえあれば、必死になって米を作り、畑物《はたつもの》（野菜）を育てるだろう。来年《くるとし》からは暮らしも成立《なりた》つに違いない。

悩みはこの年の暮らしだ。住まいはどうする？　田や畑の土地は？　食い物は？　高遠を出る時に、持てるだけの身上《しんしょう》は持って出ただろうが、来年の収穫期までは到底もちこたえられない。何とかしなければ……

正之は先ず、山形藩の安定と伸長を図った――
藩にとっての急務は、新しい藩主の下での変わらぬ平穏だった。憂いなく務めに没頭できれば、人は安堵して更なる高みを目指す。新藩主が傲慢不遜《ごうまんふそん》な人物であるのかないのか、その不安が杞憂《きゆう》に過ぎないということが分かれば、人は新藩主に賛同する。藩主を追って高遠から来る百姓達も、山形領民に受け入れてもらえるだろう。

正之は入城した翌日から、炎天下の領内をくまなく検分して回った。旧高遠藩《たかとおはん》家老・田中正玄《たなかまさはる》、井深重光《いぶかしげみつ》と旧山形藩《やまがたはん》家老・簗瀬正真《やなせまさなお》の重臣三名に護衛の若侍三名、祐筆《ゆうひつ》一名というわずかばかりの供回りを連れ、田や畑を丁寧に見て回る。両藩からの供回りにしたのは、一刻も早く新藩の一体化を図るためだった。

田の草取りをしている百姓を見ると、藩主であることを名乗る。慌てて田の畔で低頭する百姓に顔を上げさせ、稲の育ち具合、暮らし向き、差し障り、望みなどを問うた。最初は新藩主に警戒して、心に錠を下ろしていた百姓も、その女房も、老親達も、正之の真っ直ぐな眼と馬を降りての真摯《しんし》な問いに、正直に応え始めた。正之は一言一言全てを祐筆に書き付けさせた。

「手を止めさせて済まなかった。礼を言う……」

「と、とんでもごぜえません」

「ご、御苦労様でごぜえます」

百姓達は、日焼けした顔から滴《したた》り落ちる汗を、汚れた手拭いで拭うと、恐縮して首を垂れた。藩主から礼を言われたのは初めてだった。

畑では若夫婦が女童《めわらべ》を連れて、胡瓜《きゅうり》を捥《も》いでいた。正之は馬から降りると、若党に手綱《たづな》を預け、女童の前でしゃがんだ。女童と同じ高さになった。

「名は何という?」

「……」

「名前じゃ」

「……」

女童は困ったような顔をして、何も応えない。すると、母親がすっ飛んできて、しゃがんだままの正之に応えた。

「も、申し訳ごぜえません、お侍様。この子は生まれ付き、声が出せませんで……」

「そうか。それは済まぬことをした」

女童の後ろに立った父親が、慌てて手拭いを取ると、喋《しゃべ》り始めた。

「生まれて一年経っても、二年経っても、それどころか今になるまでずっと、泣き声以外、声を発したことはごぜえませんで」

「薬師《くすし》には見せたのか」

「はい。一度、評判のいい薬師に見てもらったのですが……」

「喉《のど》の奥が異形の病故《いぎょうやまいゆえ》、直すことは叶わぬと……」

女房が付け足した。

正之は、女童の前で、ゆっくりと、大きく口を開いて、一語一語区切って訊いた。

「い・く・つ・じゃ」

意味が通じたのか、女童は笑みをこぼしながら、右手の指を四本立てた。

「ひい・ふう・みい・よ」

正之は女童の指を一本一本戻しながら、再び口を開いた。

「ひい・ふう・みい・よ――よっつ・じゃな」

女童は嬉しそうに頷いた。正之は立ち上がると、祐筆に命じた。

「安部《あべ》、新しい帳面と矢立《やたて》を持って参れ」

「はっ」

阿部は和紙が綴《と》じられた帳面と、矢立を持って正之の下《もと》へ走ってきた。帳面と矢立を受け取った正之は、再び女童の前にしゃがみ込む。帳面に筆で文字を記《しる》すと、大きく口を開いた。

「と・の・さ・ま」

正之は帳面に記した文字を、一語一語区切って話すと、筆で自分を指して見せた。

「ト・ノ・サ・マ」

女童が口の形だけで真似をした。正之が大きく頷く。

「な・ま・え」

今度は、筆で女童の胸を指した。女童が声を出さずに、口の形で応えた。

「チ・ヅ・ル」

「ち・つ・る」

正之がゆっくり繰り返す。女童が怒ったように首を横に振った。

「チ……ヅ……ル」

女童は口を尖がらせると、「ヅ」を殊更《ことさら》ゆっくり無音でいった。

「ち・づ・る」

正之が正しく口を開くと、女童はにっこりした。女童の母と父が、目を丸くして二人のやり取りを見ていた。正之は、帳面に「ちづる」と書き、矢立と一緒に女童に差し出した。大きく口を開いて見せた。

「ち・づ・る・の」

女童は目を輝かせて、帳面と矢立を受け取った。正之の正体に気付いた夫婦が、跪《ひざまず》かんばかりにしてお辞儀した。

「あ、あ、新しい、お、お殿様とは、つゆ知らず……」

「とんだご無礼を。誠に申し訳ございません」

恐縮する若夫婦を尻目に、ちづるが山葡萄《やまぶどう》の蔓《つる》でできたはけごから、胡瓜を一本取り出すと、正之に差し出した。正之が訊く。

「く・れ・る・の・か？」

ちづるはこっくりと頷いた。

「か・た・じ・け・な・い」

ちづるは微笑みながら首を振った。

正之は向き直ると、若夫婦に言った。

「子は国の宝じゃ。大事にせよ」

「ははーっ」

「はい」

「野良仕事はきついだろうが、励んでくれ」

「は、はい。早速、私らも字を学んで、この子に字を教えることにしますだ」

「頼んだぞ」

「ありがとうございます」

深々とお辞儀する若夫婦に背を向けて、正之は歩き出した。振り返ると、若夫婦はお辞儀をしたままだった。ちづるは小さな手を振っている。正之も胡瓜を握ったまま、大きく手を振った。

山形藩も捨てたものではない……

二十四　暴れ川

領内を検分しながら、正之は家臣団の増強に取りかかった。高遠では三万石の兵力でよかったものを、二十万石に見合った兵力にしなければならない。広大な山形城下では、浪人となった旧臣たちが、不安な日々を過ごしているに違いない。

改易された旧臣の召抱《めしかか》えを、急がねばならない。死去して所領没収となった前藩主・鳥居忠恒《とりいただつね》の知行二十万石では、家臣の武士団は三千名に及んだ。武家に奉公する中間《ちゅうげん》千名を含めると、四千名になるだろう。これに高遠からの家臣団三百名余が加わる。

正之は旧山形藩士を抱えるにあたって、前職のままに抱えることはしなかった。適材適所の信念を貫き、上士以上の武士は、一人一人その人柄を見て新たな身分で召し抱えた。

殊に重く取り立てたのは、協調性に富み、加うるに進取《しんしゅ》の気性《きしょう》に富んだ武士達だった。この二つは一見相反《あいはん》するようだが、実は表裏一体ではなかろうか。他人の考えに耳を傾けながらも、習わしに囚《とら》われることなく、新しい物事に取り組もうとする気質こそ尊いのだ。それがひいては藩の財産になる。

己の考えのみに固執し、他を排除する了見の狭さを幾度も見てきた。不首尾を繰り返してはならぬ。

新しい務めを果たさせなければならない。新たに何事かを成し遂げた時、人は心が満たされるのだ。途中の我慢は苦しくとも——そういうものだ。

何もしないで楽さえできればいいというのは、一時《いっとき》の些細《ささい》な悦びにしか過ぎない。直ぐに飽き足らなくなる。人の本質は上達にあるのだ。上達こそが、人を満足させる——


財政の立て直しも急を要した——

数年後は参勤交代《さんきんこうたい》の年だ。江戸に上って、主だった者を含め、江戸屋敷に住まわなければならない。多額の出費が見込まれる。その分を今から蓄財せねばならぬ。

だからといって安易に、商人《あきんど》に金子《きんす》の用立てを命じてはならなかった。商人の笑顔《えみがお》と慇懃《いんぎん》な態度に、ついつい借金を重ねがちだが、借りた物は返さなければならない。借金の踏み倒しは、道義に背《そむ》くのはむろん、藩士も無頼《ぶらい》の徒《と》と同じになってしまう。藩のいうことを領民は信じなくなってしまうのだ。

先ずは、藩主を始め、重臣、上士、中士、下士までの士分、更には士卒《しそつ》である足軽、そして武家奉公人である中間《ちゅうげん》、小者《こもの》まで、武士層には徹底した質素、倹約を求めよう。その上で、百姓には新田開発や収量の増加、作付け品種の改良に取り組んでもらう。強固な農作は藩の基盤なのだ。百姓が弱っては、藩も衰退する。

要するに藩全体で、財政の立て直しに尽力するのだ。君主のためではなく、武士のためではなく、百姓のためではなく、商人や職人のためでもなく、無論、幕府のためでもない。領民全部が平らかに、耐え忍んだ分だけ、恩恵を受けるべきなのだ。一部の人間だけがいい思いをしてはならない。それが解れば、誰でも困難を乗り越えられる。歩みを止めなければ、遥か彼方の高峰の頂《いただき》にも、必ず立つことができる……

羊腸《ようちょう》の山道が続いていた……

両脇の森の中からは、幾種類もの蝉の鳴き声が、競うように沸き起こってくる。菅笠《すげがさ》を被り、小袖《こそで》一枚になっても、まだ暑い。葉月《はづき》（八月）に入って、一段と暑さが厳しくなった。出羽は夏暑く、冬寒い。潔い風気《ふうき》（気候）だ……と馬上の正之は思った。

六騎の先頭に立つ正之の愛馬は、望月《もちづき》。正之の体重の移動に合わせ、揺れが大きくならないように、ゆっくりした常歩《なみあし》で進んでいる。その性格は従順で、賢くもある。さすが名馬・三日月《みかづき》の仔だった。

供の五騎もこの暑さの中では、できるだけ馬の疲労を押さえるべく、ゆっくり歩いている。騎馬が通る時だけ、蝉の声が止んだ。時折吹く一陣の清風《せいふう》が、さわさわと欅《けやき》の葉擦れを伝える。間もなく蔵王連峰《ざおうれんぽう》の五郎岳《ごろうだけ》山麓に着く。高さ四百七十丈（一四一二メートル）の五郎岳は、三百八十三丈（一一五〇メートル）の苔生《こけむ》した処に、水が湧いているという。それが馬見ヶ崎《まみがさき》川《がわ》の最初の涓滴《けんてき》（水の滴り）らしい。

道が細くなってきた。馬体の直ぐ脇まで羊歯《しだ》が迫ってくる。苔《こけ》に覆われた風倒木《ふうとうぼく》が横たわり、鬱蒼《うっそう》とした樹林帯になって、道が消滅していた。

キョキョキョキョキョ……ポポポポポポ……

森の奥からは鳥の声が聞こえてくる。

ザー……ザー……

水の流れる音がした。正之は馬から降りると、望月を橅《ぶな》の枝に繋ぎ、水音がした方へ向かった。橅の大木を回り込んで藪《やぶ》を抜けると、突然、目の前に緑の傾斜地が広がった。辺《あた》り一帯がひんやりとしている。

ザーザー……ザーザー……ザーザー……

三間（五、四メートル）上の苔生《こけむ》した岩の間から湧き出た水は、五寸（一五センチ）、六寸（一八センチ）、一尺（三〇センチ）という小滝《こたき》になって、芹《せり》や岩菖蒲《いわしょうぶ》や金紅花《きんこうか》や深山大文字草《みやまだいもんじそう》などに覆われた岩の上に流れ落ちている。権兵衛殿《ごんべえどの》なら、ここに生えている大方《おおかた》の草花を、言い当てられることだろう。

ザーザー……ザーザー……ザーザー……

一尺の岩の間から流れ出た水が、三間下では数十の小さな滝となって、緑の傾斜地を冷やしている。透き通った流れは、緑を映し込んでいるが、跳ね上がる飛沫《しぶき》は白かった。

正之は右手を流れに入れてみた。切れるように冷たい。

両手で掬《すく》って飲む。火照《ほて》っていた左手が、かじかんだ。喉元を過ぎた冷水が、身体を冷やす。生き返った気がした。再び口に含む。何も含まない無垢《むく》の水の味。冷たい喉越し。

ずっと離れた場所から地下を通ってきた伏流水《ふくりゅうすい》は、不純物が取り除かれ、冷やされ、透き通って、この地で地表へと出てきたのだ。

「其方《そなた》らも飲むがよい。このように美味《うま》い水は初めてだ」

供の者達も源流に寄ると、早速、手で水を掬って飲んだ。

「あー、旨んめえ」

「くー、冷てえ。頭が痛ぐなった」

供の一人、護衛役の東海林《とうかいりん》義之介《ぎのすけ》が、側頭部を手のひらで叩く。

「身体が冷《し》える」

「ああ、気持つええ」

皆、心地よさそうにして何口か飲むと、正之に倣《なら》って腰の竹筒に、冷水を汲み始めた。

「馬にも飲ませよ」

「ははーっ」

人も馬も喉を潤《うるお》した一行は、馬見ヶ崎川の源流を見届けて、五郎岳に背を向けた……

暴れ川・馬見ヶ崎川——正之はその川の正体を突き止めたかった。馬見ヶ崎川は蔵王連峰《ざおうれんぽう》に源《みなもと》を発し、北西に向かいながら水量を増して山形城下へと流れていく。

文月（七月）末の梅雨時《つゆどき》や野分《のわき》の時分には、馬見ヶ崎川は毎年のように暴れた。城下の東側で増水し、濁流となって、城下に襲いかかる。橋を流し、田や畑を呑み込み、粗末な百姓家を破壊し、大風《おおかぜ》と共謀して、寺や庄屋の瓦を剥《は》いだ。川に飲み込まれる者、行方知れずになる者、吹き飛ばされた戸板で怪我をする者、馬にありったけの身上《しんしょう》を積んで逃げ出す馬喰《ばくろう》、泥に埋まる武家の屋敷……

『　定

暮らし向き立ちいかざる者之《これ》有る時は申し出づ可《べし》
馬見ヶ崎川の土木（工事）の営み（仕事）有り
御ほうびとして庵《いおり》（仮小屋）と一日につき米三合《こめさんごう》下さるべく候《そうろう》
仍下知件《かさねてのげちくだん》の如《ごと》し

寛永十三年（一六三六）葉月十日

奉行

』

城下を取り巻く集落の入り口に夥《おびただ》しい数の高札《こうさつ》が掲げられた。その数、八十九枚。字が読めない者に代わって、たどたどしく高札を読み上げる声が、あちこちで聞こえた。

高遠から正之を慕って追従《ついしょう》してきた百姓達は、多くが馬見ヶ崎川の土木をするため、奉行所に殺到した。手元には僅かな米しかない。長屋を借りるゆとりはなかった。来る年の秋の収穫期までは、どんなことをしてでも食いつながなければならなかった。

家族が多い百姓は、女房も土木を求めて奉行所にやって来た。女でも男の半分、一日米一合半で雇われた。正之の申し渡しが行き届いていた。老親や子供達も、最後の紅花摘《べにばなつ》みなど、手間仕事を見つけては、暮らしの足しにした。藩全体に活気が漲《みなぎ》った。

正之は馬見ヶ崎川の氾濫《はんらん》によって、被害に遭った者達の聞き取りから始めた。被害に遭ったのはいつか、場所は、雨の量は、風の強さは、家の造りは、田畑の場所と高さは、田と畑の作物の痛手は、果ては被害を免れた作物、などなど。

祐筆に近年の被害の様子をまとめさせると、川の造作《ぞうさく》に詳しい者たちを集めて、図面を引かせた。急な曲がり、川幅の狭まり、深さの変化、土手の高さ、土砂の量——長さ六里半（二六キロ）の馬見ヶ崎川の図面づくりは困難を極めたが、昼夜を分かたず四日でやり切った。

いよいよ馬見ヶ崎川の土木が始まろうとしていた。

正之は普請奉行《ふしんぶぎょう》二名の下に、代官《だいかん》六名、平手代《ひらのてだい》二十九名、荒子《あらしこ》九名を配置した。代官は奉行を補佐し、平手代は代官の下で人を雇って一家を構えることが許される。荒子は百姓から選ばれ、雑役をこなした。

この奉行所の新たな体制の下で、馬見ヶ崎川の大々的な繕《つくろ》い（改修）が目論《もくろ》（計画）まれた。幅が広くなり、流れも勢いを増して、いよいよ川らしくなってからの馬見ヶ崎川は、四つに区割りされた。

馬見ヶ崎川の川沿いの草地に、神社の例大祭《れいたいさい》の時のような、幅三尺（九〇センチ）、長さ十二尺（三六〇センチ）の幟《のぼり》が四本、川風を受けてはためいた。組名が書かれた厚手《あつで》の白木綿《しろもめん》。墨痕《ぼっこん》も鮮やかに書かれた幟は、長辺の一方と上辺を袋縫《ふくろぬ》いにして、旗竿《はたざお》に通してある。竿から幟が抜けることのない堅牢な造り。風に震える幟は、出陣を鼓舞する旗指物《はたさしもの》に似て、勇壮だった。

「壱組《いちくみ》」の土木は、奉行一名と代官一名の指揮の下《もと》、棒原橋《ぼうはらばし》から双月橋《そうつきばし》までを受け持つ。

「弐組《にくみ》」は、代官二名が指揮を執り、双月橋から馬見ヶ崎橋《まみがさきばし》まで。

「参組《さんくみ》」は、奉行一名と代官一名が上に立って、馬見ヶ崎橋から二口橋《ふたくちはし》まで。

「肆組《しくみ》」は、代官二名が統率し、二口橋から万歳橋《ばんさいばし》まで。

それぞれの組には七名か八名の平手代が配され、二名か三名の荒子も付いた。組が編成されると、大勢の人夫が雇われたが、人夫は高遠から藩主を慕ってきた百姓が多かった。

雇《やとい》の女房達は、東の空が白むと同時に、組の幟の下に集まってくる。米俵《こめだわら》から一升枡《いっしょうます》で五升分《しょうぶん》（七、五キロ）の米を掬《すく》って大笊《おおざる》に移すと、馬見ヶ崎川の辺《ほとり》へ駆け下った。川の水で米を研《と》ぐ。大笊《おおざる》一杯の水を含んだ重たい米を持って、足を滑らせないように気を付けながら、草の斜面を運び上げる。何度も往復しては、二百五十人分の米・二斗五升を研《と》ぐ。蓋縄《ふたなわ》を切られたばかりの米俵《こめだわら》が、半分近く空になる。

平らな草地では、一斗炊《いっとだ》きの大釜《おおがま》に米が入れられ、水が張られて、焚口《たきぐち》で勢いよく薪《まき》が燃やされる。石で持ち上げられた大釜は、一つの組で十口《じゅっくち》が二列に並べられた。火吹き竹を吹く新《しん》造《ぞう》（若い女性）の額に汗が浮かぶ。

炊き上がった米は、大釜から三升飯櫃《さんじょうめしびつ》に移されて、熱いうちに握られる。たっぷりと塩を乗せた女房達の手のひらが、熱で赤くなる。ひっきりなしに桶《おけ》の水で冷やすが、手を養生《ようじょう》する暇《いとま》はない。

竹皮《たけかわ》に大振りな握り飯が二個並べられ、漬《つ》け茄子《なす》が一本添えられると、畳まれた竹皮が手際よく藺草《いぐさ》で結ばれた。卓の代わりの、石で持ち上げた戸板に次々と並べられる。

戸板の上の握り飯が山積みになる頃、朝五つ（午前七時）には、木綿《もめん》に組名が大書された幟《のぼり》旗《ばた》の下《もと》に、人夫が続々と集まってくる。その数、一つの組で二百五十名。文字を知らなかった人夫も、幟《のぼり》に書かれた四つの数は、直ぐに覚えた。

行儀よく並んだ人夫達は、順番に女房や新造から、竹皮に包まれた握り飯と漬け茄子を受け取ると、思い思いに木陰の下へと散っていく。誰もが無口になって、握り飯にかぶりつく。米を頬張り、茄子を齧《かじ》り、竹筒の水を飲む。朝餉《あさげ》を終えた人夫は、満足そうにごろりと横になると、世間話に花を咲かせた。新しい藩主の評判、高遠から来た藩士の噂、雇われの女人《にょにん》の品定め――

高遠から来た百姓の人夫達は、地元の人夫に矢継ぎ早に訊いた。

山形藩の百姓の苦労、農作のこと、来《き》し方《かた》（過去）の飢饉《ききん》の酷《ひど》さ、年貢《ねんぐ》の高《たか》、武家の気質、職人の癖、町人の意識、隣組《となりぐみ》との付き合い、などなど。山形藩の領民として暮していくのに必要な術《すべ》の全てを……

ドーン！ドーン！ドーン！ドーン！ドン、ドン、ドン、ドン、ド、ド、ド、ド、ド……

開始の太鼓が打ち鳴らされた。人夫は、三十六名が四名ずつ九列で、一つの班を作り、平手代の前に並んだ。一つの組で七つの班ができた。平手代と一緒に蓆囲《むしろがこ》いの道具小屋に向かう。鍬《くわ》や鋤《すき》、唐鍬《とうぐわ》、箕《み》、畚《もっこ》を運び出す。岩や土砂を運ぶために、荷車を付けた馬が連れてこられ、梃子《てこ》の丸太と何十枚もの叺《かます》と幾把《いくわ》もの縄《なわ》と三挺の鎌とが乗せられた。

受け持ちの川の長さや、土木の内容は組によって異なる。

「参組」であれば、馬見ヶ崎橋から二口橋までだった。

二口橋は、山形城下と仙台城下を結ぶ街道では最短の、二口街道《ふたくちかいどう》へと続く肝要（重要）な橋だった。山形城の北東半里（二キロ）に位置する。

橋の長さは八十四間（一五一メートル）、幅は八間（一四メートル）。

二口街道は、山形から、山寺《やまでら》を通って高さ三百十一丈（九三四メートル）の山伏峠《やまぶしとうげ》を越える道と、高沢《たかさわ》を通って高さ三百七十七丈（一一三〇メートル）の清水峠《しみずとうげ》を越える道の二つがあることから、そう呼ばれた。二口街道に架かる橋として二口橋の名がついた。

仙台からは鮪《まぐろ》や鰹《かつお》、蛸《たこ》などの生魚《なまざかな》が運ばれ、山形からは青苧《あおそ》（苧麻《ちょま》の繊維）、紅花《べにばな》、大豆《だいず》が大量に運ばれていった。この大事な橋が、馬見ヶ崎川が暴れる度に流されている。木橋とはいえ、何らかの手があるはずだ。

正之は、奉行・大沼長兵衛《おおぬまちょうべえ》と代官・羽田与治郎《はたよじろう》と共に橋の下、馬見ヶ崎川の川岸にいた。

長兵衛は旧山形藩、与治郎は旧高遠藩の出身だった。二人揃えば、両藩の人夫をまとめることができる。

「与治郎、橋が川面《かわも》から高い処にある割に、橋脚が細いとは思わないか？」

「確かにそうでございますな」

正之の問いに、与治郎は袂《たもと》から巻尺を取り出すと、橋脚に巻き付けた。

「三尺（九〇センチ）……ということは、径《けい》一尺（三〇センチ）」

「この流れの中では、径一尺五寸（四五センチ）は必要かも知れぬ」

長兵衛が眉をひそめて言った。

「ひい、ふう、みい、よお、いつ、むう……」

「百六十八脚じゃ」

橋脚を数え始めた長兵衛を遮《さえぎ》って、正之が応えた。

「え？ どうしてお分かりに？」

「橋脚は四間ごとに八脚。橋の長さは八十四間だからその二十一倍。つまり百六十八脚……」

「殿は算用がお早いですなあ」

長兵衛が感心しながら言う。

「私の目論見《もくろみ》を聞いてくれ」

正之は手にした図面を広げると、考えを述べた。

「先ず、二口橋の上流一町（一一〇メートル）の川底を三尺（九〇センチ）底上げする」

「一町ですかッ？」

「三尺も底上げッ？」

長兵衛と与治郎が、眼を見開いて訊いた。

「そうだ。その上で、橋脚一本一本に四方からの支えを継ぎ足す」

「はあ、そうすれば、橋脚は頑丈になって、橋は流されなくなるでしょうが……」

「川の流れを弱めるだけでも、いかほど難儀することやら……」

「ほんに、果たしてできるかどうか……」

長兵衛と与治郎はため息をついた。

「できるか、できないではない。やらねばならぬのだ」

「……心得ました」

「諒解いたしました……」


三人は草の斜面を登った。橋の上では下帯《したおび》一つになった人夫達が、平手代の後ろで、正之や奉行、代官が現れるのを待っていた。

正之は、用意された床几台《しょうぎだい》には腰掛けず、その上に立った。全員、低頭する。

「直れ」

正之の呼びかけに、全員が面《おもて》を上げた。

「皆の者、暑い中、連日御苦労である。其方《そなた》らの働きは、藩と民の繁栄の礎《いしずえ》となっている。厚く礼をいう」

「おおう」

「お殿様」

「いやあ、とんでもねえこってごぜえますだ」

「勿体ないお言葉で」

人夫達は藩主の、思いがけない謝辞に顔を綻《ほころ》ばせた。

正之は一呼吸置くと、全員を見渡しながら言った。

「其方らの中で、伐採人《ばっさいにん》、馬車屋《ばしゃや》、大工《だいく》、石屋《いしや》、籠編《かごあ》みの覚えがある者は、手を挙げよ。見習でもよい」

ぱらぱらと三十余名の手が上がった。

「手を挙げた者は、前へ出よ」

手を挙げた者達が、列を出て前にやって来た。正之も床几台から降りる。

「私の周りに集まってくれ」

正之は、床几台の上に図面を広げると、双月橋《そうつきばし》の東を指差した。

「ここに盃山《さかずきやま》という低い山がある。高さは九十三尺（二七九メートル）で、二間（三、六メートル）幅の山道は整っている。馬車も通れる。先ずはここから、丸太と石を運び出す……」

正之の目論見を、祐筆が書面に起こした。書面を見ながら奉行と代官が平手代《ひらのてだい》に説明し、平手代が分かりやすく人夫へ伝えた。

「
土木次第《どぼくしだい》

一、五寸（一五センチ）径の松材《まつざい》、杉材《すぎざい》にて、一間（一、八メートル）四方の井桁《いげた》に組んで数層を重ね、底《そこ》と蓋《ふた》には丸太を並べ、石を詰めるべし。水流の緩和や導流《どうりゅう》を図りたい箇所に沈め、水の流れを弱めるべし。

二、径一尺（三〇センチ）、長さ一間（一八〇センチ）の竹で編んだ円筒形《えんとうけい》の蛇籠《じゃかご》に、砕石《さいせき》を詰め込むべし。幾つもの蛇篭を水平に並べて川岸に沈め、のり面の土砂の流出を防ぐべし。

三、川辺では杭《くい》を打った上に棚《たな》を造り、その中に土砂を詰め、玉石《たまいし》を詰めるべし。棚の上に柳《やなぎ》の枝を元口《もとくち》を上流に向けて敷くべし。石と石の間に伸びた柳の根が、背後の川岸の地盤に届きて、石を抱き込むまで三月《みつき》の間《あいだ》、柳が流失せぬよう留意すべし。

四、粗朶《そだ》（木の枝）を束ねて格子《こうし》に組み、交《まじ》わりを結んで……

」

土木は、炎暑が厳しい中での作業だった。病《やまい》や熱の病《やまい》で倒れる人夫も出たが、奉行や代官は無理をさせずに、川風が吹き抜ける緑陰まで、畚《もっこ》に横たえると、組の者に運ばせた。全てが正之の指示によるものだった。

莫蓙《ござ》が敷かれた木陰の縁台《えんだい》には常時数名の病人が臥せっていた。女房達は、病人の額に濡れ手拭いを乗せ、腹を空かせていると見れば、粥を口元に持っていって食べさせた。

「今、運ばれてきた者には、小水葱《こなぎ》の煎じたものを水で解いて、三口飲ませろ！ほれ、そこにあるじゃろ。乳棒《にゅうぼう》と一緒に置いてある乳鉢《にゅうばち》じゃ！外側に小水葱と書いてあるじゃろ。何？字が読めない？字が読めなかったら、誰かに読んでもらえ！」

「その若い人夫の足は蜂刺されじゃ。柳蓼《やなぎたで》と書いてある瓢箪《ひょうたん》の液を、刺された足に鷹《たか》の羽根《はね》で塗ってやれ！痛みも腫《は》れも直《じき》、治まるはずじゃ！」

「鷹の羽根はどこにありますか？」

若い男の声がした。

「その辺にあるじゃろ。自分で探せ！」

縁台に正座し、薬研《やげん》で験《げん》の証拠《しょうこ》の干し茎葉《くきば》を擂り潰しながら、薬師《くすし》らしい老武士が怒鳴っている。次々に運ばれてくる病人や怪我人を、一人で診ている。大忙しだ。

「その年寄りの人夫は食あたりじゃ。梅肉《ばいにく》を擂鉢《すりばち》で擂《す》り潰《つぶ》して、湯を注いで飲ませろ！」

「梅干しは一つでよろしいですか？」

「二つだ！」

「今、厠から戻ってきた人夫には、流れ水でよく手を洗わせろ！流行《はや》り病にでも罹《かか》っていたら、大変だ！」

「其の方、左手の怪我《けが》はどうした？鎌で切っただと。それでも百姓か！おおい、誰かこの者に弟切草《おとぎりそう》を塗ってやれ！鷹の羽根がどこかにあるはず――」

「かしこまりました……」

絣《かすり》の小袖《こそで》と白袴《しろばかま》の若者が、さっと長藤権兵衛《おさふじごんべえ》の前に進み出た。弟切草が入った油壷《あぶらつぼ》に鷹の羽根を浸すと、百姓の怪我をした左手に塗り始めた。

「こんなものでよろしいでしょうか？」

薬種《やくしゅ》（薬品）を塗り終えた若者が振り返って、権兵衛に訊いた。

「！」

権兵衛は空いた口が塞がらない。

「……殿」

正之は、再び百姓に向き直ると、晒《さらし》を口で裂いて、左手の傷口を縛《しば》った。

「傷が塞《ふさ》がるまでは、養生《ようじょう》せよ。その間《かん》の米は、今まで通り充《あ》てがう」

正之の言葉に、日に焼けた百姓人夫が、目を丸くしながら頭を下げた。

「あ、ありがとうごぜえます。ほんだら、右手片方でできる務めをさせてもらうべ」

「無理をしなくともよい」

「いえ、せめてそれぐらいしないと、罰が当たるのではねえですか」

「もう罰が当たっておるわ」

権兵衛の言葉に、正之も権兵衛も、当の百姓人夫も、声を上げて笑った。


馬見ヶ崎川の土木の営みは、膨大な数の人夫によって、雪が降るまで続けられた。大量の資金や資材が投入され、山形藩御勝手方《おかってがた》の支出は増大した。一方、物の行き来はその量を増大させ、今まで洪水被害に振り分けてきた出費がなくなった。


「殿、何故《なにゆえ》、そこまで馬見ヶ崎川の土木に執着なさいますか？」

重臣達が正之に問うたび、正之は日に焼けた顔で応えた。

「川を制する者は、国をも制する……」

正之の本心でもあり、揺るぎない信念ともなっていた。

百姓にとっては、苦労して作った作物が駄目になることもなく、商人《あきんど》も商いの金を取り逸《はぐ》れることがなくなった。職人は手間賃を値切られることもなく、初めに決めた額を受け取れるようになった。

何より、領民は新藩主の下で日々の暮らしを心配することなく、それぞれの務めに励むことができるようになった。目を覆うばかりの悪行《あくぎょう》や理不尽な搾取《さくしゅ》、不当な年貢、高利の金貸しが影を潜め、暮らしが安定した領民の表情は明るくなった。

正之は、藩の政《まつりごと》に手ごたえを感じていた。だが……数年後は参勤交代の年になる。せっかく軌道に乗せた政から、数年の間離れなければならない……

二十五　風病

寛永十四年（一六三七）卯月《うづき》（四月）、正之は領民に範《はん》を垂れるべく、予《かね》てあたためていた「家中仕置《かちゅうしおき》」十八ヶ条を定めた。先ず藩士自らが、模範となる務めや振る舞いを行《おこな》ってみせ、領内の規律を正そうとした。家臣の掟として厳命した内容は、次のようなもので、即座に藩内に広められた。

即ち、武芸ニ励ム可《べし》。忠孝ヲ尽クス可。質素倹約ニ努メル可。
喧嘩口論ハ慎ム可。大酒好色《おおざけこうしょく》ハ抑エル可――

桜が咲く皐月《さつき》（五月）になると、望月《もちづき》に乗って領内の堤《つつみ》や土手《どて》、堰《せき》を隈なく検分して回った。洪水や浸水、渇水の恐れがある場所は、奉行と代官に責任を持たせ、改修させて被害を未然に防いだ。正之は、この大規模な土木には、浮浪者や無宿人《むしゅくにん》、博徒《ばくと》、狼藉者《ろうぜきもの》、物乞《ものご》いなど、世間では厄介者扱いされていた者達を、多く雇い入れるよう指示した。

当初は、報酬として与えられる、飯と庵《いおり》（仮小屋）だけが目的だった厄介者達も、自分達の手で直された堤《つつみ》や、整った土手を目にすると、幾分《いくぶん》誇らしい気持ちになれた。

世間で厄介者扱いされていた自分達が、力を合わせて働くことにより、営みが進むことに心地よさを感じるようになった。堰を頑丈に作り直すと、通りかかった町人が頭を下げたし、下流の百姓達は、もうこれで田んぼが流される心配がなくなった、と顔を綻ばせた。唐黍《とうきび》（とうもろこし）や芋《いも》、胡瓜《きゅうり》、茄子《なす》を置いていく者も少なくなかった。

水無月《みなづき》（六月）。梅雨《つゆ》を前に、山形城《やまがたじょう》の東一里半（六キロ）、曲がりくねった馬見ヶ崎川《まみがさきがわ》沿いの草地に、幟旗《のぼりばた》がへんぽんと翻《ひるがえ》った。

「護岸築堤《ごがんちくてい》　介抱所《かいほうじょ》」

幟旗の下の馬見ヶ崎川に近い大きな小屋では、炊き出しが行われていた。十六畳の小屋入口では五基の竈《かまど》で米が焚かれ、奥の広い卓《たく》には、塩や梅干しや胡瓜漬《きゅうりづ》けの壺《つぼ》が置かれている。釜からお櫃《ひつ》に移された米で、握り飯が作られている。もうもうと湯気が立つ小屋の中で、女房や新造《しんぞう》が忙しく動き回り、竹皮に包まれた昼餉《ひるげ》が次々に並べられていった。

右手の小上《こあ》がりでは、薬研《やげん》で柳蓼《やなぎたで》を擂《す》り潰《つぶ》している高貴な女人がいた。五つ紋が付いた色留《いろとめ》袖《そで》が、格の高さを表している。薄桜色《うすさくらいろ》の色留袖に、襷掛《たすきが》け。姉さん被りの手拭い。手拭いは友禅染《ゆうぜんぞめ》を用いて丁寧に手染めされた逸品《いっぴん》。掃《は》き溜《だ》めに鶴といった風情の女人が、薬種《やくしゅ》を入れた舟形の薬研《やげん》で、懸命に漢方を作っている。

入り口から飛び込んできた若い奥女中《おくじょちゅう》が、小上《こあ》がりの貴婦人の下《もと》に走り寄った。

「菊姫様《きくひめさま》、権兵衛殿《ごんべえどの》が、出来たぶんだけでいいから、至急蓼《たで》の搾《しぼ》り汁が欲しいと」

「解りました。私が届けます」

菊姫は、薬研の注ぎ口の下に湯呑茶碗《ゆのみぢゃわん》を置くと、薬研台《やげんだい》を傾けた。奥女中が慌てて、薬研台を支える。薬研の注ぎ口から、薬種液《やくしゅえき》が全て茶碗に移されると、菊姫が両手で持って真っ直ぐに立ち上がった。

奥女中が、菊姫の千草鼠色《ちぐさねずいろ》の草履《ぞうり》を揃える。突っかけるようにして草履を履いた菊姫は、茶碗を揺らさないように、だが、迅速《じんそく》に歩き出した。奥女中が急いで後を追う。

大きな小屋に並んで、八畳の広さの小屋が、七棟建てられていた。どの小屋にも板場《いたば》に莫蓙《ござ》が敷かれ、布団も四組ずつ置かれている。

七棟の一番奥の小屋に、菊姫は入った。四人の病者《びょうじゃ》が寝ていた。誰もが額に濡れ手拭いを載せている。四人共、熱があるらしく赤い顔をして、上掛けは剥《は》がされていた。一番手前の布団の脇では、長藤権兵衛《おさふじごんべえ》が桶の水でざぶざぶと手拭いを濯《ゆす》いでいる。

「権兵衛殿、蓼の搾り汁を持ってきました……」

菊姫の声に、振り向いた権兵衛がギョッとした顔をした。

「おお、これはこれは。姫自《ひめみずか》ら……かたじけのうございます」

権兵衛は年配の病者に向き直ると、右手の茶碗に注意しながら、頭の下に左腕を入れた。すかさず菊姫が手伝って、病者の額から落ちそうになる手拭いを掴み、病者の頭を支える。権兵衛が一口ずつ、慎重に病者に薬種液を飲ませた。噎《む》せそうになると、手を止めて様子をみる。決して急がない。

「お琴《こと》、団扇《うちわ》で風を……」

「はい」

菊姫の指示で、お琴が団扇で病者に風を送り始めた。年配の病者の荒い息が、少し治まった。

権兵衛が菊姫に説《と》いた。

「この者が一番重病ずら。齢《とし》ゆえ、仕方がないのかもしれませぬが」

「この蒸す中で、身体を酷使しての務めですから……」

「単なる日射《にっしゃ》の病《やまい》であって、流行《はや》り病《やまい》でなければいいのですが……」

権兵衛が額に皺を寄せて、心配そうに言った。暗い表情だった。

土木に関する病《やまい》とは別の、新たな厄介ごとが持ち上がっていた――

――山形城下では、感染力が強く、死に至ることも多い赤疱瘡《あかもがさ》（麻疹《はしか》）が野火《のび》のように広がり始めていた……

城下の数カ所で発生した赤疱瘡は、たちまち城下全体に蔓延《まんえん》した。

下町でも、流行り病の赤疱瘡が猛威を振るった。赤疱瘡は、罹《かか》った者に触れたり、その者が着ていた物に触っただけでも移った。咳《せき》やくしゃみ、唾《つば》からも移り、話をすることも憚《はばか》られた。

さらには、空気中を浮遊する菌からも移った。同じ部屋にいるだけでも移ることがあった。

狭く細く連なる長屋に暮らし、井戸を使い回し、古着を買い求めて当て布をする。残り物を一緒に喰い、一組の煎餅布団《せんべいぶとん》で三人が寝る。疫病《えきびょう》が流行らないわけがなかった。

ただ、この疫病は、一度罹《かか》って治ると、二度とは罹らなかった。死人が出た家でも、童《わらわ》は罹りにくかった。罹っても助かるのは、童が多かった。

文月《ふづき》（七月）、菊姫は床に臥せていた。熱が出て、夏だというのに震えがきた。咳や鼻水が出て、下痢が続いた。

「……風病《ふびょう》（風邪）でございましょう」

見舞いに来た正之に、菊姫は応えた。土木の改修が一番の山場を迎えている正之を、自分の病《やまい》ごときで引き留めるのは、気が引けた。

「そうか。だが、夕刻になっても熱が下がらぬ時は、権兵衛殿に談合《だんごう》せよ」

「……心得えました。では、お気を付けていってらっしゃいませ」

「行ってくる」

正之は、菊姫の元気のなさに後ろ髪を引かれる思いだった。今度、雨で土木が取りやめになった時には、一日中側《そば》にいてやろう。そのように自分に言い訳しながら、正之は三重櫓の三階、奥の間を出た。


幼い童が真っ暗な部屋ですすり泣いていた。菊が行灯《あんどん》を灯《とも》そうとすると、

「つけないで」

という甲高い声がした。

「何故《なにゆえ》？」

「どうしても」

「……」

「ウッ、ウッ、ウッ、ウッ、ウッ」

「よくぞそこまで、耐えに耐えて」

「ウッ、ウッ、ウッ、ウーッ、ウウッーッ」

「正之、正之」

菊は暗闇に向かって手を伸ばした。

「こないで」

「いつまでもそんなところにおっては」

「だいじょぶ」

「大丈夫とは見えぬ」

「だいじょぶ」

「正之、正之、正之」

「だいじょ――」

「菊姫様」

　廊下でお琴の声がした。

「……お琴？」

「はい。琴でございます。よろしいでしょうか」

「……何用か？」

「失礼いたします」

　お琴は漆塗りの盆を置くと、障子を開けて両手を付いた。

「薬種を持って参りました」

　お琴が盆を持って、中に入ろうとした。

「寄るでないッ！」

　菊姫の剣幕に、お琴はたじろいで動きを止めた。

「……風病が移る。薬種《やくしゅ》を置いて戻りなさい」

「は、はい」

　お琴はうろたえながら、後ずさりした。廊下に出て正座すると、指を付く。

「他に何かお入用《いりよう》な物はありませぬか」

「……手鏡《てかがみ》と櫛《くし》を持って来てくれぬか。髪をとかしたい」

「畏まりました」

一時《いっとき》すると再び奥の間の廊下で、細い声がした。

「菊姫様。琴でございます」

「……ご苦労さま。手鏡と櫛を置いて戻りなさい」

「菊姫様。私に髪をとかせてはいただけないでしょうか」

障子を開けずに、お琴が訊いてきた。

「……なりませぬ。風病が移ると申したではありませんか」

「はい……」

「……それと、権兵衛殿に来てもらって給《たも》れ」

「畏まりました」

手鏡の中の菊の顔は、以前より老いていた。まだ十八なのに。三十路《みそじ》の大年増《おおどしま》のように見えた。

解《ほつ》れた髪。こけた頬。窪《くぼ》んだ眼。目尻《めじり》の皺《しわ》。白粉《おしろい》も口紅《くちべに》もない土気色《つちけいろ》の皮膚——

鏡に映った眼は充血していた。口を開けて頬の内側を見る。小さな白い斑点があった。

夕七《ゆうなな》つ（午後五時）、城に戻ってきた正之は、菊姫を見舞いに奥の間に行った。だが、廊下に出てきた権兵衛に、奥の間に入るのを拒まれた。正之は、構わずに入ろうとした。だが、権兵衛は、絶対に入らせぬという頑《かたく》なな態度で、両手を広げると正之の前に立ちふさがった。そして、曰く、

――菊姫様の容態は変わりないずら。部屋に入ることはお控え下され。風病が移ったら大事《おおごと》ずら。

今、殿が風病でお倒れになったら、誰が土木改修の指揮を執るのか。土木の改修が遅れたら、藩にとっていかほどの損失になるのか。

せっかく、底辺にいた者がやる気を出して、新たな生きがいを見出《みいだ》したというに。それを手折《たお》るのが殿の希《のぞ》みでございますか――

正之は何も応えられなかった。己の些細《ささい》な都合で、大事《だいじ》を滞《とどこお》らせてはならぬ。権兵衛のいう通りだった。

私はいい家臣を持った……

正之は自らが先頭に立ち、下層の者、恵まれない者、身寄りのない者を、土木の改修に起用することで、藩内の秩序を向上させようとした。藩が豊かになれば、領民の暮らしも楽になる。民政を整えると、民心は安定する。

正之は、百姓の年貢も、米一石（一五〇キロ）当たり、六斗三升（九五キロ）だったものを五斗五升（八三キロ）へと引き下げた。新田開発と年貢の引き下げによって、百姓が張り切って稲作に励む様子が見られた。秋には藩への年貢米も増大することだろう。

正之は、土木改修の完成が近いことに手ごたえを感じながら、山形城に戻ろうとしていた。夏の夕陽を正面に見ながら、望月《もちづき》を城に向かって常歩《なみあし》で進ませた。手綱《たづな》を緩《ゆる》めているのに、自分の役割を心得ている望月は、なるべく正之を揺らさないようにして、白壁を赤く染めた城に歩いて行く。普請奉行《ふしんぶぎょう》二名、代官二名、護衛六名の騎馬がついて来る。正之は今日も無事、務めを終えることができたことに安堵《あんど》していた。心に平安があった。

パカラッ！パカラッ！パカラッ！パカラッ！

前方から早馬が二騎、襲歩《しゅうほ》で駆けて来た。望月にぶつかりそうになると、寸前で停まった。

ヒヒーンッ！強く手綱を引かれた早馬は、二頭とも後肢立《あとあしだ》ちになった。

ブルル……望月が静かに停止する。少しも興奮した様子はなかった。味方の早馬であることを理解しているようであった。

カッ！カッ！カッ！カッ！カッ！カッ！六騎の護衛騎馬が、望月の脇をすり抜けて、早馬の前に割り込んだ。

護衛騎馬に構わず、早馬の武士が二人、落下するように馬から飛び降りる。

「申し上げますッ。御正室様《ごせいしつさま》、御危篤《ごきとく》により至急お戻りなさいますよう」

御使番《おつかいばん》の遠藤右兵衛《えんどううへえ》が片膝をついて言上した。黒色羽織紐《くろいろはおりひも》を許された上士《じょうし》である。

「薬師《くすし》の良順殿《りょうじゅんどの》によれば、一刻の猶予も――」

留守居用人《るすいようにん》の荒川忠訓《あらかわただくに》の言葉を最後まで聞くことなく、正之は望月を走らせた。望月は異変を察したのか、襲歩で駆け、その歩幅は三間（五、四メートル）にもなった。護衛の騎馬が必死に正之を追う。だが、護衛も、普請奉行も代官も、望月に置いて行かれた。

東大手門《ひがしおおてもん》が見えた。望月を認めた四名の門番は、慌てて左右に分かれ、門を開けた。門番が藩主に低頭した時には、正之の姿は門を抜けて、二ノ丸塁上《にのまるるいじょう》の三重櫓《さんじゅうやぐら》に向かっていた。小さくなった正之の背中を見送る門番達の耳に、護衛騎馬の蹄《ひづめ》の音が聞こえてきた。

高さ八間（一四メートル）の三重櫓の一層は、六間半（一二メートル）四方の広さだった。その静まり返った板の間に、白い絹の布団が敷かれている。鉄砲狭間《てっぽうはざま》から入り込む夕陽が、布団の一部を茜色《あかねいろ》に染めていた。布団の向こうに、薬師《くすし》の梶原良順《かじわらりょうじゅん》と重臣・長藤権兵衛が土下座していた。

正之が進み出た。布団を見下ろす。蒲団の中の、白い着物を着せられた菊姫の身体は、浄瑠璃人形《じょうるりにんぎょう》のようだった。ピクリとも動かない。顔には白布が掛けられている。

「面《おもて》を上げよ……」

正之は、菊姫の布団の脇に腰を下ろしながら、良順と権兵衛に言った。

良順と権兵衛が、伏し目がちに面を上げた。

「……此度《こたび》はこのようなことになってしまい、誠に申し訳なく、お詫びの言葉もございません……何卒《なにとぞ》、何卒、お許しくださいませ……」

良順が声を絞り出すようにして、正之に詫びた。良順と権兵衛が同時に、床に額を付けんばかりに頭を下げた。

「……其の方らの落ち度ではない。菊姫は定められた長さの命を使い切って、旅立ったのだ……致し方あるまい……」

正之の言葉に、権兵衛が肩を震わせた。

正之は手を伸ばすと、菊姫の顔に掛けられた白布を、静かに引き下ろした。黒髪が整えられ、黒漆《くろうるし》に金の菊をあしらった柘植《つげ》の櫛が、前髪に留められている。白粉が塗られ、猩々緋《しょうじょうひ》の鮮やかな紅が引かれた顔は、常乙女《とこおとめ》（永遠の少女）のようだった。薄い唇が優しく微笑んでいた。眠っているような顔のあちこちに、赤い発疹があった。

「……実は、菊姫様は風病ではなく――」

「知っていた……赤疱瘡であろう……」

「！」

権兵衛の言葉を遮った正之の診立《みた》てに、権兵衛は言葉を失った。殿は全てお見通しだ。

「……しばらく……独《ひと》りにしてくれないか……」

正之の沈鬱《ちんうつ》な物言いに、良順が立ち上がると、静かに出て行った。権兵衛も立ち上がった。

懐から、短冊を出す。低頭しながら、両手で正之に差し出した。

「菊姫様の、辞世の句でございます」

正之は受け取った短冊を見た。細筆の女文字……

――川沿いの　鳴ける蛙《かわず》に　込み上《あ》ぐる
主《あるじ》のごとく　声は潤《うる》みて――

正之の脳裏に、馬見ヶ崎川《まみがさきがわ》の介抱所で働く菊姫の姿が、浮かんできた。馬見ヶ崎川の森では、朝は鳥が鳴き、昼は蝉が鳴き、夕刻は蛙が鳴いた。酷暑の中、菊姫は、病者の世話に追われながらも、生き物の声を楽しんでいた。そして、自身も鈴を転がすように爽やかな声で、屈託のない笑顔で、細く白い腕で、誰彼となく世話をした。正之の評判は、菊姫に負うところも多かった。

「では……」

権兵衛が一礼すると、廊下の障子を開けた。

「権兵衛殿ッ！」

廊下に出ようとする権兵衛を、正之が強い口調で呼び止めた。

「はい？」

権兵衛は背中で聞こうと、後ろ向きで次の言葉を待った。

「……死ぬな」

「！」

「腹を切ることは禁ずる……」

「殿ッ！」

「我が藩では殉死は固く禁ずる！」

「殿、何卒、この老爺《ろうや》にだけはお目こぼしを！」

「ならぬ。其方《そなた》が死を覚悟で介抱に当たってくれたことは承知している。だが、其方を必要としている者は、他にもいるのだ」

「……」

「権兵衛殿、私を一人にしないでくれ。童の頃から一人ぼっちだった私を、見捨てないでくれ、頼む、権兵衛殿、権兵衛、権兵衛……」

権兵衛は廊下へ出ると、後ろ手に障子を閉めた。肩が震えていた。正之は障子に映った権兵衛の影が、上を向いたまま動かないのを見ていた。しばらくしてから、影はゆっくり歩き始め、障子の端から消えた。

正之は改めて、菊姫の目を瞑《つぶ》ったままの顔を見た。睫毛《まつげ》が長い。薄い唇が穏やかな笑みを浮かべている。正之は正座したまま身を屈《かが》めると、菊姫の赤い斑点が浮かび出た頬に、自分の顔を摺り寄せた。両手で挟み込んだその顔は、冬の白菜のように冷たかった。何か聞こえはしないかと、口元に耳を近づけた。何も聞こえない。息遣いさえも感じられなかった。耳に顔を近づけて呟《つぶや》いた。

「……済まない」

菊姫は何の反応も示さなかった。

「菊ッ！済まなかったッ！」

正之は、笑顔の菊姫を抱くと、号泣した……

二十六　夭　折

寛永《かんえい》十五年（一六三八）秋、暮れ六つ（午後六時）。正之が藩内検地《はんないけんち》から城に戻る途中、城の早馬《はやうま》が向かってきた。正之は胸騒ぎがした。前の年に菊姫が亡くなった時も、早馬による危篤《きとく》の報せ《しら》だった。

……だが、今度は危篤ではなく、長男・幸松《こうまつ》死亡の報せだった。正之はそれでも、望月《もちづき》を走らせ、先頭で城内に入った。望月から飛び降り、草鞋《わらじ》を脱ぐのももどかし気に、外した刀を小《こ》姓《しょう》に預けると、三重櫓《さんじゅうやぐら》の三層へと駆け上がり、奥の間へと突っ走った。

小さな白い布団が敷かれた奥の間では、良順《りょうじゅん》と権兵衛《ごんべえ》がうな垂れていた。亡霊のような二人は、正之の姿を認めると、のろのろと手を付いて頭を下げた。

布団はたった三尺（九〇センチ）で、真ん中だけが細く膨《ふく》らんでいる。短い守り刀《まもがたな》が膨らみの上に置かれている。光沢《こうたく》のある絹の白布が、顔に掛けられている。枕元に二本の灯明《とうみょう》が灯されている。勇ましい兜武者《かぶとむしゃ》の絵蝋燭《えろうそく》……

「いつのことか」

「……四半刻《しはんこく》（三〇分）前のことでございます。殿がお出かけになってから、急に病《やまい》が悪化しましして」


良順の言葉にも力がなかった。

「殿がお戻りになるまではと、ぎりぎりまで耐えていたのかもしれませぬ……」

権兵衛が目の下に隈《くま》をつくって言った。

「……大儀《たいぎ》であった。独《ひと》りにしてくれ」

良順と権兵衛は、深々とお辞儀をすると、薬籠《やくろう》を手にして立ち上がった。

「……権兵衛殿」

「はい……」

権兵衛は、良順が出て行った障子を閉めると、背中で正之の次の言葉を待った。

「……」

次の言葉は出てこない。

「殿……不肖長藤権兵衛、至らぬながらも二十年、殿にお仕えしてきました……」

「……」

「……死にはしませぬ……」

「！」

「殿がもうよいと仰るまでは……腹は切りませぬ……」

「権兵衛殿！」

「……愚かな拙者でも、殿のお気持ちだけは解ります」

「権兵――」

権兵衛は廊下に出ると、後ろ手に障子を閉めた。その権兵衛の背中に、嗚咽《おえつ》をこらえる正之のくぐもった声が聞こえてきた。

権兵衛は、見開いた目からぼたぼたと涙を落としながら、無言で廊下を歩いた。

正之は泣きじゃくりながら、幸松の顔の上の白布に手を伸ばした。両手で布の上辺をつまむ。そっと少しずつ剥いだ。指先がぶるぶると震える。くるくるとよく動いていた両目は、眠っているように閉じられていた。閉じられた瞼《まぶた》に、水滴が雨垂《あまだ》れのように落ちた。利発そうによく話した口も、微笑むように閉じられている。幸松の眠っているような顔が、生まれてからの幸松の思い出を、次々に蘇らせた。

オギャア、オギャア、オギャア――元気な赤ん坊の泣き声がしたかと思うと、赤ん坊を抱いた菊姫が、顔を出した。正之は、菊姫に赤ん坊の抱き方を教わりながら、ぎこちなく赤ん坊を抱いた。一旦は泣き止んだ赤ん坊が、正之が抱いた途端、再び泣き始めた。脇から赤ん坊の顔を覗き込み、バアと両手を広げて菊姫があやした。赤ん坊が泣き止んだ。

正之は二子《ふたつご》（二歳）になった幸松の両脇を持って、睨めっこをした。幸松は怖がる素振りもなく、キャハハと笑っている。たまにしか会えない男親なのに、遊びを楽しんでいた。自分の幼い頃とは、まるで違う。この子には、寂しい思いはさせたくない。日向《ひなた》で育てるのだ。気配を消して、奥座敷だけで過ごすようなことは、あってはならない。

望月は人の気持ちが分かる――望月に乗り、幸松を前で抱えながら、正之はそう思った。片手で持った手綱《たづな》の意味を理解し、正之よりも、どちらかといえば、幼い幸松の身体の揺れに自身の歩行の揺れを合わせている。三歳の幸松は、真似事で手綱を握った。その跳ねるような手綱の動きに合わせてくれようとする。幸松は大喜びだ。正之も嬉しかった。

大雪が降った翌朝。正之は四歳の幸松に藁沓《わらぐつ》を履かせると、青空の下に連れ出した。雪まろげ（雪だるま）を一緒に作ろう。絵草紙《えぞうし》で見た雪まろげは、稚児《ちご》の倍の背丈があった。あのように大きな雪まろげを作ろう。正之は小さな雪玉を作ると、幸松に雪玉を雪の中で回すように言った。幸松が回すと、回した分だけ大きくなった。幸松の笑顔がこぼれた。

後《あと》から後《あと》から幸松の顔が、狂言の面のように浮かんできた——泣きっ面《つら》。満面《まんめん》の笑《え》み。口を尖らせて怒った顔。優しい表情。いやいやする拒否の顔。安らかな寝顔……

正之の脳裏を、幸松の笑い顔が、泣き声が、抱いた時のぬくもりが、身体の重みが、走馬灯《そうまとう》のように駆け巡った。

御包《おくるみ》の中で顔を真っ赤にして泣いていた赤子は、菊姫が寝かせて襁褓《むつき》（おしめ）を取ると、心地よくなって細く短い脚をパタパタさせた。

乳母の乳房《ちぶさ》には顔をそむけ、菊姫の乳房に夢中で吸い付いた。

正之が乳母のいう通りに、盥《たらい》に張ったぬるま湯に漬け、晒《さらし》でそうっと身体をさすると、大《おお》欠伸《あくび》をした。

待て、待て、待て――正之が這って追いかけると、ケタケタと笑いながら這って逃げた。障子に摑まりながらやっと立ち上がったものの、よろけてひっくり返った時の驚きと、無事だった安心。泣きべそと悔《くや》し泣き。

トウ――ある日突然、正之に向かって発した言葉。カアの次に覚えた言葉。

走馬灯がゆっくりになって、そして、止まった。幸松が動きを止めた。幸松の時の流れは四歳で止まった。

幸松、幸松、幸松……何故みんな私の前から消えていくのだ！私はいつまで経っても、一人で過ごさねばならないのか！

――傷心の日々を送っていた正之を救ったのは、明くる年の参勤交代の命だった。正之は、山形藩の繁栄を強く願いながらも、参勤交代の準備に忙殺される日々を、ありがたいと思った。

留守居役《るすいやく》と一緒に、三重櫓《さんじゅうやぐら》から隅櫓《すみやぐら》や枡形門《ますがたもん》、大手門《おおてもん》を隈なく見て回り、防備を確かめた。望月《もちづき》に乗り、田や畑やため池、商家、町屋に赴《おもむ》いた。普請奉行《ふしんぶぎょう》を引き連れて、馬見ヶ崎川《まみがさきがわ》の増強箇所を点検する。築堤《ちくてい》の補修箇所を丹念に見て回る。介抱所跡では、森や川、梢《こずえ》の間《あいだ》や草《くさ》叢《むら》、至る所から菊姫の顔、声、白い指、着物までが鮮やかに蘇ってきた。

望月を止めて、目を瞑《つぶ》ると、深く息を吸う。しばらくして菊姫の顔が朧気《おぼろげ》になると、代わって幸松の満月のような笑顔が浮かんできた。正之の心は千々《ちぢ》に乱れた。

正之は江戸に赴《おもむ》けば、出羽の哀しみや嘆き、不幸せから逃れられそうな気がした。過去《かこ》を断ち切って、新しい半生を過ごせそうな気がした……

二十七　国替

「　源正之肥後守《みなもとまさゆきひごのかみ》、秀忠公御末男保科正之《ほしなまさゆき》ニ命ズ

一、出羽《でわ》・二十万石山形藩主ヨリ陸奥《むつ》・二十三万石会津藩主へ国替《くにがえ》

一、会津南山《みなみやま》（現　南会津郡南会津町《みなみあいづぐんみなみあいづまち》）御蔵入領《おくらいりりょう》（幕府直轄領）五万五千石、預ケ置ク

寛永二十年文月四日

第三代征夷大将軍　徳川家光《とくがわいえみつ》　」

将軍・家光は孤独だった……

元和《げんな》九年（一六二三）文月《ふづき》（七月）二十七日に征夷大将軍になって以来、周囲に人材は揃っていたものの、心が安らぐことはなかった。

幕閣には、老中として土井利勝《どいとしかつ》、酒井忠勝《さかいただかつ》、松平信綱《まつだいらのぶつな》、堀田正盛《ほったまさもり》らがいた。老中とは江戸幕府の最高職で、二万五千石以上の大名から任命される。政《まつりごと》を為すには、そうそうたる顔ぶれだった。それでも家光にとっては、異母弟・正之こそが頼れる人物だった。

寛永《かんえい》九年（一六三二）睦月《むつき》（一月）に、父・秀忠《ひでただ》がなくなった際には、銀五百枚を御遺物《ごいぶつ》（形見）として正之に与えている。

弥生《やよい》（三月）の芝・増上寺《ぞうじょうじ》での霊廟建立《れいびょうこんりゅう》では、正之を取りまとめ役として、任命した。

翌月の祖父・家康の十七回忌に当たっては、霊廟・日光東照宮《にっこうとうしょうぐう》に参るのに、正之を同行させている。

師走《しわす》（十二月）、正之は従五位下《じゅごいげ》から従四位下《じゅしいげ》に叙《じょ》せられた。従四位下という位階《いかい》（地位の序列）は、通常、十万石以上の大名に授けられるもので、三万石の高遠藩主・保科正之にとって、破格の扱いだった。

家光は、この弟をいたく可愛がり、同時に頼りにもした。正之の目には、一点の曇りもなく、その言葉にも、全く欲がなかった。家光はこの真っ正直な弟に、心底魅了された。

正之を会津藩主に任命した際、わざわざ秀忠公末男と付け加えたのも、正之の家柄を天下に知らしめるためである。

知行地は会津二十三万石に加えて、天領五万五千石も任された。実質二十八万五千石は、徳川御三家の一つ、水戸藩《みとはん》の二十八万石に匹敵する。家光の正之に対する並外れた待遇が、見てとれた。

江戸城の東南、和田倉堀《わだくらぼり》と桔梗掘《ききょうぼり》に囲まれて、正之の上屋敷《かみやしき》はあった。鍛治橋内《かじばしない》にあった屋敷を、桜田門内《さくらだもんない》に移したものである。九千余坪の広い敷地には、入口に唐破風《からはふ》造《づく》りの門があり、左右に番所《ばんしょ》があった。武家屋敷の中でも、最も格式の高い門で、十万石以上の国持ち大名だけに許された門構えだった。

その門から、番所の門番が低頭する中、騎馬がひっきりなしに出ていった。芝の中屋敷《なかやしき》へ向かう使番《つかいばん》の藩士だった。

中屋敷は、寛永十六年（一六三九）に拝領した二万坪を超す武家屋敷だった。山形藩主だった正之の希望で、海が見える景勝地を拝受していた。正之が登城しない時には、ここで居住する、上屋敷の控え屋敷でもあった。中屋敷の北には、仙台藩の伊達屋敷《だてやしき》があり、東には舟路《しゅうろ》（船の通る航路）を隔てて、濱御殿《はまごでん》（浜離宮《はまりきゅう》）がある。伊達屋敷とは知行地の山形と仙台を結ぶ二《ふた》口街道《くちかいどう》で、物資の輸送があった縁から、堀に架かる橋を渡って行き来があった。

中屋敷からも、上屋敷に向かって、荷馬車や騎馬、足軽、中間が引く荷車の列が途切れることなく、移動していった。膨大な量の長持《ながもち》や箪笥《たんす》、得物《えもの》（武器）、米が運ばれ、移封《いほう》の準備が慌ただしく始まった。


寛永十三年（一六三六）、七年前の高遠藩《たかとおはん》から山形藩《やまがたはん》への国替《くにがえ》の時とは、全く勝手が違った。高遠藩三万石の知行では、移動する家臣の数は三百名余だった。会津藩二十三万石では、下向《げこう》（都から地方へ行くこと）する家臣団は足軽を含め一千名、これに中間《ちゅうげん》、小者《こもの》、女人《にょにん》、数百名が加わる。

大名行列の乗物《のりもの》駕籠《かご》が十挺、馬上侍《ばじょうざむらい》（騎馬）が五十騎、幟旗《のぼりばた》三十旒《りゅう》、槍百本、弓七十張《はり》、鉄砲百挺、荷馬車六十乗など、大身《たいしん》の大名としての体裁《ていさい》を保つ必要があった。

大藩・会津への移封は、将軍家に対して、越後《えちご》（新潟）や陸奥《むつ》（青森・岩手・宮城・磐城）、上野《こうづけ》（群馬）、下野《しもつけ》（栃木）の進出を拒むための防塁となる恰好の機会だ、と正之は思った。

これほどまでに、自分を信じて引き立ててくれる将軍・家光に報いる方法は、他に考えられない。

寛永二十年（一六四三）文月（七月）三十日《みそか》朝五つ（午前七時）、保科正之を新藩主とする、会津藩の大名行列が、桜田門内の会津藩上屋敷を、厳《おごそ》かに出発した。

留守居役《るすいやく》の重臣や武士、中間、小者、女人達百二十名が低頭して見送る中、供の奴《やっこ》が持つ毛槍《けやり》十本を先頭に、幟旗八旒、護衛の騎馬二十騎、乗物駕籠五挺が続き、徒士《かち》や足軽、荷駄、女乗物、女人、殿騎馬《しんがりきば》まで、行列の長さは十五町（一、五キロ）にも及んだ。

朝四つ（午前九時）の暑熱が厳しくなってきた頃合いでも、行列は粛々と進み、街道の両側で見送る人々も、行列が目の前に来ると、首《こうべ》を垂れた。正之の乗る四枚肩《しまいかた》（四人担ぎ）の乗物駕籠の後ろには、交代の駕籠者が八名も控え、万が一の時には、駕籠を担いで駆け抜けるようになっていた。

正之は乗物の引き戸を開け放ち、見送り人《びと》から自身の姿が見えるようにした。乗物は、金箔《きんぱく》で幸《さいわ》い菱《びし》の文様が飾られている。見送り人は、その乗物の引き戸が開けられているのに気付くと、行列の主君を一目見ようと、僅かに面《おもて》を上げた。

乗物には九曜《くよう》の紋所《もんどころ》があった。行列を見送った後で、人々は疑念を口にした。

保科様は何故、葵紋《あおいもん》をお付けにならぬ……

そもそも、第三代将軍・家光様の弟君《おとうとぎみ》でありながら、徳川を名乗らないとはどういうことじゃ……

家光は一月前《ひとつきまえ》、会津藩主に任命した時、既に正之に勧《すす》めていた。

――これからは徳川を名乗るがよい――

「ありがたきお言葉にございます。ですが、幼少の私を引き取って育ててくれた、養父・保《ほ》科正光《しなまさみつ》様のご恩を忘れぬためにも、保科姓《ほしなせい》を名乗らせては頂けないでしょうか」

――紋所は葵紋《あおいもん》の使用を許す。何かと役に立つことだろう――

「勿体ないことでございます。将軍家の親藩として、お役に立てるようになった際には、葵紋を付けさせていただきます。それまでは九曜紋の使用をお認め下さいますよう」

――まっこと律儀よのう――

「乗物の文様は幸い菱にございます」

——亡き見性院殿《けんしょういんどの》への気兼ねからか——

「それもありますが……高遠へ参る際、その重さに耐えきれず、信玄公の形見の打刀を投げ捨ててしまったことがありました」

——幾つの時か——

「七つでした」

——童《わらわ》ゆえ仕方がない——

「いいえ、辛抱が足りなかったのでございます。未《いま》だに後悔しております。二度とあのようなことはしないと、決意しました」

——正之——

「はい」

——これからも私の片腕であり続けてくれ——

「誓って」

——頼んだぞ——

「……」

正之は静かに頭を下げた。家光は丸められたその背中から、忠義の焔《ほむら》が立ち昇っているのを見た……

　江戸城を離れると、熱風が幾らか和らいだ。会津藩の大名行列は、奥州街道《おうしゅうかいどう》を北上し、荒川《あらかわ》に架かる千住大橋《せんじゅおおはし》を渡った。橋の上では川風が吹き、涼しさが心地よい。千住《せんじゅ》は戸数三千という大きな宿場だった。千住宿《せんじゅじゅく》（武蔵国・東京都足立区）を過ぎ、草加宿《そうかじゅく》（武蔵国・埼玉県草加市）、越ヶ谷宿《こしがやじゅく》（武蔵国・埼玉県越谷市）を過ぎ、粕壁宿《かすかべじゅく》（武蔵国・埼玉県春日部市）に入った時には、夏の太陽が傾いていた。初日は九里（三六キロ）余を歩き通した。

　葉月《はづき》（八月）一日。行列二日目。杉戸宿《すぎとじゅく》（武蔵国・埼玉県北葛飾郡杉戸町）から幸手宿《さってじゅく》（武蔵国・埼玉県幸手市）を過ぎ、栗橋宿《くりはしじゅく》（武蔵国・埼玉県久喜市）を過ぎて、利根川《とねがわ》に架かる長い利根川橋《とねがわばし》を渡り、中田宿《なかだじゅく》（下総国・茨城県古河市）に至る。八里（三二キロ）余の行程だった。

　女乗物には、正之の継室《けいしつ》（後妻）・万《まん》と二歳の長女・媛《えん》が一緒に乗り、三歳の次男・虎菊《こぎく》は、乗物に一人で乗っていた。

　葉月二日。行列三日目。連日の暑さに、行列の人も馬も消耗しながら、旅を続けた。大名行列は、会津藩の場合、軍事訓練の意味を持ち、強いては徳川幕府への絶対忠誠を示す場でもあった。

町人や百姓にとっては、往来や街道を通り過ぎる時の旗持ちの掛け声「片寄れー、片寄れー」に続いて進んで来る大規模な行列は、胸躍らせる見ものだった。会津藩の威風堂々たる行列は、華美を排して無骨ではあるが、一糸乱れず統制されており、騎馬も人も歩を揃えた進軍は、見事だった。必然、見物人の評価は、藩主の統率力へと結び付いていく。

行列は古河宿《こがじゅく》（下総国・茨城県古河市）を過ぎて、下野《しもつけ》に入った。野木宿《のぎじゅく》（下野国・栃木県下都賀郡野木町）を過ぎ、間々田宿《ままだじゅく》（下野国・栃木県小山市）を過ぎ、小山宿《おやまじゅく》（下野国・栃木県小山市）を経て、新田宿《しんでんじゅく》（下野国・栃木県小山市）、小金井宿《こがねいじゅく》（下野国・栃木県下野市）、石橋宿《いしばしじゅく》（下野国・栃木県下野市）を抜けると、雀宮宿《すずめのみやじゅく》（下野国・栃木県宇都宮市）である。

炎天下の十一里強（四五キロ）を歩き抜いた一行は、雀宮の本陣《ほんじん》や脇本陣《わきほんじん》、宿《やど》に入ると、行水《ぎょうずい》を使い、韮蕎麦《にらそば》を流し込むと、泥のように眠った。


葉月三日。出発後四日目。大名行列は村雨《むらさめ》に見舞われた。ひとしきり強く降ったかと思うと、突然止んで日差しが強くなり、ひどく蒸した。雨を吸い込んで重くなった蓑《みの》を脱ぎ、汗を拭きながら黙々と進んだ。午後には、時々落雷があり、女人達が悲鳴を上げ、馬が騒いだ。

宇都宮宿《うつのみやじゅく》（下野国・栃木県宇都宮市）を過ぎ、白沢宿《しらさわじゅく》（下野国・栃木県宇都宮市）、氏家宿《うじいえじゅく》（下野国・栃木県さくら市）を過ぎた。

――どのような状況であれ、会津藩の大名行列であることを自覚せよ。見物人に決して見苦しい行列を見せてはならぬ……

正之自身が、乗物駕籠の引き戸を解放して、背筋を伸ばし、顎を引いた姿勢を保ち続けた。ゆったりと肘を張り、狩衣《かりぎぬ》から出された両手は、狩袴《かりばかま》の上に揃えられていた。

視線は常に、乗物の内部前方に描かれた鷲《わし》に据えられている。険しい高山の上を舞う鷲は、獲物を狙うように、広げた翼と頭を下界に向けている。その鷲と終日向き合っている。鷲の姿勢は、攻めの構えで、上段《じょうだん》である。火の位《くらい》と云われるほどの気構えだ。その鷲に対して、平青眼《ひらせいがん》で構える。鷲が襲ってきたら、右籠手《みぎこて》と面《めん》を護る。己からは一番近い距離にある鷲の左翼《さよく》を狙う。鷲が爪で面を打ってきた時に、返し技で爪の付け根を狙う。刀は要らない。あくまでも素手で身を護る。塚原卜伝公のように。

――会津中将様《あいづちゅうじょうさま》はお美しい方じゃ――

――会津藩は堂々としている――

――会津のお殿様は意志が固そうじゃ――

――戦《いくさ》になれば会津は奮戦するじゃろう――

見物人は行列が通り過ぎると、行列の出来を口にした。それは間違っていなかった。喜連川宿《きつれがわじゅく》（下野国・栃木県さくら市）に着いた時には、一行の誰もが疲労困憊していた。この日も九里（三六キロ）を進んでいた。だが、行列の一行に気の緩みは感じられなかった。

葉月四日、行列五日目。正之は風が唸る音で目が覚めた。夏の明け六つ半（午前五時）、夜が明けたはずなのに、薄暗い。不安が胸をよぎった。屋根に当たる雨音も聞こえる。

「殿……」

本陣・御成《おな》りの間の廊下で、遠慮がちな声がした。

「三郎兵衛《さぶろべえ》か。起きている」

正之は、家老・田中正玄《たなかまさはる》を通称で呼んだ。二人だけの時に限られていたが。

静かに障子が開けられた。

「雨と風が強うございます。本日の旅立ちはいかがいたしましょうか」

「他の者は何と言っている？」

正之は、三郎兵衛に他の重臣達の考えを訊いた。三郎兵衛が重臣達の考えをまとめずに見参《けんざん》するはずがない。

「一日、二日ずらしたところで、空合《そらあい》（天気）がよくなるとは限らぬと……」

「三郎兵衛はどう思う？」

「念のために一日は様子を見るべきかと」

「他の者は合点《がってん》（納得する）か？」

「無理と存じます」

「ならば、出掛けるしかあるまい……」

「はっ。触れを出し、朝五つ（午前七時）の出立《しゅったつ》といたします」

「頼む」

正之よりも三歳下の家老・田中正玄は、正之と同じ考えで藩政を取り仕切った。正之は正玄に己を見ていた。


雨と風の中を、会津藩の大名行列が動き出した。笠を被って、蓑を着た見物人が数十名、濡れそぼって街道脇に立っている。黙って低頭する見物人は、藩主の乗物の引き戸が開いているのに驚いた。目を丸くして、乗物を見る。藩主は濡れるのも構わずに、開け放った引き戸からその端正な姿を見せていた。これまでとは違って、見送り人は遥かに少なかったが、乗物は威厳を保っていた。

「片寄れーッ！片寄れーッ！」

雨の中、行列の進行を告げる前触れが二名、左右対称に歩を運び、毛槍《けやり》が続いた。時折強く吹き付ける風に抗して、徒士《かち》が笠《かさ》や蓑《みの》を押さえ、足軽は風に煽《あお》られる槍や弓をしっかりと握り直した。風が収まると、再び整然とした行列に戻った。

騎馬の蹄《ひづめ》の音も湿っていたが、馬上の武士は富士笠《ふじがさ》や編笠《あみがさ》から滴《したた》る雨垂れを拭うこともなく、女人達も市女笠《いちめがさ》や折編笠《おりあみがさ》から垂れる水滴を、気にしていないように見えた。

大名行列が佐久山宿《さくやまじゅく》（下野国・栃木県大田原市）を出ると、直ぐに箒川《ほうきがわ》に差し掛かった。川幅は狭いが、橋は粗末な木橋が一本架かっているだけだ。長さ二十間（三六メートル）、幅一間半（二、七メートル）の手狭な橋は、乗物は一挺、騎馬なら二列、徒士は四列ずつで、前との間を空けて渡らなければならない。濡れて滑りやすい木橋を、行列が渡り終えるには、一刻（二時間）を要した。

大田原宿《おおたわらじゅく》（下野国・栃木県大田原市）を過ぎ、鍋掛宿《なべかけじゅく》（下野国・栃木県那須塩原市）に着いた時には、行列はずぶ濡れになっていた。

雨が強まっていた。地面に一面の水溜まりができている。時折、雷が辺りを一瞬、昼の明るさにした。青い稲妻が黒雲から地表に伸び、遅れて雷鳴が轟いた。

鍋掛宿の目と鼻の先、北一町（一〇〇メートル）には那珂川《なかがわ》があった。那珂川には橋が架かっていない。舟渡しで川幅八十間（一五〇メートル）の川を越えるしかなかった。

正之は、駕籠を降りると、直ぐに本陣・御成りの間に入った。小姓に家老・田中正玄《たなかまさはる》と、護衛役・東海林義之介《とうかいりんぎのすけ》、相良忠助《さがらただすけ》、遠藤峰一郎《えんどうみねいちろう》、小坂源太郎《こさかげんたろう》、若林衛《わかばやしまもる》の上士五名を呼びに行かせた。

狩衣《かりぎぬ》・狩袴《かりばかま》から小袖《こそで》・小袴《こばかま》に着替えた正之は、脚絆《きゃはん》をきつく巻いた。

「……田中正玄と東海林義之介以下五名、参りました」

障子の外で正玄の声がした。

「入れ」

正之が九曜紋の入った陣笠の紐を固く締めていた。

「殿……」

正玄は、正之の格好を一目見て、全てを理解した。

正之が話し始める。

「庄屋から絵図を借りてきた。この雨では、先ず明日も川止めじゃ。今夜のうちに舟宿へ行って、舟と船頭を寄せて（予約）おく」

「暗くなってまいりました故、馬周《うままわ》りの人数を倍にいたしとうございますが……」

儀之介が遠慮がちに申し出た。

「数が多くなると、遅れる者が出てくる。五名で十分じゃ」

「ははーっ」

儀之介以下、護衛役が揃って頭を下げた。

「物見《ものみ》の件は、某《それがし》から他の者に説いておきます。望月《もちづき》を用意させますが、他に何かございますれば」

「何もない。それで十分じゃ」

正之は満足して応えた。阿吽《あうん》の呼吸だった。

翌日、葉月五日には、雨と風が狂ったように暴れ回った。

鍋掛宿では、滝のように猛烈な雨が降り、飛沫《しぶき》で辺りが白くなった。暴風は木々の枝を折り、葉を散らせ、屋根の瓦や萱を剥がして、吹き飛ばした。

　宿場入口に積み上げられた火消し四斗樽《しとだる》（七二リットル）が、風で回されて空《から》の樽のように、宿場の中道《なかみち》をゴロゴロと転がる。火《ひ》の見櫓《みやぐら》もぐらぐら揺れる。

　空気が冷やされて涼しくなった通りからは、人通りが絶えた。吹き飛ばされてくる桶《おけ》や、竹箒《たけぼうき》が戸板《といた》を叩き、筵《むしろ》は大鷲《おおわし》のように空中を舞った。宿場は息を潜めて、暴風が通り過ぎるのを待つ。

　もくもくと湧く黒雲《くろくも》から、真っ青な光が伸びると、光芒一閃《こうぼういっせん》、瞬時に明るくなった。直後にドッガーンッ！と耳を張り裂かんばかりの雷鳴が轟《とどろ》く。ごろごろという雷鳴の前触れがあり、直ぐに落雷がある時は、雷が近くの低い空にある時だ。

　放電による空の明滅、大音響の雷鳴は一刻（二時間）も続いた。


「雷三日」

「ということは、明日は雷はないということでしょうか」

「恐らく」

「安堵《あんど》いたしました。これ以上の遅れは会津の領民にも迷惑をかけてしまいます故」

「案ずるな、三郎兵衛。会津の民は辛抱強いと聞く」

「はい。某もそのように聞いてはおりますが。では、明朝……」

御成りの間を辞した正玄は、明日の行程を思い浮かべてみた。この停滞の間にやるべきことはやった。停滞の間でも正之は歩を止めることはない。

家光、幕府老中、国境《くにざかい》を接する各藩へ文《ふみ》を認《したた》め、これまでの道中の様《さま》を知らせた。先遣隊《せんけんたい》への指示も追って出した。即ち、正之到着せしも、大仰《おおぎょう》な出迎えは不要。いつも通《どお》りの働きにいそしむ可《べし》。是《これ》、武士も百姓も同様也《どうようなり》……

華美を嫌い、質実剛健《しつじつごうけん》を旨とする、正之の信念。自《みずか》らが根っからの働き者、労を惜しまない君主なのだ。そのような人物に仕えることができる自分は、幸せだと正玄は思った。


葉月六日。七日目。朝四つ（午前九時）に正之は、大名行列を出発させた。雨は上がっていたが、樹々は濡れて光り、街道のあちこちに霧が出ていた。漂っているように見える霧は、どんよりとして暗く、重く、風を伴っていた。しかし、風が吹くたびに霧が薄れ、日差しが強まった。

那珂川沿《なかがわぞ》いの土手の下が、キラキラと光っていた。石で固められた川岸は、川面より一尺（三〇センチ）ほど高くなっており、さざ波が立つ川面は、光を反射させて輝いていた。石垣の上に、白壁、瓦屋根の舟宿《ふなやど》が見えた。石垣や白壁に、川の輝きが反射して揺らめいている。

毛槍《けやり》と幟旗《のぼりばた》が林立する舟宿脇の石段を、前方に四騎、後方に八騎、護衛の騎馬を従えた正之の乗物が降りていった。四騎の護衛騎馬が川の手前で、左右に分かれた。川岸には十艘の高瀬《たかせ》舟《ぶね》と八艘の平田舟《ひらたぶね》が、上流方向に整然と並んで舫《もや》われている。

ひたひたと川波が打ち寄せる岸辺には、六名の男達が低頭して正之を待っていた。雨上がりの蒸した空合《そらあい》（天気）に、紋付《もんつき》羽《は》織袴《おりはかま》の男達は、汗をかいている。正之は急いで乗物から降りた。

「……面《おもて》を上げよ」

「はっ」

正之の言葉に、男達は遠慮がちに顔を上げた。男達は、郡代《ぐんだい》、代官《だいかん》、庄屋《しょうや》、名主《なぬし》、肝煎《きもいり》、舟宿の主《あるじ》だった。

「……見送り、ご苦労である」

正之は、一人一人の顔をゆっくり見回しながら、頷いて言った。

「め、滅相《めっそう》もございません。此度《こたび》は二日続けての川止めで、大変ご迷惑をお掛けしました。まことに、も、申し訳ございません。申し訳ございません！」

「申し訳ございません」

「どうか、お許しくださいませ」

「会津様のお役に立ちたいとは思いますが、これぱっかりは、手前共《てまえども》の力では何とも――」

舟宿の主の言葉を、正之が遮って言った。

「解っておる。夕べのように増水している時には、舟を出す方が無謀というものじゃ。主《ぬし》は川をよく知っている。感心じゃ」

「も、勿体ない、お、お言葉で――」

主の声は上擦《うわず》っていた。

「川を制する者は、国をも制する……」

正之が呟く。

「どなたのお言葉ですか？」

「忘れた……」

騎馬で後ろに控えていた、会津藩船手頭《ふなてがしら》（船手組の長）・大沼長兵衛《おおぬまちょうべえ》が、横を向いて噴き出した。同じく羽田与治郎《はたよじろう》も下を向いて、肩を震わせている。笑いを堪えていた。二人共、山形藩時代に、馬見ケ崎川《まみがさきがわ》の土木の営みで、苦労していた。

「では、舟に案内させていただきます。おーい、浪治《なみじ》ーィ」

「へーいッ」

舟宿の主に、浪治と呼ばれた船頭が下帯一つで駆けて来た。赤銅色《しゃくどういろ》に日焼けした肌、堅い腹、盛り上がった腕をしている。

「会津のお殿様と乗物を平田舟に案内《あない》せよ。会津様は将軍・家光公の弟君《おとうとぎみ》であられる。くれぐれも粗相《そそう》のないようにな」

「へい。承知しやした。会津様、どうぞこちらへ」

正之は浪治に付いて、舫ってある高瀬舟を過ぎ、平田舟に向かった。一番手前の平田舟では、水夫《かこ》六名が屈《かが》んで、舟を押さえている。

「この舟にはお殿様と、御乗物《おのりもの》、御駕籠衆《おかごしゅう》が乗ることになった。会津様は将軍・家光公の弟君であられる。くれぐれも粗相のないようにな」

「合点だ」

「任せてくれ、親方」

「ぴくりとも揺らさねえで、渡して見せまさあ」

正之は船頭と水夫達のやり取りを可笑しく聴いていた。浪治は舟宿の主の言葉を、そっくりそのまま自分の言葉として伝えていた。なかなかに機転が利く――

平田舟は次々に乗物や千両箱、護衛役、継室と姫君、若君、女人を載せると、川での戦《いくさ》のように、艪《ろ》や竿《さお》を使い、何艘も揃って、二町（二〇〇メートル）先、下流の対岸を目指した。大きな和船は川の流れに、逆らうことなく進んだ。

正之は、眼を細めて対岸を眺めた。ゆったりとした横揺れはあるものの、川面と同じ高さから見る景色は飽きることがなかった。涼風《すずかぜ》が心地よい。心が解放された。

平田舟は長さ九間（一六メートル）、幅二間（三、六メートル）の木造の川船《かわぶね》で、百石（二八立方メートル）積《づみ》だった。

対岸へ着いて人や乗物を下ろすと、舟着場《ふなつきば》へと取って返す。家格《かかく》の高い者達や武士を渡し終えると、高瀬舟も用いられた。

平田舟より小さい高瀬舟は、馬、荷車、足軽、中間、小者を載せて、対岸を目指す。高瀬舟は吃水《きっすい》の浅い木造船で、長さ五間（九メートル）、幅五尺（一、五メートル）、五十石（一四立方メートル）積だった。

人や馬を渡し終えた高瀬舟は、最後に米俵《こめだわら》、酒樽《さかだる》、醤油樽《しょうゆだる》、長持《ながもち》、箪笥《たんす》を積んだ。箪笥だけでも二十棹《さお》、高瀬舟五艘を必要とした。荷を積んで幾往復《いくおうふく》かすると、船頭や水夫達の鉢巻を締めた額に、瘤《こぶ》のような肩に、分厚い胸板に、汗が光った。日に焼けて引き締まった身体の男達が、胴間声《どうまごえ》を張り上げる船頭の拍子に合わせ、小気味よく艪《ろ》や竿を操る。躍動する水夫達によって、高瀬舟は川を自由に行き来する。右に左に、波に合わせながら、素早く移動する。高瀬舟に命が吹き込まれる。命を吹き込まれた高瀬舟は、川面を縫って滑らかに移動していく。

舟渡しで越堀宿《こえぼりじゅく》（下野国・栃木県那須塩原市）に入った一行は、夕餉《ゆうげ》に出された那珂川の鮎《あゆ》の旨さに目を見張った。旅の辛さが癒された一刻だった。

葉月七日。八日目。昨日は停滞の後の川渡しが、行列の疲れを癒していた。

朝五つ（午前七時）に越堀宿を出立した一行は、明るい顔付きで移動を続けた。全ての乗物の引き戸が開けられ、浅い低頭の見送り人は、藩主や継室、嫡女、嫡男の顔を見ることができた。それは雛人形や五月人形に似ていた。藩主は威儀を正しながらも、親しみ深い穏やかな表情をしている。生きた内裏雛《だいりびな》が駕籠に乗って、進んで行く。

――会津様は将軍の弟君《おとうとぎみ》というのは本当か？――

——本当だ——

——なら、何故徳川様を名乗らぬ？——

——幼い頃育ててくれた保科様の恩を忘れぬためらしい——

——義理堅い事じゃ——

——保科正之様が入った山形藩は栄えたと聞く——

——それで今度は越後や関東を抑える大事な会津のお殿様を命じられたわけか？——

——そうだ。会津は今でも雄藩だが、今後ますます発展するだろう——

——そうか。では、今のうちにもう一度よくお顔を拝んでおこう——

ひそひそ話をしていた二人の商人は、通り過ぎる正之の駕籠に向かって、深々と頭を下げながらも、上目遣いに正之の顔を盗み見た。

澄みきった青空に、雄大な入道雲が湧いている。蝉のけたたましい鳴き声が、なおさら炎暑をかき立てる。暑苦しさに耐えながら、行列は芦野宿《あしのじゅく》（下野国・栃木県那須郡那須町）に着いた。本陣、脇本陣、茶屋で四半刻（三〇分）の休息をとる。冷たい湧き水を飲み、竹筒に入れ、井戸水で冷やされた真桑瓜《まくわうり》を食った。冷たい瓜が腹に落ちると、身体が元気になった。日に焼けた顔に、笑顔が浮かぶ。笹にくるまれた餅《もち》が昼餉《ひるげ》用《よう》に一個ずつ、全員に配られた。活気を取り戻した行列が進み始める。

半刻（一時間）ほどすると、山道を進む行列が止まった。道の脇の岩の間から清らかな湧き水が流れ落ちている。柄杓《ひしゃく》が三本、岩に立て掛けられているのを見ると、旅人はここで清水《しみず》を飲み、涼をとるのだろう。

正之が清冽な湧き水を飲み終えると、先頭の毛槍衆から順に水を飲んだ。水を飲み終えた者は、懐に入れていた餅を食う。餅を食い終えた行列は、再び進み始めた。

昼九つ（正午）、杉林の中の、下野国《しもつけのくに》と陸奥国《むつのくに》の国境《くにざかい》・境《さかい》の明神《みょうじん》に着いた。人気《ひとけ》のない社《やしろ》があるだけだった。この先はいよいよ陸奥国だ。心なしか緑が濃くなって、青々と繁った樹々の間を抜けてきた風が、涼しかった。重たくうるさかった蝉しぐれも、いつの間にか細かく短い、山深い蝉の鳴き声に変わっている。

酷暑の中を歩き続けて、白坂宿《しらさかじゅく》（陸奥国・福島県白河市）を過ぎ、夕七つ（午後五時）、やっと白河宿《しらかわじゅく》（陸奥国・福島県白河市）に着いた。越堀宿を出てから、七里半（三〇キロ）を進んでいた。白河宿からは、奥州街道を離れ、会津街道を進む。今宵は早めに休むことになる。

葉月八日。九日目。どんよりと曇った空は低く、細雨《さいう》が降っている。陰惨《いんさん》な雨の中、大名行列は白河宿を出発した。

毛槍衆《けやりしゅう》が回しながら空に向かって伸ばす十本の毛槍は、回転するたびに飛沫《しぶき》を飛ばした。八《はち》旒の幟旗《りゅうのぼりばた》も濡れて重たげに垂れている。行列は半里（二キロ）東に進むと、奥州街道・薄葉《うすば》を左折して、北に進路を取った。会津街道の入り口である。

十騎二列の護衛騎馬の後に、五挺の乗物駕籠が続いた。最初の駕籠に、三十三歳の新会津藩主・保科正之、次の駕籠に正之の継室・二十三歳の万《まん》と二歳の長女・媛《えん》、三番目の駕籠に三歳の次男・虎菊《こぎく》、四番目の駕籠に家老・田中正玄、五番目の駕籠に重臣・長藤権兵衛が乗っていた。

権兵衛は駕籠を固辞したが、正之が此度《こたび》は認めなかった。権兵衛が老体に鞭打って馬に乗っていたことは、誰もが知っている。丸まった背中で馬に揺られるその身体は、一歩ごとに大きく前後し、息遣いも荒い。一度平衡を失えば、即座に落下するだろう。見るに見かねた正之が、駕籠での移動をきつく命じた。

最初はあがらっていた権兵衛も、正之の眼が潤んでいるのを見てからは、素直に応じた――

これ以上、殿のお気持ちをないがしろにしてはならぬ。それこそ不忠の臣となってしまうずら。儂の意地なぞ取るに足らぬ。殿のお情けこそ何物にも代えがたいお宝じゃ。殿の本分じゃ。素直にお受けしよう。殿……権兵衛、この御恩は一生涯忘れないずら……

会津街道は杣道《そまみち》だったものを、天文《てんぶん》十四年（一五四五）に、会津を治めていた蘆名盛氏《あしなもりうじ》によって、開かれた。その後、天正《てんしょう》十八年（一五九〇）に、豊臣秀吉《とよとみひでよし》の会津入りに当たって、伊達《だて》政宗《まさむね》が整えた由緒ある道である。会津から白河に向かう時は、白河街道と呼ばれる。

――太閤道《たいこうどう》――と呼ばれるようになった山間《やまあい》の街道は、三間（五、四メートル）幅で、石畳が敷かれていた。平らなうちは、泥でぬかるむこともない石畳の立派な道は、濡れ鼠になった大名行列の一行でも歩きやすかった。しかし、山へ分け入って坂道になると、人は草鞋《わらじ》を滑らし、馬は蹄《ひづめ》を踏ん張らせた。徐々に徐々に行列は伸びて、六十町（六キロ）にもなった。

行列の先頭二百名は、戸数五十軒、人数三百人、馬四十頭の勢至堂宿《せいしどうじゅく》（陸奥国・福島県須賀川市）で、茄子《なす》の塩漬けが乗った湯漬けの昼餉《ひるげ》を摂《と》った。昼餉を喰い終ると、正之はありったけの馬車と馬方《うまかた》を雇い入れた。三十三台の馬車が揃った。女人《にょにん》や年寄りは、全て十二台の馬車に乗せた。残りの馬車二十一台と馬廻組の平士九名は後続のために残した。

行列の中間《ちゅうかん》五百名は、勢至堂宿の手前一里（四キロ）の江花宿《えばなじゅく》（陸奥国・福島県須賀川市）で、後尾七百名は、さらに手前半里（二キロ）の牧之内宿《まきのうちじゅく》（陸奥国・福島県岩瀬郡天栄村）で質素な昼餉を摂った。


岩肌を伝いながら落下する大きな滝や、馬頭観音堂《ばとうかんのんどう》を横目に見ながら、長く伸びた行列はひたすら勢至堂峠を目指した。人も駕籠も馬も、水を被ったように、笠や蓑や長柄《ながえ》や鞍《くら》から、雨を滴らせながら黙々と進んだ。高さ三百丈（九〇〇メートル）の険しい峠は、行列の前に立ちはだかるように、雨に煙っていた。

行列の先頭は一歩一歩ゆっくりと、だが、着実に進んでいった。後続とは間が空いてしまっている。次の宿場、三代宿《みよじゅく》（陸奥国・福島県郡山市）までは一里半（六キロ）。先頭はゆっくり進んで後続を吸収し、皆揃って三代《みよ》に入らねばならぬ。落ち武者のように隊列を崩した見苦しい格好で、各々が勝手に宿場の飯にとびついてはならぬ。いかなる状況でも、品格を保つのだ。

正之は、駕籠衆が疲労困憊しているのを見てとると、駕籠から降りた。雨は弱まっている。羽織を脱ぎ、笠を被った。青葉の木立から水滴が落ちてくる。青時雨《あおしぐれ》――

風と雨による濡れ落ち葉を踏みしめながら、地に足をつけて地道に歩いている内に、いつの間にか雨は上がっていた。

葉を濡らした橅《ぶな》の林を抜けると、道の両側は千島笹《ちしまざさ》の藪《やぶ》になった。水滴をつけた笹は、光を浴びてキラキラと光っている。無数の綿菅《わたすげ》の白い穂が、そよ風に揺れている。

一番先頭で毛槍隊《けやりたい》が回す毛槍は、水車のように水をはじいて煌《きら》めいている。

——テンツク・テンツク・テンツクテン！

——ピイヒャラ・ピイヒャラ・ドンドンドン！

——ピイヒャラ・ピイヒャラ・ドンドンドン！

小気味いい太鼓の音と、横笛の高い音色が、後方から聞こえてきた。雨が上がった大気の中に、太鼓の音が響き、笛の音《ね》が弾むような調べを奏でた。明るい節《ふし》は活気を伴って、行列の前方に近付いてくる。正之は小姓に伝えて、先頭の歩みをさらに遅くした。自身も駕籠の横を、ゆっくりと歩いた。駕籠の中では分からなかった山の匂いが、感じられた。

――テンツク・テンツク・テンツクテン！

――ピイヒャラ・ピイヒャラ・ドンドンドン！

――ピイヒャラ・ピイヒャラ・ドンドンドン！

祭りのように陽気な調べが、どんどん近付いて来ると、先頭と中間が繋がった。正之の身体は、上りの勾配を歩くことに慣れてきた。空合《そらあい》も回復して、晴れている。雨上がりの冷たい空気が、正之の意識を目覚めさせた。

――テンツク・テンツク・テンツクテン！

――ピイヒャラ・ピイヒャラ・ドンドンドン！

――ピイヒャラ・ピイヒャラ・ドンドンドン！

行列の中間と後尾が繋がった。江戸を出た時の体制になって、行列は勢至堂峠の頂《いただき》の真下にきた。馬酔木《あせび》の群落を回り込む。

突如樹影が途切れて、眼下一面に緑の会津平野が広がった――

峠の頂から見下ろすと、雨上がりの平野がキラキラと光っている。見渡す限りの緑の平野。平野の先に果てしのない湖が横たわっている。そよそよと吹く風が、湖の表面で日輪をチカチカと反射させている――天鏡湖《てんきょうこ》……

天鏡湖の波光きらめく果て、真北《まきた》に大磐梯《だいばんだい》、小磐梯《しょうばんだい》、赤埴《あかはに》の峰が天にそそり立っていた。周りに高峰はなく、三座だけの潔い独立峰……屹立《きつりつ》した頂は八百丈（二千四百メートル）、もくもくとした雄大な夏雲《なつぐも》（入道雲）を後ろに従えている。

正之は、言葉を失った。動きを止めた正之に合わせて、行列も静止した。

――見つけた。此処《ここ》にあったか……

「殿……」

正之の背後で声がした。

「権兵衛殿か」

正之は、振り向くこともせずに言った。

「はい」

権兵衛も駕籠を降りていた。荒い息遣いで、遠く気高く聳《そび》える磐梯の峰を眺めている。

「殿……足手まといにはなりたくありませぬ。そろそろお許し――」

「許さぬ」

「……」

権兵衛も正之も前を向いたままだった。彼方に屹立する磐梯の峰々に向かい合っている。

「内密の話である……」

正之が背筋を伸ばしたまま告げた。

「これを其方《そなた》に託したい」

正之が振り向くと同時に、懐から一枚の短冊を渡してきた。

――万代《ばんだい》（永遠）と　いはひ来《き》にけり　会津山《あいづやま》
高天原《たかまがはら》に　棲家《すみか》（墓所）求めて――

「殿……儂の方が先に往《い》くことは、火を見るよりも明らか……受け取れないずら」

「解らぬぞ。憎まれっ子世に憚《はばか》るというではないか」

「儂は憎まれっ子ずらか」

「そうじゃ。大いなる憎まれっ子じゃ。ちっとも私の言うことを聞かぬ」

「なら、今度生まれてくる時は、薬師《くすし》に生まれて、また殿に仕えるずら」

「断る。薬師に生まれたとて、その性分《しょうぶん》は変えられぬ」

ガハハハハハハ……権兵衛がさも可笑しそうに笑った。

正之も笑った。笑った正之の目尻に、温かい水が溜まった。正之はそれを、峠に吹き渡る涼《すず》風《かぜ》のせいだと、無理やり思い込もうとした……

参考文献

「猪苗代町史　歴史篇」　猪苗代町史編さん委員会　猪苗代町史出版委員会
「猪苗代に眠る・徳川家康の孫　保科正之」　小檜山六郎　猪苗代の偉人を考える会
「日本の名城　城絵図を読む」　宮崎　美友　新人物往来社
「武者たちの舞台　ふくしま紀行　城と館　下巻」　福島民報社
「山の気象学」　城所　邦夫　山と渓谷社
「雪と氷のはなし」　木下　誠一　技報堂出版
「日本の森あんない　東日本編」　石橋　睦美　淡交社
「野山の樹木観察図鑑」　岩瀬　徹　成美堂出版
「野鳥の図鑑」　藪内　正幸　福音館書店
「野外ハンドブック・11薬草」　井波　一雄　山と渓谷社
「ポケット図鑑　日本の山野草」　岩瀬　徹　成美堂出版
「山野草ポケット図鑑」　六角　見孝　月刊さつき研究社
各種ホームページも多数参考にさせていただきました

後書き

数年前から或る方に、「保科正之を書け」と背中を押されていました。しかし、中々踏ん切りがつかず、小説家がモデルの漫画原作の仕事もあり、執筆を開始できないでいました。

もうひとつためらった原因は、保科正之は名君として評価が定まっている。今更私なぞが書くべきことがあるのだろうかという、素朴な疑問です。

さらに寛文十二年（一六七二）に数え六十二歳で亡くなるまで、残した業績が膨大であり、果たして描ききれるのかという不安も。

また主人公が郷土・猪苗代に眠る偉人であり、下手なものは書けないという重圧……でも……それはいつものことではないか。私は歴史家ではないし、ノンフィクションの書き手でもない。これまで通り、好きなことを好きなように書く、という私のやり方で進める以外に方法がないと覚悟を決めました。

子供の頃に読んだチャンバラ漫画、映画館で観た時代劇、はらはらしながら読んだ剣豪小説、手に汗握る歴史ドラマ……そのどれもがとても面白かったではないか。あの胸躍らせて、ワクワクした日々をもう一度取り戻す――

後は一直線。このような人物だったのではないか。こういう人間であって欲しい。要するに……私の好きな「保科正之」に仕立てる。その思いは達成できました。曲がりなりにも、私が満足できる保科正之公が誕生しました。

まだまだ途《みち》、半ばという作品ですが、会津に至るまでの保科正之の前半生は、史実は史実として尊重し、残りの部分には私の想像を思いっきり注ぎ込みました。

また本作品では、写真で金本淳一さんに、表紙イラストと装丁で齋藤志登美さんに、大変お骨折りいただき、とても素晴らしい体裁となりました。

写真の使用に関しては、土津神社宮司の宮澤重正さんに快く承諾していただきました。

出版に当たっては、歴史春秋社の植村圭子出版部長にお世話になると同時に、丁寧に指導していただきました。

厚く御礼申し上げます。ありがとうございました。

令和五年（二〇二三）七月

高見沢　功

著者略歴

高見沢　功（たかみざわ・いさお）

昭和29年（1954）
静岡県沼津市生まれ。２歳のとき福島県猪苗代町に移る

昭和47年（1972）
福島県立会津高等学校卒業

昭和51年（1976）
日本大学芸術学部映画学科監督コース卒業
東京のCM制作会社、三木鶏郎企画研究所・トリプロ入社

平成元年（1989）
猪苗代町にUターン。郡山市のCM制作会社・バウハウス入社

平成８年（1996）
『長女・涼子』で福島県文学賞小説部門・奨励賞

平成９年（1997）
『地方御家人《ちかたごけにん》』で福島県文学賞小説部門・準賞

平成10年（1998）
『十字架《クルス》』で福島県文学賞小説部門・文学賞

平成16年（2004）
CM制作会社・有限会社アクト設立、代表に就任

平成22年度・23年度福島県文学賞小説部門・企画委員
平成24年度～令和４年度福島県文学賞小説部門・審査委員

著書に『十字架《クルス》』
『オンテンバール八重（小説版）』
『オンテンバール八重（コミック版原作）』
『白虎隊・青春群像　～白雲の空に浮かべる～』
『白虎隊物語　綺羅星のごとく（コミック版原作）』
『只見川』
『五色沼』
『大逆転　～渋沢栄一・炎の青春～』
『大波乱　～渋沢栄一・海を渡る～』

棲家求めて　～保科正之・若かりし日々～

2023年 8 月10日　初版発行

著　者　高見沢　功

発行者　阿 部　隆 一

発行所　歴史春秋出版株式会社
〒965-0842　福島県会津若松市門田町中野大道東8-1
電話　0242-26-6567

印　刷　北日本印刷株式会社

製　本　有限会社羽賀製本所